D1321396

PRIVATE GAMES

James Patterson
& Mark Sullivan

Private games

Vertaald door
Daniëlle Stensen

2012

DE BEZIGE BIJ

AMSTERDAM

Cargo is een imprint van uitgeverij De Bezige Bij, Amsterdam

Copyright © 2012 James Patterson
Copyright Nederlandse vertaling © 2012 Daniëlle Stensen
Oorspronkelijke titel *Private Games*
Oorspronkelijke uitgever Little, Brown and Company, New York
Omslagontwerp Studio Jan de Boer
Omslagillustratie Getty Images
Foto auteur Sue Solie Patterson
Vormgeving binnenwerk Peter Verwey, Heemstede
Druk Koninklijke Wöhrmann, Zutphen
ISBN 978 90 234 7183 7
NUR 305

www.uitgeverijcargo.nl

Voor Connor en Bridger, die de Olympische droom najagen
—M.S.

Het is niet mogelijk om met de geest van een sterveling de bedoelingen van de goden te achterhalen
Pindarus

Want toen ontstak de Olympiër in toorn, hij liet het donderen en bliksemen en zaaide verwarring in Griekenland
Aristophanes

PROLOOG

Woensdag 25 juli 2012, 23.25 uur

Op deze aarde lopen supermannen en supervrouwen rond.

Dat meen ik heel serieus en je kunt dat letterlijk nemen. Jezus Christus, bijvoorbeeld, was een spirituele superman, evenals Maarten Luther en Gandhi. Julius Caesar was ook bovenmenselijk. Net als Dzjengis Khan, Thomas Jefferson, Abraham Lincoln en Adolf Hitler.

Denk eens aan wetenschappers als Aristoteles, Galileo, Albert Einstein en J. Robert Oppenheimer. Of aan kunstenaars als Da Vinci, Michelangelo en Vincent van Gogh, mijn favoriet, die zo superieur was dat het hem tot waanzin dreef. En vergeet bovenal de superieure wezens op sportief gebied niet, zoals Jim Thorpe, Babe Didrikson Zaharias en Jesse Owens, Larisa Latynina en Mohammed Ali, Mark Spitz en Jackie Joyner-Kersee.

Nederig schaar ik mijzelf ook onder deze verzameling superwezens, hetgeen, zoals je binnenkort zult zien, terecht is.

In het kort: mensen zoals ik zijn geboren om geweldige dingen te verrichten. We zoeken tegenspoed. We trachten te zegevieren. We streven ernaar alle grenzen te slechten: spirituele, politieke, kunstzinnige, wetenschappelijke en fysieke. We willen misstanden rechtzetten als we worden geconfronteerd met formidabele uitdagingen. En we zijn bereid om te lijden voor grootsheid, om ons volhardend tot het uiterste in te zetten en ons eindeloos voor te bereiden met de hartstocht van een martelaar, wat in mijn optiek buitengewone karaktertrekken zijn bij ieder mens van elke leeftijd.

Op het ogenblik moet ik zeggen dat ik me zeker buitengewoon voel, nu ik hier in de tuin van sir Denton Marshall sta, de meest hypocriete, corrupte, oude klootzak die er bestaat.

Moet je hem nou op zijn knieën zien zitten, met zijn rug naar me toe, en mijn mes op zijn keel.

Goh, hij trilt en beeft alsof hij net een steen op zijn hoofd heeft gehad. Kun je het ruiken? De angst? De geur hangt om hem heen, zo scherp als de lucht na een bomexplosie.

'Waarom?' vraagt hij, naar adem snakkend.

'Je hebt me kwaad gemaakt, monster,' snauw ik tegen hem. Een woede heftiger dan een oerrazernij splijt mijn geest en kolkt door elke cel van mijn lichaam. 'Mede door jou zijn de Spelen verpest, ze zijn een aanfluiting geworden en ver afgeraakt van hun bedoeling.'

'Wat?' roept hij verbijsterd uit. 'Waar hebt u het over?'

Ik lever het bewijs in drie vernietigende zinnen. De huid in zijn hals wordt asgrauw en zijn halsslagader begint misselijkmakend paars te kloppen.

'Nee!' stamelt hij. 'Dat is... dat is niet waar. Dat kunt u niet doen. Bent u helemaal gek geworden?'

'Gek? Ik?' vraag ik. 'Niet echt, ik ben de geestelijk gezondste persoon die ik ken.'

'Alstublieft,' zei hij. De tranen rollen over zijn wangen. 'Heb genade. Ik ga de dag voor kerst trouwen.'

Mijn lach klinkt even bijtend als accuzuur: 'In een ander leven heb ik mijn eigen kinderen opgegeten, Denton. Jij krijgt geen genade van mij of mijn zusters.'

Terwijl zijn verwarring en afgrijzen compleet worden, kijk ik omhoog naar de nachtelijke hemel. Ik voel de stormen in mijn hoofd opsteken en zie wederom in dat ik superieur ben, een supermens, doordrenkt van krachten van duizenden jaren her.

Ik leg de gelofte af: 'Voor alle ware Olympiërs markeert dit offer het begin van het einde van de moderne Spelen.'

Dan trek ik het hoofd van de oude man naar achteren zodat hij zijn rug moet krommen.

En voordat hij een kreet kan slaken, haal ik razend het lemmet van links naar rechts over zijn keel met zo'n kracht dat zijn hoofd tot aan zijn ruggengraat loskomt van zijn schouders.

BOEK EEN

De Furiën

HOOFDSTUK 1

Donderdag 26 juli 2012, 9.24 uur

Het was waanzinnig warm voor Londense begrippen. Het overhemd en jack van Peter Knight waren doordrenkt van het zweet terwijl hij noordwaarts over Chesham Street langs het Diplomat Hotel rende, de hoek om naar Lyall Mews in het centrum van Belgravia, waar het duurste onroerend goed ter wereld stond.

Laat het niet waar zijn, schreeuwde Knight vanbinnen toen hij het straatje in rende. Lieve God, laat het niet waar zijn.

Toen zag hij de meute journalisten bij het gele afzetlint van de London Metropolitan Police, dat over de straat voor een crèmekleurig Georgian herenhuis was gespannen. Knight bleef plotseling staan, hij had het gevoel dat de eieren met spek van het ontbijt weer omhoogkwamen.

Wat zou hij tegen Amanda moeten zeggen?

Voordat Knight zijn gedachten op een rijtje had of zijn maag tot rust had gebracht, ging zijn mobiele telefoon. Hij rukte hem uit zijn zak zonder te kijken wie het was.

'Knight,' bracht hij uit. 'Ben jij dat, Jack?'

'Nee, Peter, ik ben het, Nancy,' antwoordde een vrouw met een Ierse tongval. 'Isabel is ziek geworden.'

'Wat?' vroeg hij kreunend. 'Nee... ik ben pas een uur geleden vertrokken.'

'Ze heeft koorts,' hield zijn fulltime kindermeisje vol. 'Ik heb haar net getemperatuurd.'

'Hoeveel heeft ze?'

'37,8. Ze klaagt ook over haar maag.'

'En Lukey?'

'Hij lijkt niks te mankeren,' zei ze. 'Maar–'

'Zet ze allebei maar in een koel bad en bel me terug als Isabel 38,5 heeft,' zei Knight. Hij klapte de telefoon dicht en slikte de gal weg die achter in zijn keel brandde.

Knight was een pezige man van ongeveer een meter tachtig met een aantrekkelijk gezicht en lichtbruin haar, die ooit bijzonder onderzoeker was geweest bij de Old Bailey, waar het centrale hof van Engeland zetelde. Twee jaar geleden was hij echter voor twee keer zoveel geld en prestige overgestapt naar het Londense kantoor van Private International. Dat wordt ook wel het Pinkerton detectivebureau van de twintigste eeuw genoemd, met vestigingen in elke grote stad ter wereld en met de allerbeste forensisch wetenschappers, beveiligingsspecialisten en onderzoekers zoals Knight in dienst.

Zet de knop om, zei hij tegen zichzelf. Gedraag je als een professional. Maar dit voelde aan als de druppel die de emmer deed overlopen. Knight had al te veel verdriet en verlies meegemaakt, zowel in zijn privéleven als beroepsmatig. Nog maar de week ervoor waren zijn baas, Dan Carter, en drie van zijn collega's omgekomen bij een vliegtuigongeluk boven de Noordzee, dat nog onderzocht werd. Kon hij leven met nog een sterfgeval?

Hij duwde die vraag en de gedachte aan zijn zieke dochter weg en dwong zichzelf door de drukkende hitte snel naar de politieafzetting te lopen, waarbij hij ruim afstand hield van de journalisten. Terwijl hij dit deed kreeg hij Billy Casper in het oog, een inspecteur van Scotland Yard die hij al vijftien jaar kende.

Hij liep rechtstreeks naar Casper, een vierkante man met een pokdalig gezicht, die zijn voorhoofd fronste toen hij Knight zag. 'Dit is geen zaak voor Private, Peter.'

'Als het sir Denton Marshall is die daar dood binnen ligt, dan is het wel een zaak voor Private, én voor mij,' antwoordde Knight fel. 'Een persoonlijke zaak, Billy. Gaat het om sir Denton?'

Casper zei niets.

'Nou?' wilde Knight weten.

Uiteindelijk knikte de inspecteur, maar niet van harte, en hij vroeg achterdochtig: 'Hoezo zijn jij en Private hierbij betrokken?'

Knight zei even niets. Het nieuws kwam meedogenloos hard aan en hij vroeg zich weer af hoe hij dit in vredesnaam aan Amanda moest vertellen. Toen schudde hij zijn wanhoop van zich af en zei: 'Het Londense organisatiecomité van de Olympische Spelen is een klant van Private Londen. Waardoor sir Denton dus ook een klant van Private is.'

'En jij?' wilde Casper weten. 'Wat is jouw persoonlijke belang hierbij? Ben je met hem bevriend of zo?'

'Veel meer dan bevriend. Hij en mijn moeder waren verloofd.'

Caspers strenge gezichtsuitdrukking verzachtte iets en hij beet op zijn lip, waarna hij zei: 'Ik zal eens kijken of ik je binnen kan krijgen. Elaine zal wel met je willen praten.'

Knight had plotseling het gevoel alsof onzichtbare krachten tegen hem samenspanden.

'Heeft Elaine deze zaak op zich genomen?' vroeg hij, en hij wilde ergens tegenaan stompen. 'Dat meen je niet.'

'Zeker wel, Peter,' zei Casper. 'Wat een mazzelkont ben je toch.'

HOOFDSTUK 2

Hoofdinspecteur Elaine Pottersfield was een van de beste rechercheurs bij de Metropolitan Police. Ze had twintig jaar ervaring bij het korps en boekte met haar kregelige wijsneuzerige stijl uitstekende resultaten. Pottersfield had de afgelopen twee jaar meer moorden opgelost dan elke andere inspecteur van Scotland Yard. Ook was ze de enige persoon die Knight kende die zijn aanwezigheid openlijk verfoeide.

Ze was een aantrekkelijke vrouw van in de veertig, en deed Knight altijd denken aan een Russische wolfshond, met grote ronde ogen, een arendsneus en zilvergrijs haar dat over haar schouders golfde. Toen hij de keuken van sir Denton Marshall binnenkwam, bekeek Pottersfield hem langs haar puntige neus; ze zag eruit alsof ze hem zou bijten als ze de kans kreeg.

'Peter,' zei ze koeltjes.

'Elaine.'

'Ik ben er niet blij mee dat je de plaats delict betreedt.'

'Nee, dat kan ik me voorstellen,' antwoordde Knight, die zijn uiterste best deed zijn emoties in bedwang te houden, die met de seconde verhitter werden. Pottersfield leek dat effect altijd op hem te hebben. 'Maar goed... Wat heb je me te vertellen?'

Het duurde even voordat de inspecteur antwoordde. Uiteindelijk zei ze: 'De huishoudster heeft hem een uur geleden in de tuin gevonden, nou ja, wat er van hem over is dan.'

Met het beeld van sir Denton voor ogen, de erudiete en grappige man die hij de afgelopen twee jaar had leren kennen en was gaan bewonderen, voelde Knight dat zijn benen het bijna begaven en met zijn in een latex handschoen gestoken hand zocht hij steun bij het aanrecht. 'Wat is er van hem over?'

Pottersfield gebaarde afgemeten naar de openstaande tuindeuren.

Knight wilde de tuin voor geen goud in gaan. Hij wilde zich sir Denton herinneren zoals de laatste keer dat hij hem had gezien, twee weken eerder, met zijn opvallende witte haar, schoongeboende roze huid en losse, aanstekelijke lach.

'Ik begrijp het als je dat liever niet doet,' zei Pottersfield. 'Volgens inspecteur Casper waren je moeder en sir Denton verloofd. Sinds wanneer?'

'Afgelopen Nieuwjaar,' zei Knight. Hij slikte, liep naar de deuren en voegde er bitter aan toe: 'Ze zouden op 24 december gaan trouwen. Weer een tragedie. Alsof ik die in mijn leven nog niet genoeg gehad heb, nietwaar?'

Pottersfields gezicht vertrok van pijn en boosheid, en ze keek naar de keukenvloer toen Knight langs haar heen liep, de tuin in.

Het was warmer geworden. De lucht hing roerloos in de tuin en het stonk er naar de dood en geronnen bloed. Op het terras van flagstones was vijf liter bloed, alles wat sir Denton in leven had gehouden, uit zijn onthoofde lijk gestroomd en eromheen gestold.

'De patholoog-anatoom denkt dat er een mes met een lang gebogen lemmet met kartelrand is gebruikt,' zei Pottersfield.

Knight bood wederom weerstand tegen de aandrang om over te geven. Hij probeerde het hele tafereel in zich op te nemen, het in zijn geheugen te prenten alsof het een reeks foto's betrof en niet de werkelijkheid. De enige manier die hij kende om iets dergelijks aan te kunnen was alles op afstand te houden.

Pottersfield zei: 'En als je goed kijkt, zie je dat er wat bloed terug naar het lijk is gespoeld met water uit de tuinslang. Ik neem aan dat de moordenaar dat heeft gedaan om voetafdrukken en dergelijke weg te spoelen.'

Knight knikte en richtte met pure wilskracht zijn aandacht op de omgeving achter het lijk. Hij keek verder de tuin in en zag forensisch rechercheurs bewijs verzamelen uit de bloembedden en richtte zijn blik op een fotograaf die bij de achtermuur foto's van de plaats delict nam.

Knight liep langs het lijk, bleef een meter verderop staan en zag vanuit dat nieuwe perspectief waar de fotograaf zich op richtte. Het kwam uit het antieke Griekenland en was een van sir Dentons meest gekoesterde bezittingen: een kalkstenen beeld zonder hoofd van een Atheense senator die een perkamentrol in zijn armen heeft en het gevest van een kapot zwaard vasthoudt.

Het hoofd van sir Denton was in de lege ruimte tussen de schouders van het standbeeld gezet. Zijn gezicht was gezwollen, slap. Zijn mond was naar links vervormd alsof hij spuugde. En zijn ogen waren open, dof en stonden, vond Knight, schokkend eenzaam.

Hij had even de neiging om in te storten. Maar toen voelde hij de woede in zich opborrelen. Wat voor een barbaar deed zoiets? En waarom? Welke reden zou iemand kunnen hebben om Denton Marshall te onthoofden? Die man was meer dan goed. Hij was...

'Je ziet niet het hele plaatje, Peter,' zei Pottersfield achter hem. 'Bekijk het gras voor het standbeeld maar eens.'

Knight balde zijn handen tot vuisten en liep het terras af en het gras op, dat langs de papieren bescherming schuurde die hij over zijn schoenen droeg, wat hem net zo irriteerde als wanneer iemand zijn nagels over een schoolbord haalde. Toen zag hij het en hij bleef abrupt staan.

Op het gras waren met een spuitbus vijf in elkaar grijpende ringen gespoten, het symbool van de Olympische Spelen.

Door het symbool was met bloed een X getekend.

HOOFDSTUK 3

Wat is de meest waarschijnlijke plek waar monsters hun eieren leggen? In welk nest worden ze bebroed totdat ze uitkomen? Met welke giftige flinters voedsel worden ze volwassen?

Over deze vragen, en andere, pieker ik vaak tijdens de hoofdpijnaanvallen die van tijd tot tijd als een onweersbui met felle bliksemschichten mijn hoofd splijten.

En terwijl je dit leest, stel jij je misschien ook wel vragen, zoals: wie ben je?

Mijn echte naam is irrelevant. In het kader van dit verhaal kun je me echter Cronus noemen. In zeer oude Griekse mythen was Cronus de machtigste Titaan, verslinder van universa en god van de tijd.

Denk ik dat ik een god ben?

Natuurlijk niet. Een dergelijke arrogantie brengt het lot in verzoeking. Een dergelijke hybris tart de goden. En aan die verraderlijke zonde heb ik mij nooit schuldig gemaakt.

Wel blijf ik een van die zeldzame wezens die om de andere generatie op aarde verschijnen. Hoe kun je anders verklaren dat, lang voordat die stormen in mijn hoofd begonnen, haat mijn oudste herinnering is en de wens om te doden mijn eerste verlangen?

Ergens tijdens mijn tweede levensjaar werd ik mij bewust van die haat, alsof dat gevoel en ik met elkaar verbonden geesten waren die ergens vanuit de leegte in een kinderlichaam waren gegoten. Enige tijd dacht ik zo over mezelf: als een gloeiend uniek wezen van haat, dat in de hoek van de kamer in een doos met lompen was gesmeten.

Op een dag kroop ik intuïtief uit die doos, en door die beweging en vrijheid begreep ik al snel dat ik meer was dan boosheid, dat ik een op zichzelf staand wezen was, dat ik dagenlang honger en dorst leed, het koud had, naakt was en urenlang alleen werd gelaten, zelden werd gewassen, zelden werd vastgehouden door de monsters die om me heen liepen, alsof ik een soort buitenaards wezen was dat tussen hen was geland. Toen kwam mijn eerste echte gedachte in me op: ik wil ze allemaal vermoorden.

Ik had die meedogenloze aandrang al lang, heel lang voordat ik begreep dat mijn ouders aan drugs verslaafd waren, crackgebruikers, niet geschikt om zo'n superieur wezen als ik op te voeden.

Op mijn vierde, niet lang nadat ik een keukenmes in de dij van mijn bewusteloze moeder had gestoken, kwam er een vrouw naar de smerige plek waar wij woonden en haalde me voor altijd weg bij mijn ouders. Ze stopten me in een tehuis, waar ik gedwongen werd samen met in de steek gelaten monstertjes te wonen, die alle andere wezens vol haat en wantrouwen bekeken.

Al snel begreep ik dat ik slimmer en sterker en veel wijzer was dan zij allen samen. Op mijn negende wist ik nog niet precies wat ik was, maar ik had wel het gevoel dat ik misschien een andere soort was, een superwezen zogezegd, dat elk monster op zijn pad kon manipuleren, overwinnen of afslachten.

Nadat de stormen in mijn hoofd waren begonnen, wist ik dit met zekerheid.

De stormen begonnen op mijn tiende. Mijn pleegvader, die we 'dominee Bob' noemden, was een van die monstertjes aan het afranselen en ik kon het niet aanhoren. Het gehuil maakte me zwak, en dat gevoel kon ik niet verdragen. Dus ik ging naar buiten, klom over het hek en zwierf door de afschuwelijkste straten van Londen tot ik rust en troost vond in de vertrouwde armoede van een leeg gebouw.

Daar waren al twee monsters. Ze waren ouder dan ik, tieners, lid van een straatbende. Ze waren high, dat merkte ik direct, en ze zeiden dat ik me op hun terrein had begeven.

Ik probeerde mijn snelheid in te zetten om weg te komen, maar een van hen gooide een steen, die tegen mijn kaak sloeg. Dat deed me duizelen en ik viel, en zij lachten en werden nog bozer. Ze gooiden nog meer stenen, die mijn ribben braken en de bloedvaten in mijn dij vernielden.

Toen voelde ik een harde slag boven mijn linkeroor, gevolgd door een explosie van felle kleuren die door mijn hoofd knetterde als de verlamde armen van talloze bliksemschichten die een zomeravond uiteenrijten.

HOOFDSTUK 4

Peter Knight voelde zich hulpeloos toen hij heen en weer keek van het Olympisch symbool dat met bloed was doorgestreept naar het hoofd van zijn moeders verloofde.

Pottersfield kwam naast Knight staan. Zacht zei ze: 'Vertel me eens wat over sir Denton.'

Zijn verdriet wegslikkend zei Knight: 'Hij was een geweldige man, Elaine. Hij was de baas van een groot hedgefonds, verdiende bakken met geld, maar gaf het merendeel weg. Hij was ook een zeer kritisch lid van het Londense organisatiecomité. Veel mensen gaan ervan uit dat we zonder de inspanningen van sir Denton Parijs nooit hadden verslagen voor de toekenning van de Spelen. Hij was een aardige vent, niet onder de indruk van zichzelf. En hij maakte mijn moeder heel gelukkig.'

'Ik had niet gedacht dat dat mogelijk was,' merkte de hoofdinspecteur op.

'Ik ook niet. En Amanda evenmin. Maar hij deed het wel,' zei Knight. 'Tot op dit moment dacht ik niet dat Denton Marshall op de hele wereld ook maar één vijand had.'

Pottersfield gebaarde naar het bloederige Olympische symbool. 'Misschien had het meer te maken met de Olympische Spelen dan met wie hij was in de rest van zijn leven.'

Knight staarde naar sir Dentons hoofd en liep terug naar het lijk, waarna hij zei: 'Misschien. Of misschien is dit in scène gezet om ons op een dwaalspoor te brengen. Iemand onthoofden kan makkelijk worden gezien als een daad van razernij, en dat is in een of ander opzicht altijd persoonlijk.'

'Bedoel je dat dit een soort wraakactie zou kunnen zijn?'

Knight haalde zijn schouders op. 'Of een politiek statement. Of het werk van een gestoorde geest. Of een combinatie van die drie. Ik weet het niet.'

'Weet je waar je moeder gisteravond tussen elf uur en halfeen was?' vroeg Pottersfield plotseling.

Knight keek haar aan alsof ze niet helemaal goed bij haar hoofd was. 'Amanda hield van Denton.'

'Afgewezen liefde kan razernij oproepen,' merkte Pottersfield op.

'Ze werd niet afgewezen,' snauwde Knight. 'Dat zou ik hebben geweten. En trouwens, je hebt mijn moeder toch ontmoet? Ze is 1,63 meter en weegt 60 kilo. Denton woog 100 kilo. Zowel fysiek als emotioneel kan zij met geen mogelijkheid zijn hoofd eraf hebben gesneden. En daar had ze ook geen reden voor.'

'Je weet dus waar ze was?'

'Ik zal het haar vragen en dan laat ik het je weten. Maar ik moet het haar eerst vertellen.'

'Dat doe ik wel als je denkt dat dat beter is.'

'Nee, dat doe ik,' zei Knight, die het hoofd van sir Denton nog een keer bekeek en toen zijn aandacht richtte op de manier waarop zijn mond verdraaid was, alsof hij iets wilde uitspugen.

Hij viste een zaklamp ter grootte van een pen uit zijn zak, liep om het Olympische symbool heen en scheen ermee tussen sir Dentons lippen. Hij zag iets glinsteren en haalde een pincet tevoorschijn, dat hij altijd bij zich had voor het geval hij iets wilde oppakken zonder het aan te raken.

Met opzet de ogen van zijn moeders dode verloofde vermijdend met zijn blik, porde hij met het pincet tussen diens lippen.

'Peter, hou daarmee op,' beval Pottersfield. 'Je bent...'

Maar Knight draaide zich al om en liet haar een doffe bronzen munt zien die hij uit de mond van sir Denton had gehaald.

'We hebben een nieuwe theorie,' zei hij. 'Geld.'

HOOFDSTUK 5

Toen ik een paar dagen na de steniging weer bij kennis kwam, lag ik in het ziekenhuis met een schedelfractuur en het misselijkmakende gevoel dat ik op de een of andere manier opnieuw bedraad was, nog buitenaardser was dan daarvoor.

Ik herinnerde me alles over de aanval en mijn aanvallers. Echter, toen de politie me kwam vragen wat er was gebeurd, zei ik dat ik geen idee had. Ik zei dat ik nog wist dat ik het gebouw binnen was gegaan, maar verder niets meer. Al snel hielden hun vragen op.

Ik genas langzaam. Er ontstond een litteken in de vorm van een krab op mijn schedel. Mijn haar groeide weer aan en bedekte het, en ik begon een duistere fantasie te koesteren, die mijn eerste obsessie werd.

Twee weken later keerde ik terug naar huis, naar de monstertjes en dominee Bob. Zelfs zij merkten dat ik veranderd was. Ik was niet langer een wild kind. Ik glimlachte en deed alsof ik gelukkig was. Ik studeerde en trainde mijn lichaam.

Dominee Bob dacht dat ik God had gevonden.

Maar ik kan je vertellen dat ik dit allemaal bereikte door haat te koesteren. Ik streek over het krabvormige litteken op mijn hoofd en richtte mijn haat, mijn oudste emotionele bondgenoot, op dingen die ik wilde hebben of waarvan ik wilde dat ze zouden gebeuren. Gewapend met een duister hart probeerde ik die dingen te bewerkstelligen, probeerde ik de wereld te laten zien hoe anders ik echt was. En hoewel ik me in het openbaar voordeed als de veranderde jongen, de gelukkige, geslaagde gozer, vergat ik de steniging of de stormen in mijn hoofd die daardoor waren ontstaan nooit.

Op mijn veertiende ging ik in het grootste geheim op zoek naar de monsters die mijn schedel hadden gebroken. Uiteindelijk vond ik ze. Ze verkochten plastic zakjes methamfetamine op een straathoek, twaalf huizenblokken van de plek waar ik met dominee Bob en de monstertjes woonde.

Ik hield ze in de gaten tot ik zestien werd en me groot en sterk genoeg voelde om in actie te komen.

Dominee Bob had voordat hij God had gevonden in een ijzerfabriek gewerkt. Op de kop af zes jaar na mijn steniging pakte ik een van zijn zware hamers en een van zijn oude werkoveralls, en 's avonds, toen ik behoorde te studeren, glipte ik weg.

Met de overall aan en de hamer in een schooltas die ik uit een vuilnisbak had gevist, zocht ik de twee monsters die me hadden gestenigd. Zes jaar drugsgebruik en zes jaar van evolutie mijnerzijds hadden de herinnering aan mij uit hun geheugen gewist.

Ik lokte ze naar een verlaten terrein met de belofte van veel geld en sloeg daar hun monsterlijke hersens tot een bloederige massa.

HOOFDSTUK 6

Niet lang nadat hoofdinspecteur Pottersfield opdracht had gegeven om het stoffelijk overschot van sir Denton in een lijkzak te stoppen, verliet Knight de tuin en het herenhuis. Hij werd verteerd door veel meer ontzetting dan hij bij aankomst had gevoeld.

Hij dook onder het politielint door, meed de journalisten en liep Lyall Mews uit, terwijl hij probeerde te besluiten hoe hij zijn moeder in vredesnaam zou gaan vertellen wat er met Denton was gebeurd. Maar hij wist dat hij wel zou moeten, en snel ook, voordat Amanda het van iemand anders hoorde. Hij wilde absoluut niet dat ze alleen zou zijn als ze erachter kwam dat het beste wat haar ooit was overkomen...

'Knight?' riep een man naar hem. 'Ben jij dat?'

Knight keek op en zag een lange, sportieve man, midden veertig en met een prachtig Italiaans pak aan, die snel naar hem toe kwam. Onder zijn dikke bos peper-en-zoutkleurige haar was zijn blozende, onverzettelijke gezicht verwrongen van verdriet.

Knight had Michael 'Mike' Lancer twee keer ontmoet in het kantoor van Private Londen sinds de firma anderhalf jaar geleden was ingehuurd als speciale beveiligingsmacht voor de Olympische Spelen. Maar hij kende de man grotendeels van reputatie.

Lancer had bij het Coldstream Regiment en de koninklijke garde gediend, waardoor hij fulltime kon trainen en in de jaren tachtig en negentig twee keer wereldkampioen tienkamp was geweest. Bij de Olympische Spelen in Barcelona in 1992 stond hij na de eerste wedstrijddag van de tienkamp bovenaan, maar op de tweede dag kreeg hij kramp door de warmte en hoge vochtigheidsgraad en eindigde buiten de top tien.

Sindsdien was hij motivatiecoach en beveiligingsconsultant, die vaak met Private International samenwerkte bij grote projecten. Hij was ook lid van het LOCOG, het Londense organisatiecomité van de Olympische Spelen, belast met de taak te adviseren over de beveiliging rond het mega-evenement.

'Is het waar?' vroeg Lancer op schrille en bange toon. 'Is Denton dood?'

'Helaas wel, Mike,' zei Knight.

Er welden tranen op in Lancers ogen. 'Wie zou zoiets doen? En waarom?'

'Het lijkt erop dat het iemand is die een hekel heeft aan de Olympische Spelen,' zei Knight en hij beschreef de wijze waarop sir Denton was vermoord, en de bloederige X.

Van streek zei Lancer: 'Wanneer is het gebeurd, denken ze?'

'Iets voor middernacht,' antwoordde Knight.

Lancer schudde zijn hoofd. 'Dat betekent dat ik hem twee uur voor zijn dood nog heb gezien. Hij verliet het feest in het Tate Museum met...' Hij zweeg en keek Knight verdrietig aan, inschattend of hij verder kon praten.

'Waarschijnlijk met mijn moeder,' zei Knight. 'Ze waren verloofd.'

'Ja, ik wist dat zij en jij familie van elkaar waren,' zei Lancer. 'Gecondoleerd, Peter. Weet Amanda het al?'

'Ik ben net op weg om het haar te gaan vertellen.'

'Ik benijd je niet,' zei Lancer, en keek toen naar de politieafzetting. 'Zijn dat journalisten?'

'Een hele zwerm, en het worden er steeds meer,' zei Knight.

Lancer schudde bitter zijn hoofd. 'Met alle respect en liefde voor Denton, maar dit komt heel slecht uit met de openingsceremonie morgenavond. Ze zullen de lugubere details wereldwijd breed uitmeten.'

'Dat kun je niet tegenhouden,' zei Knight. 'Maar ik zou wel bekijken of de beveiliging van alle leden van het organisatiecomité uitgebreid moet worden.'

Lancer zuchtte diep en knikte toen. 'Je hebt gelijk. Ik kan het best een taxi terug naar kantoor nemen. Marcus moet dit persoonlijk van me horen.'

Marcus Morris, een politicus die zich bij de laatste verkiezingen had teruggetrokken, was nu voorzitter van het LOCOG.

'En mijn moeder van mij,' zei Knight en samen liepen ze verder naar Chesham Street, waar ze meer taxi's verwachtten te treffen.

En inderdaad, ze kwamen net aan bij Chesham toen er vanuit het zuiden langs het Diplomat Hotel een zwarte taxi aan kwam. Tegelijk kwam er, verder weg en vanuit het noorden, een rode taxi aan hun kant van de weg aangereden. Knight stak zijn hand op.

Lancer maakte een gebaar naar de taxi die naar het noorden reed en zei: 'Condoleer je moeder van me en zeg tegen Jack dat ik later vandaag nog contact met hem opneem.'

Jack Morgan was de Amerikaanse eigenaar van Private International. Hij was in de stad nadat het vliegtuig met de vier mensen van het Londense kantoor in de Noordzee was gestort en alle inzittenden waren verdronken.

Lancer stapte van de stoep af en stak met ferme tred diagonaal de straat over terwijl de rode taxi dichterbij kwam.

Maar toen hoorde Knight tot zijn afgrijzen een motor brullen en banden piepen.

De zwarte taxi meerderde vaart en reed recht op het LOCOG-lid af.

HOOFDSTUK 7

Knight reageerde instinctief. Hij sprong de straat op en duwde Lancer voor de taxi weg.

Het volgende ogenblik voelde Knight de bumper van de zwarte taxi op nog geen meter afstand en probeerde de lucht in te springen om niet geraakt te worden. Zijn voeten kwamen los van de grond, maar konden hem niet helemaal uit de baan van de taxi lanceren. Bumper en grill kwamen tegen de zijkant van zijn linkerknie en onderbeen aan, waarna de taxi verder reed.

Hierdoor werd Knight de lucht in gesmeten. Hij knalde met zijn schouders, borst en heup op de motorkap en smakte met zijn gezicht tegen de voorruit, waarachter hij in een fractie van een seconde de chauffeur zag. Sjaal. Zonnebril. Een vrouw?

Knight werd op en over het dak heen geslingerd alsof hij een lappenpop was. Hij viel hard op zijn linkerzij op de stoep, waardoor de lucht uit zijn longen werd geperst. Even was hij zich alleen maar bewust van de aanblik van de zwarte taxi die wegscheurde, de geur van uitlaatgassen en het bonkende bloed in zijn slapen.

Toen dacht hij: het is een wonder, maar ik lijk niets gebroken te hebben.

De rode taxi reed met gierende banden naar Knight toe en hij raakte in paniek, want hij dacht dat hij alsnog overreden zou worden.

Maar de taxi maakte slippend een U-bocht en kwam tot stilstand. De chauffeur, een oude rastafari met een groen-roodgoudkleurige gebreide pet op zijn dreadlocks smeet zijn portier open en sprong naar buiten.

'Blijf liggen, Knight,' riep Lancer, die naar hem toe rende. 'Je bent gewond!'

'Ik mankeer niks,' zei Knight op hese toon. 'Achter die taxi aan, Mike.'

Lancer aarzelde, maar Knight zei: 'Ze ontkomt!'

Lancer greep Knight onder zijn oksels en hees hem op de achterbank van de rode taxi. 'Volg die taxi!' brulde Lancer tegen de chauffeur.

Knight hield zijn armen om zijn ribben geslagen en hapte nog steeds naar adem terwijl de chauffeur de achtervolging inzette. De zwarte taxi was intussen al een paar straten verderop, draaide snel Pont Street in en reed verder naar het westen.

'Ik krijg haar wel, man!' beloofde de chauffeur. 'Die gek probeerde je te vermoorden!'

Lancer keek afwisselend naar de weg voor zich en naar Knight. 'Weet je zeker dat je niet gewond bent?'

'Ik ben bont en blauw,' gromde Knight. 'En ze probeerde mij niet aan te rijden, Mike. Ze probeerde jou aan te rijden.'

De chauffeur scheurde al slippend Pont Street in, naar het westen. De zwarte taxi reed nu twee straten voor hen. De remlichten gloeiden rood op, waarna hij een scherpe bocht maakte, rechtsaf Sloane Street in.

De rasta stampte op het gaspedaal, waardoor de lommerrijke weg één groot waas werd. Ze naderden de kruising met Sloane op zo'n hoge snelheid dat Knight er zeker van was dat ze de vrouw die net had geprobeerd hem te vermoorden echt zouden pakken.

Maar toen flitsten twee andere zwarte taxi's langs hen heen, die allebei noordwaarts reden op Sloane, en de rasta moest vol in de remmen en gaf een ruk aan het stuur om ze te ontwijken. Hun taxi raakte in een piepende slip en botste bijna tegen een andere auto: een blauw-witte politiewagen.

De sirene ging aan. De zwaailichten ook.

'Nee,' schreeuwde Lancer.

'Dat gebeurt me nou elke keer, man!' riep de chauffeur net zo gefrustreerd uit en hij bracht de taxi tot stilstand.

Knight knikte boos en versuft en keek door de voorruit hoe de taxi die hem bijna had vermoord opging in het verkeer dat naar Hyde Park reed.

HOOFDSTUK 8

Pijlen met felgekleurde veren suisden door de ochtendlucht en doorsneden de warmte. Ze boorden zich in en rond de gele rozen die binnen grotere rode en blauwe cirkels waren geschilderd op schietschijven die in een lange rij langs de limegroene pitch stonden van Lord's cricketstadion, vlak bij Regent's Park in hartje Londen.

Boogschutters uit een zestal landen waren bezig met hun laatste oefenronde. Boogschieten zou als een van de eerste sporten worden afgewerkt na de opening van de Olympische Spelen. De wedstrijden zouden zaterdag halverwege de ochtend, over twee dagen dus, beginnen en de medailleceremonie zou diezelfde middag worden gehouden.

En dat was de reden waarom Karen Pope op de tribune zat en met een verveeld gezicht door een verrekijker tuurde.

Pope was sportverslaggeefster voor *The Sun*, een Britse tabloid met meer dan zeven miljoen lezers dankzij een reputatie van agressieve, nietsontziende journalistiek en de traditie dat ze op pagina drie foto's plaatsen van jonge vrouwen met blote borsten.

Pope was voor in de dertig en aantrekkelijk zoals Renée Zellweger in *Bridget Jones's Diary*, maar met een te platte boezem om ooit voor pagina drie in aanmerking te komen. Pope was ook een volhardende journaliste en extreem ambitieus.

Die ochtend hing om haar hals een van de slechts veertien *all access*-mediapassen die *The Sun* voor de Olympische Spelen had gekregen. Er waren maar zeer weinig van dergelijke passen beschikbaar voor de Britse pers omdat meer dan twintigduizend persmensen van over de hele wereld ook in Londen waren om het zeventien dagen durende mega-evenement te verslaan. De passen waren bijna even waardevol geworden als Olympische medailles, voor Britse journalisten althans.

Pope bleef zich voorhouden dat ze blij moest zijn met haar pas en met het feit dat ze überhaupt hier was om verslag te doen van de Spelen, maar haar inspanningen van vanochtend hadden tot nu toe geen enkel nieuwswaardig feit over boogschieten opgeleverd.

Ze had uitgekeken naar de Zuid-Koreanen, de favorieten voor goud, maar was erachter gekomen dat ze hun oefensessie al hadden beëindigd voordat zij er was.

'Shit,' zei ze vol afschuw. 'Finch maakt me af.'

Pope kwam tot de conclusie dat ze moest zoeken naar een typerend element. Als ze daarover een levendig stukje kon schrijven, zou dat misschien de krant kunnen halen. Maar wat voor element? Vanuit welke invalshoek?

Boogschieten: darts voor kakkers?

Nee, er was helemaal niets kakkerigs aan boogschieten.

Tja, wat wist ze eigenlijk van boogschieten? Ze was opgegroeid in een voetbalgezin. Eerder die ochtend had Pope geprobeerd Finch uit te leggen dat ze beter atletiek of turnen kon verslaan. Maar haar redacteur had haar er onomwonden aan herinnerd dat ze pas zes weken daarvoor vanuit Manchester bij de krant was gekomen en dus nog niets voorstelde op de sportafdeling.

'Als je met groot nieuws komt, krijg je mooiere opdrachten,' had Finch gezegd.

Pope richtte met moeite haar aandacht weer op de boogschutters. Het viel haar op dat ze zo kalm leken. Het was net alsof ze in trance waren. Heel anders dan een slagman bij cricket of een tennisser. Zou ze daarover schrijven? Erachter komen hoe boogschutters zichzelf in die toestand brachten?

Kom nou, dacht ze geïrriteerd, wie wil er nou over zen in sport lezen wanneer je op pagina drie naar blote tieten kunt kijken?

Pope zuchtte, zette haar verrekijker neer en ging verzitten op een van de blauwe stoeltjes op de tribune. Ze zag in haar handtas de stapel post die ze had meegegrist toen ze van kantoor vertrok en bladerde door de bundel heen. Verschillende persberichten en andere totaal onbelangrijke stukken.

Toen kwam ze bij een dikke bruine envelop met haar naam en functie in vreemde zwarte en blauwe blokletters erop.

Pope trok haar neus op alsof ze iets smerigs rook. Ze had de laatste tijd niets geschreven waarvoor ze een brief van een waanzinnige zou verwachten, zeker niet sinds haar aankomst in Londen. Iedere journalist die ook maar iets voorstelde kreeg brieven van gestoorde mensen. Je leerde ze snel te herkennen. Ze kwamen meestal niet lang nadat je iets controversieels of een stuk over duivelse samenzweringen had gepubliceerd.

Ze scheurde de envelop toch open en trok er een bundeltje papier uit van tien bladzijden dat met een paperclip vastzat aan een opgevouwen blanco wenskaart. Ze vouwde de kaart open. Er was niets op geschreven, maar er werd een computerchip in de kaart geactiveerd en er klonk fluitmuziek, vreemde fluitmuziek die haar op de zenuwen werkte en de indruk wekte dat er iemand was gestorven.

Ze sloot de kaart en bekeek de eerste pagina van het stapeltje papier. Het was een aan haar gerichte brief, in allerlei verschillende lettertypen, waardoor hij lastig te lezen was. Maar toen zag ze waar het om ging, en ze las de brief drie keer. Bij elke regel ging haar hart sneller slaan, totdat ze het gevoel had dat het hoog boven in haar keel bonsde.

Ze bekeek de andere documenten die bij de brief en kaart zaten en viel bijna flauw. Ze rommelde woest in haar tas op zoek naar haar telefoon en belde haar redacteur.

'Finch, met Pope,' zei ze ademloos toen hij opnam. 'Kun je me zeggen of Denton Marshall vermoord is?'

Met een zwaar Cockneyaccent zei Finch: 'Wat? Sir Denton Marshall?'

'Ja, ja, de grote baas van dat hedgefonds, filantroop, lid van het organisatiecomité van de Spelen,' bevestigde Pope, die haar spullen bij elkaar raapte en om zich heen keek op zoek naar de dichtstbijzijnde uitgang. 'Alsjeblieft, Finch, dit zou weleens iets enorms kunnen zijn.'

'Wacht even,' snauwde haar redacteur.

Pope was al buiten en probeerde een taxi aan te houden die aan de overkant van Regent's Park reed toen haar redacteur eindelijk weer aan de lijn kwam.

'Er hangt geel politielint voor het huis van sir Denton in Lyall Mews en er is net een lijkwagen aangekomen.'

Pope stompte met haar vrije vuist in de lucht en brulde: 'Finch, je zult iemand anders moeten vinden voor boogschieten en dressuur. Het verhaal waar ik net de hand op heb gelegd zal inslaan als een bom.'

HOOFDSTUK 9

'Volgens Lancer heb je zijn leven gered,' zei Elaine Pottersfield.

Een verpleegkundige prikte en porde in Knight, die ineenkromp. Hij zat op de bumper van een ambulance aan de oostkant van Sloane Street, een meter van de geparkeerde rode taxi van de rasta.

'Ik reageerde gewoon,' hield Knight vol, die overal pijn had en het gevoel had dat hij werd geroosterd in de warmte die van de weg af straalde.

'Je hebt jezelf in gevaar gebracht,' zei de hoofdinspecteur koel.

Knight raakte geïrriteerd. 'Je zegt net dat ik zijn leven heb gered.'

'En dat had je bijna je eigen leven gekost,' repliceerde ze. 'Wat zou er dan geworden zijn van je...' Ze zweeg even.

'Kinderen?' reageerde hij. 'Laten we die er maar buiten houden, Elaine. Met mij gaat het goed. Er zijn vast beelden van die taxi.'

Door heel Londen hingen 10 000 beveiligingscamera's, die vierentwintig uur per dag opnames maakten. Veel daarvan waren opgehangen na de terroristische aanslagen in de metro in 2005, waarbij 56 doden en meer dan 700 gewonden waren gevallen.

'We zullen het nakijken,' beloofde Pottersfield. 'Maar een zwarte taxi zoeken in Londen? Omdat niemand het kenteken heeft is dat zo goed als onmogelijk.'

'Niet als je de zoektocht beperkt tot deze weg, richting het noorden, en de tijdsspanne waarin ze is ontsnapt. En bel alle taxibedrijven. Ik moet haar motorkap of grill hebben beschadigd.'

'Weet je zeker dat het een vrouw was?' vroeg Pottersfield sceptisch.

'Het was een vrouw,' bevestigde Knight. 'Sjaal om. Zonnebril op. Ze was heel kwaad.'

Pottersfield wierp een blik op Lancer, die door een andere politiefunctionaris werd ondervraagd, en zei: 'Hij en sir Denton. Allebei lid van het LOCOG.'

Knight knikte. 'Ik zou op zoek gaan naar mensen die een appeltje te schillen hebben met het organisatiecomité.'

Pottersfield gaf geen antwoord, omdat Lancer eraan kwam. Hij had zijn das losgetrokken en depte met een zakdoek het zweet van zijn voorhoofd.

'Dank je wel,' zei hij tegen Knight. 'Ik sta heel diep bij je in het krijt.'

'Dat zou je ook voor mij hebben gedaan,' antwoordde Knight.

'Ik bel Jack,' zei Lancer. 'Ik zal hem vertellen wat je hebt gedaan.'

'Dat hoeft niet,' zei Knight.

'Jawel, hoor,' vond Lancer. Hij aarzelde. 'Ik zou je graag willen belonen.'

Knight schudde zijn hoofd. 'Het LOCOG is een klant van Private, wat betekent dat jij ook onze klant bent, Mike. Dit hoort allemaal bij mijn werk.'

'Nee, je...' zei Lancer. Hij aarzelde even en maakte toen zijn zin af. 'Jij bent morgenavond mijn gast bij de openingsceremonie.'

Knight was ondersteboven van dit aanbod. De toegangskaartjes waren bijna net zo kostbaar als de uitnodigingen voor het huwelijk van prins William en Kate Middleton vorig jaar.

'Als het kindermeisje kan, dan graag.'

Lancer glom. 'Ik laat mijn secretaresse morgenochtend een pas en toegangskaartjes bezorgen.' Hij gaf Knight een klopje op zijn goede schouder, glimlachte naar Pottersfield en liep toen naar de Jamaicaanse taxichauffeur, die nog steeds de wind van voren kreeg van de verkeersagenten.

'Je moet nog een formele verklaring afleggen,' zei Pottersfield.

'Ik doe helemaal niets tot ik mijn moeder heb gesproken.'

HOOFDSTUK 10

Twintig minuten later werd Knight door een politieauto afgezet bij zijn moeders huis in Milner Street in Knightsbridge. De verpleegkundigen hadden hem een pijnstiller aangeboden, maar die had hij geweigerd. Het was een hels karwei om uit de auto te komen en hij zag de hele tijd flitsen van een bepaald beeld voor zich: een prachtige zwangere vrouw die bij zonsondergang op de heide stond.

Gelukkig had hij haar uit zijn hoofd kunnen zetten toen hij aanbelde, en hij was zich er plotseling van bewust hoe vies en gescheurd zijn kleren waren.

Dat zou Amanda niet leuk vinden. Evenmin als...

De deur zwaaide open en daar stond Gary Boss, al tijden zijn moeders persoonlijk assistent. Boss was in de dertig, mager, keurig verzorgd en onberispelijk gekleed.

Hij knipperde met zijn ogen achter zijn schildpadmontuur met ronde glazen en zei neerbuigend: 'Ik wist niet dat je een afspraak had, Peter.'

'Haar zoon en enige kind heeft die ook niet nodig,' zei Knight. 'Vandaag niet.'

'Ze heeft het ongelooflijk druk,' hield Boss vol. 'Ik stel voor...'

'Denton is dood, Gary,' zei Knight zachtjes.

'Wat?' vroeg Boss en giechelde toen van de zenuwen, wat net zo minachtend klonk. 'Dat kan helemaal niet. Ze was gisteravond nog–'

'Hij is vermoord,' zei Knight, die naar binnen ging. 'Ik kom net van de plaats delict. Ik moet het haar vertellen.'

'Vermoord?' vroeg Boss, en toen zakte zijn mond open en sloot hij zijn ogen, alsof hij voor zich zag dat het niet makkelijk voor hem zou worden. 'O, hemel. Ze zal...'

'Ik weet het,' zei Knight, en liep langs hem heen. 'Waar is ze?'

'In de bibliotheek,' zei Boss. 'Ze is stoffen aan het uitzoeken.'

Knight kromp ineen. Zijn moeder had er een gruwelijke hekel aan als ze werd gestoord bij het bekijken van stoffen. 'Het zal wel moeten,' zei hij, en hij liep door de gang naar de deuren die toegang gaven tot de bibliotheek. Hij bereidde zich erop voor zijn moeder te vertellen dat ze voor de tweede keer in feite weduwe was geworden.

Toen Knight drie was, was zijn vader, Harry, omgekomen bij een bizar bedrijfsongeval. Zijn jonge weduwe en zoon kregen een klein bedrag van de verzekeringsmaatschappij. Eerst was zijn moeder verbitterd geraakt over haar verlies, maar daarna had ze die verbittering omgezet in energie. Ze was altijd al dol geweest op mode en naaien en zette met het verzekeringsgeld een kledingbedrijf op dat ze naar zichzelf noemde.

Amanda Designs was in haar keuken begonnen. Knight herinnerde zich dat ze het leven en haar bedrijf als één grote knokpartij had beschouwd. Maar ze had succes geboekt met haar strijdlustige stijl. Toen Knight vijftien was, had zijn moeder van Amanda Designs een gezond en gerespecteerd bedrijf gemaakt door nooit tevreden te zijn en voortdurend iedereen om zich heen aan te sporen om het beter te doen. Kort nadat Knight was afgestudeerd aan Christ Church College in Oxford had ze het concern voor tientallen miljoenen ponden verkocht. Met dat geld had ze nog vier succesvolle kledinglijnen gelanceerd.

Gedurende al die tijd had Knights moeder het zichzelf echter niet toegestaan weer verliefd te worden. Ze had vrienden, metgezellen en, daar ging Knight van uit, een paar korte relaties. Maar vanaf de dag dat zijn vader was overleden had Amanda een stevige muur om haar hart heen gebouwd waar niemand, behalve haar zoon, ooit doorheen brak.

Tot Denton Marshall in haar leven was gekomen.

Ze hadden elkaar ontmoet bij een benefietavond tegen kanker en zoals zijn moeder vaak zei: 'Het was alles op het eerste gezicht.' Op die ene avond veranderde Amanda van afstandelijke harde tante in een giechelend schoolmeisje dat voor het eerst verliefd is. Vanaf dat moment was sir Denton haar zielsverwant geweest, haar beste vriend en de bron van het grootste geluk in haar leven.

Knight zag weer het beeld van de zwangere vrouw voor zich, klopte op de deur van de bibliotheek en ging naar binnen.

Amanda Knight, een vrouw die naar alle normen elegant was, achter in de vijftig, met het postuur van een danseres, de schoonheid van een ouder wordende filmster en de houding van een welwillend heerser, stond aan haar werktafel, met tientallen stofstalen voor zich uitgespreid.

'Gary,' vitte ze zonder op te kijken. 'Ik had je toch gezegd dat ik niet–'

'Ik ben het, mam,' zei Knight.

Amanda draaide zich om en keek hem aan met haar leisteen-grijze ogen. Ze fronste haar voorhoofd en zei: 'Peter, heeft Gary niet tegen je gezegd dat ik...' Ze zweeg, omdat ze iets aan zijn gezicht zag. Haar eigen gezicht vertrok van afkeuring. 'Laat me raden: die barbaarse kinderen van je hebben het zoveelste kindermeisje weggejaagd.'

'Nee,' zei Knight. 'Was het maar zo eenvoudig.'

En hij verbrijzelde zijn moeders geluk in duizenden scherpe stukjes.

HOOFDSTUK 11

Als je monsters wilt doden, moet je leren als een monster te denken.

Dat begon ik pas te begrijpen in de nacht na de explosie die me een tweede schedelbreuk opleverde, negentien jaar na de steniging.

Ik was allang weg uit Londen. Mijn eerste plan om de wereld te bewijzen dat ik meer dan anders was, dat ik oneindig superieur was aan de rest van de mensheid, was verijdeld.

De monsters hadden door trucjes en sabotage die slag van me gewonnen. Daardoor was mijn haat, toen ik aan het eind van de lente van 1995 met een NAVO-vredesmissie in de Balkan belandde, grenzeloos. De diepte en omvang waren onmeetbaar.

Na wat mij was aangedaan wilde ik geen vrede.

Ik wilde geweld. Ik wilde een offer. Ik wilde bloed.

Dus zou je wellicht kunnen zeggen dat het lot mij, binnen vijf weken nadat ik aan het werk was gegaan op de versplinterde, verschuivende en zwaar explosieve velden des doods van Servië, Kroatië en Bosnië-Herzegovina, gunstig gezind was.

Het was juli, laat in de middag op een stoffige weg 25 kilometer van de belegerde stad Srebrenica in de Drinavallei. Ik zat op de bijrijderstoel van een gecamoufleerde Toyota Land Cruiser, met een helm op en een kogelvrij vest aan, en keek uit het raam.

Ik had Griekse mythen zitten lezen in een boek dat ik had gevonden en bedacht dat het door oorlog verscheurde Balkanlandschap waar we doorheen reden het toneel had kunnen zijn van een duistere verwrongen mythe. Overal bloeiden wilde rozen rond de verminkte lijken die we in het gebied hadden gezien, slachtoffers van de wreedheden van de ene partij jegens de andere.

De bom ging af zonder waarschuwing.

Ik kan me het geluid van de klap die de chauffeur, de auto en de twee andere passagiers uiteenreet niet meer voor de geest halen. Maar ik ruik nog steeds het cordiet en de brandende diesel.

En ik voel nog steeds de naschok van de onzichtbare vuist, die me met volle kracht een oplawaai gaf, me door de voorruit smakte en een elektriserende storm van ongekende omvang in mijn hoofd ontketende.

De schemering lag als een deken over het land toen ik weer bij bewustzijn kwam, met tuitende oren, gedesoriënteerd, misselijk en in eerste instantie in de overtuiging dat ik tien jaar oud was en zojuist was gestenigd tot ik bewusteloos was geraakt. Maar toen vertraagden het kantelen en wervelen in mijn hoofd en herkende ik het verkoolde skelet van de Land Cruiser en zag ik de lichamen van mijn kameraden, die onherkenbaar waren verbrand. Naast me lagen een machinegeweer en een pistool, een Sterling en een Beretta, die uit de jeep waren geslingerd.

Het was donker toen ik eindelijk de wapens kon oppakken en weglopen.

Ik wankelde en viel vaak tijdens de paar kilometer door velden en bossen, tot ik in een dorpje ergens ten zuidwesten van Srebrenica aankwam. Toen ik daar binnen kwam lopen, met de wapens, hoorde ik iets boven het getuut in mijn oren uit. Ergens in de duisternis voor me waren mannen aan het schreeuwen.

Die boze stemmen trokken me aan en terwijl ik ernaartoe liep voelde ik dat mijn oude vriend Haat zich in mijn hoofd opbouwde, irrationeel, en ik wilde iemand afslachten.

Maakte niet uit wie.

HOOFDSTUK 12

De mannen waren Bosniërs. Het waren er zeven, gewapend met oude eenloopsgeweren en verroeste buksen waarmee ze drie geboeide tienermeisjes voor zich uit dreven, als vee naar een kraal.

Een van hen zag me, hij riep iets en ze richtten hun krakkemikkige wapens op mij. Om redenen die ik pas veel later begreep opende ik niet het vuur om ze daar allemaal ter plekke te doden, de mannen én de meisjes.

In plaats daarvan vertelde ik ze de waarheid, dat ik deel uitmaakte van een NAVO-missie en betrokken was geweest bij een explosie en contact moest leggen met mijn basis. Dat leek hen enigszins gerust te stellen. Ze lieten hun wapens zakken en lieten mij de mijne houden.

Een van hen sprak gebroken Engels en zei dat ik in het politiebureau in het dorp kon bellen. Daar waren ze net naar op weg.

Ik vroeg waarvoor de meisjes waren gearresteerd en de Engelssprekende man zei: 'Het zijn oorlogsmisdadigsters. Ze zijn bij Servisch moordbrigade, werken voor duivel Mladić. De mensen noemen ze de Furiën. Deze meisjes doden Bosnische jongens. Heel veel jongens. Elk van hen doet dit. Vraag oudste. Zij spreek Engels.'

Furiën? dacht ik met grote belangstelling. Ik had de vorige dag in mijn boek met Griekse mythen over de Furiën gelezen. Ik liep sneller om ze beter te kunnen bekijken, vooral de oudste, een chagrijnig kijkend meisje met zware wenkbrauwen, grof zwart haar en doodse donkere ogen.

Furiën? Dit kon geen toeval zijn. Hoezeer ik ook geloofde dat mijn haatgevoelens me bij de geboorte cadeau waren gedaan, ik kwam direct tot de overtuiging dat ik deze meisjes met een bepaalde reden ontmoette.

Ondanks de pijn die mijn hoofd uiteenspleet ging ik naast de oudste lopen en vroeg: 'Ben jij een oorlogsmisdadigster?'

Ze richtte haar doodse donkere ogen op me en bracht heftig uit: 'Ik ben géén misdadiger, mijn zussen ook niet. Vorig jaar vermoorden Bosnische fascisten mijn ouders en verkrachten mij en mijn zussen vier dagen na elkaar. Als ik kon, schiet ik elke Bosnische klootzak dood. Ik vermorzel schedel. Ik vermoord ze allemaal als ik kon.'

Haar zussen moesten begrepen hebben wat ze zei, want ook zij richtten hun doodse ogen op me. De schok van het bombardement, het woeste bonken in mijn hoofd, mijn vlammende woede, de doodse blik van de Servische meisjes, de mythe van de Furiën, alles leek plotseling samen te komen in iets wat mij toescheen als voorbestemd.

De Bosniërs ketenden de meisjes met handboeien aan zware houten stoelen die met bouten in de vloer van het politiebureau vastzaten. Ze sloten de deuren af. De vaste telefoonlijn werkte niet. Evenmin als de primitieve gsm-masten. Ze zeiden echter tegen me dat ik kon wachten tot ze een vredesmacht konden bereiken om mij en de Servische meisjes naar een veiliger locatie te brengen.

Toen de Bosniër die Engels sprak de kamer had verlaten, nam ik mijn geweer in de armen, ging dicht bij het meisje staan dat met me had gepraat en vroeg: 'Geloof je in het lot?'

'Donder op.'

'Geloof je in het lot?' hield ik vol.

'Waarom stel je deze vraag?'

'Als ik het goed zie is het jouw lot, als gevangen oorlogsmisdadigster, om te sterven,' antwoordde ik. 'Als je wordt veroordeeld voor het vermoorden van tientallen ongewapende jongens, dan ben je schuldig aan genocide. Ook al zijn jij en je zussen door een hele groep mannen verkracht, dan nog hangen ze je op. Dat is de straf voor genocide.'

Ze stak haar kin hooghartig de lucht in. 'Ik ben niet bang om te sterven voor wat we hebben gedaan. We hebben monsters vermoord. Het was gerechtigheid. We brengen evenwicht waar dat niet was.'

Monsters en Furiën, dacht ik. Ik raakte opgewonden en antwoordde: 'Misschien, maar jullie zullen sterven en dan houdt jullie verhaal op.' Ik zweeg. 'Maar wellicht is jullie lot een ander. Misschien is alles in jullie leven ter voorbereiding geweest op dit ogenblik, deze plaats, deze avond, precies nu jullie lot samenvalt met het mijne.'

Ze keek beduusd. 'Wat betekent dat: lot samenvalt?'

'Dat ik jullie hier vandaan haal,' zei ik. 'Ik zorg ervoor dat jullie een nieuwe identiteit krijgen, ik verstop jullie en bescherm jou en je zusters voor altijd. Ik geef jullie de kans op leven.'

Ze was weer haar onbuigzame zelf geworden. 'En in ruil?'

Ik keek in haar ogen. Ik keek in haar ziel. 'Zijn jullie bereid je leven op het spel te zetten om mij te redden, net zoals ik nu mijn leven op het spel zet om jullie te redden.'

De oudste zus keek me van opzij aan. Toen draaide ze zich om en ratelde in het Servisch tegen haar zussen. Ze ruzieden even fel maar fluisterend met elkaar.

Uiteindelijk vroeg degene die Engels sprak: 'Jij kunt ons redden?'

Het galmende geluid in mijn hoofd ging door, maar de mist was opgetrokken, en ik bevond me in een staat van bijna elektriserende helderheid. Ik knikte.

Ze keek me strak aan met die donkere doodse ogen en zei: 'Red ons.'

De Engelssprekende Bosniër kwam terug naar de kamer en riep tegen me: 'Wat vertellen die demonen uit de hel je voor leugens?'

'Ze hebben dorst,' antwoordde ik. 'Ze willen wat water. Is het gelukt met de telefoon?'

'Nog niet,' zei hij.

'Mooi,' antwoordde ik. Ik haalde de veiligheidspal om van het machinegeweer, zwaaide de loop in de richting van de mannen die de Furiën gevangen hadden genomen, opende het vuur en vermoordde ze allemaal.

BOEK TWEE

Laat de Spelen beginnen

HOOFDSTUK 13

Toen de taxi stopte voor een steriele wolkenkrabber diep in de City, de financiële wijk van Londen, hoorde Peter Knight zijn moeder nog steeds snikken. De enige andere keer dat hij haar zo had zien huilen was boven het lijk van zijn vader nadat hij was verongelukt.

Amanda had zich in de armen van haar zoon gestort nadat ze had gehoord dat haar verloofde was overleden. Knight had de verwoestende omvang van haar wanhoop gevoeld en deze maar al te goed begrepen. Ze was tot in haar ziel geraakt. Dat gevoel wenste Knight niemand toe, zeker niet zijn moeder, en hij hield haar vast tijdens de ergste geestelijke en emotionele schok, waarbij hij zijn eigen rauwe herinneringen aan zijn verlies opnieuw doorleefde.

Gary Boss was ten slotte haar kantoor binnengekomen, en moest bijna zelf huilen toen hij Amanda's ontstellende verdriet zag. Een paar minuten later kreeg Knight een sms'je van Jack Morgan, dat hij direct naar Private Londen moest komen omdat *The Sun* hen had ingehuurd om een brief te analyseren van iemand die beweerde sir Dentons moordenaar te zijn. Boss zei dat hij verder voor Amanda zou zorgen.

'Nee, ik moet hier blijven,' had Knight geantwoord, die zich vreselijk schuldig voelde als hij zou weggaan. 'Dat begrijpt Jack wel. Ik bel hem even.'

'Nee!' zei Amanda boos. 'Ik wil dat je naar je werk gaat, Peter. Ik wil dat je doet waar je het best in bent. Ik wil dat je die gore klootzak zoekt die dit Denton heeft aangedaan. Ik wil dat hij in de gevangenis komt. Ik wil dat hij levend verbrand wordt.'

Terwijl Knight in de lift stond naar de bovenste verdiepingen van de wolkenkrabber werden zijn gedachten gedomineerd door de opdracht van zijn moeder, en ondanks de doorlopende pijn in zijn zij voelde hij dat de zaak hem overnam. Zo ging het altijd met Knight als hij aan een grote zaak werkte – hij raakte geobsedeerd, bezeten – maar nu zijn moeder erbij betrokken was, zou dit onderzoek meer weg hebben van een kruistocht: wat er ook gebeurde, wat voor obstakels hij ook zou tegenkomen, hoe lang het ook zou duren, Knight zwoer dat hij de moordenaar van Denton Marshall zou grijpen.

De liftdeuren gingen open en hij stapte uit in de receptie, een hypermoderne ruimte ingericht met kunstwerken die mijlpalen in de geschiedenis van de spionage, forensische wetenschap en cryptografie verbeeldden. Hoewel het Londense kantoor op dit ogenblik zwaar onderbezet was door de sterfgevallen, wemelde het in de lobby van de Private International-agenten van over de hele wereld, die hun Olympische beveiligingspassen en taakomschrijvingen kwamen ophalen.

Knight liep om de menigte heen, hij herkende slechts een paar mensen, en kwam op weg naar een wand van getint kogelvrij glas langs een beeld van het paard van Troje en een buste van sir Francis Bacon. Hij keek in een netvliesscanner en drukte zijn rechtervinger op een vingerafdruklezer. Sissend schoof een deel van de wand opzij, en een sjofele man werd zichtbaar met een gezicht vol sproeten, peentjesrood haar en een onverzorgde baard. Hij droeg cargojeans, een trui van West Ham United en zwarte sloffen.

Knight glimlachte. 'Hé, Hooligan.'

'Fok, Peter,' zei Jeremy 'Hooligan' Crawford met een blik op Knights kleren. 'Ben je naar bed geweest met een orang-oetan of zo?'

Nu Wendy Lee bij het vliegtuigongeluk was omgekomen, was

Hooligan hoofd van de wetenschappelijke, technische en forensische afdeling van Private Londen. Hij was begin dertig, sarcastisch, zeer gesteld op zijn onafhankelijkheid en ongegeneerd grof in de mond, maar ook waanzinnig slim.

Hoewel Hooligan geboren en getogen was in Hackney Pick, een van de ruigere buurten van Londen, bij ouders die de middelbare school niet hadden afgemaakt, was hij op zijn negentiende in Cambridge afgestudeerd in wiskunde en biologie. Op zijn twintigste had hij een derde studie afgerond aan de universiteit van Staffordshire, forensische wetenschap en criminologie, en was hij aangenomen door MI5, waar hij acht jaar had gewerkt, waarna hij bij Private in dienst kwam voor twee keer zijn eerdere ambtenarensalaris.

Hooligan was ook een fanatiek voetbalfan met een seizoenskaart van West Ham, de Londense voetbalclub. Ondanks zijn opmerkelijke slimheid stond hij erom bekend dat hij in zijn jonge jaren bij het kijken naar belangrijke wedstrijden totaal uit zijn dak ging. Daarom hadden zijn broers en zussen hem zijn bijnaam gegeven. En hoewel veel mensen daar niet over zouden opscheppen, droeg hij zijn naam vol trots.

'Ik heb gevochten met de motorkap en het dak van een taxi en kan het nog navertellen,' zei Knight tegen Hooligan. 'Is de brief van de moordenaar er al?'

Hooligan haastte zich langs hem heen. 'Ze brengt hem net naar boven.'

Knight draaide zich om en keek tussen alle agenten door naar de lift, die weer openging. *The Sun*-journaliste Karen Pope stapte naar buiten, met een grote bruine envelop tegen haar borst geklemd. Hooligan ging naar haar toe. Ze leek van haar stuk door zijn sjofele verschijning en schudde hem aarzelend de hand. Hij nam haar mee terug naar de hal en stelde haar voor aan Knight.

Pope was onmiddellijk op haar hoede en bekeek de onderzoeker achterdochtig, vooral zijn gescheurde, smerige jas. 'Mijn redacteuren willen dat dit discreet en snel wordt afgehandeld, en dat er niet meer mensen dan noodzakelijk bij betrokken worden. Wat *The Sun* betreft, betekent dat uitsluitend u, meneer Crawford.'

'Noem me maar Hooligan, oké?'

Knight vond Pope onmiddellijk irritant en defensief, maar dat kwam misschien mede doordat hij het gevoel had dat zijn hele linkerkant was bewerkt met een knuppel en hij emotioneel uitgeput was door zijn moeders inzinking.

Hij zei: 'Ik werk namens het bedrijf én namens mijn moeder aan de moord op Marshall.'

'Uw moeder?' vroeg Pope.

Knight legde het uit, maar Pope leek nog steeds te twijfelen.

Knight had geen greintje geduld en vroeg: 'Hebt u al bedacht dat ik misschien iets over deze zaak weet wat u niet weet?'

HOOFDSTUK 14

Die was raak. Popes gezicht werd rood.

'Ik herinner me niet dat ik uw naam al eens in de krant heb gezien,' vervolgde Knight. 'Werkt u op de stadsredactie? De afdeling misdaad?'

'Als u het weten wilt, normaal gesproken werk ik op de sportredactie,' zei ze, met haar kin in de lucht. 'En wat dan nog?'

'Dat betekent dat ik dingen over deze zaak weet die u niet weet,' zei Knight.

'O ja?' zei Pope vinnig. 'Nou, ik ben anders degene die de brief in bezit heeft, meneer Knight. Weet u, ik handel dit echt het liefst af met meneer eh... Hooligan.'

Voordat Knight kon antwoorden, klonk een Amerikaanse mannenstem: 'Het zou slim zijn om Peter wel bij het onderzoek te betrekken, mevrouw Pope. Hij is de beste die we hebben.'

De Amerikaan, een slungelige man met het knappe uiterlijk van een surfer, stak zijn hand uit en schudde die van haar. 'Jack Morgan. Uw redacteur heeft met mij geregeld dat de brief wordt geanalyseerd. Ik wil er ook graag bij zijn als het kan.'

'Oké,' zei Pope zonder een greintje enthousiasme. 'Maar de inhoud van deze envelop mag pas aan anderen worden meegedeeld nadat alles in *The Sun* is gepubliceerd. Afgesproken?'

'Zeker,' zei Jack met een oprechte glimlach.

Knight bewonderde de eigenaar en oprichter van Private. Jack was jonger dan Knight en nog ongeduldiger dan hij. Ook was hij slim en gedreven, en omringde zich met slimme, gedreven mensen die hij goed betaalde. Hij gaf ook echt om de mensen die voor hem werkten. Hij was kapot van het verlies van Carter en de andere medewerkers van Private Londen en was onmiddellijk de Atlantische Oceaan overgestoken om samen met Knight de boel over te nemen.

Ze gingen met z'n vieren naar Hooligans lab, een verdieping lager. Jack ging naast Knight lopen, die veel langzamer bewoog dan de anderen. 'Goed gedaan met Lancer,' zei hij. 'Dat je zijn leven hebt gered, bedoel ik.'

'We zijn de mensen graag van dienst,' zei Knight.

'Hij was je heel dankbaar en zei dat ik je opslag moest geven.'

Knight gaf geen antwoord. Ze hadden nog niet over zijn salaris gesproken nu hij nieuwe verantwoordelijkheden had.

Dat leek Jack ook te binnen te schieten en hij zei: 'We hebben het na de Spelen over je salaris.' Toen keek de Amerikaan hem wat aandachtiger aan. 'Gaat het wel?'

'Ik voel me alsof ik in een rugbyscrum heb gestaan, maar ik ga vrolijk door,' verzekerde Knight hem terwijl ze het laboratorium van Private Londen binnengingen, dat in elk opzicht hypermodern was.

Hooligan ging hen voor naar een voorvertrek, waar hij iedereen opdracht gaf witte wegwerpjumpsuits aan te trekken en een kap op te zetten. Knight kreunde, maar eenmaal in pak en met kap op, liep hij achter Hooligan aan door een luchtsluis het steriele lab in. Hooligan liep naar een werkplek met een elektrische microscoop en hightech spectrografische apparatuur. Hij nam de envelop van Pope aan, opende hem en keek erin.

Hij vroeg: 'Heb jij alles in mapjes gedaan of zaten die papieren daar al in toen je hem kreeg?'

Knight hoorde de vraag via een headset in de kap, waardoor alle gesprekken klonken alsof ze in de ruimte werden gevoerd.

'Dat heb ik gedaan,' antwoordde Pope. 'Ik wist direct dat ze beschermd moesten worden.'

'Slim,' zei Hooligan. Hij zwaaide zijn gehandschoende wijsvinger heen en weer terwijl hij naar Knight en Jack keek. 'Heel slim.'

Ondanks zijn aanvankelijke antipathie jegens Pope moest Knight het met hem eens zijn. Hij vroeg: 'Wie heeft deze papieren aangeraakt voordat je ze in hoesjes deed?'

'Alleen ik,' zei Pope terwijl Hooligan de brief uit zijn mapje haalde. 'En de moordenaar, neem ik aan. Hij heeft een naam. Die staat erin. Hij noemt zichzelf "Cronus".'

HOOFDSTUK 15

Even later klonk de vreemde fluitmuziek uit de kaart. Het irriteerde Knight en hij kreeg het gevoel dat de moordenaar een spelletje met hen speelde. Hij keek de brief en de andere documenten door en gaf ze toen aan Jack.

De muziek had Jack blijkbaar ook op zijn zenuwen gewerkt, want hij klapte de kaart dicht, zodat de muziek stopte en zei: 'Die vent is knettergek.'

Pope zei: 'Nou, hij lijkt ze best op een rijtje te hebben, vooral bij die stukken over Marshall en zijn voormalige vennoot, Guilder. De documenten bevestigen zijn beweringen.'

'Ik geloof die documenten niet,' zei Knight. 'Ik kende Denton Marshall. Hij was goudeerlijk. En al kloppen ze wel, dan nog zijn ze niet echt een rechtvaardiging om hem te onthoofden. Jack heeft gelijk. Die kerel is zeer onstabiel en heel arrogant. Hij spot met ons. Hij zegt tegen ons dat we hem niet kunnen tegenhouden. Hij zegt dat het nog niet voorbij is, dat dit weleens het begin zou kunnen zijn.'

Jack knikte en zei: 'Als je begint met iemand te onthoofden, dan mag god weten waar het eindigt.'

'Ik ga wat tests uitvoeren,' zei Hooligan. Hij keek naar de kaart. 'Die muziekchips worden in heel veel wenskaarten gebruikt. We zouden het merk en model moeten kunnen achterhalen.'

Knight knikte en zei: 'Ik wil die brief nog een keer lezen.'

Terwijl Pope en Jack toekeken hoe Hooligan de elektronische onderdelen uit de muzikale kaart sneed, richtte Knight zich weer

op de brief en las hem door terwijl de fluitmuziek in het lab wegstierf.

De eerste zin was geschreven in symbolen en letters die Knight
niet kon lezen, maar waarvan hij aannam dat het Oudgrieks was.
Vanaf de tweede zin was de brief in het Engels.

De antieke Olympische Spelen zijn gecorrumpeerd. De moderne
Spelen zijn geen verering van de goden en de mens. Ze draaien
niet eens om goedwilligheid tussen mensen. De moderne Spelen
zijn een aanfluiting, elke vier jaar een leuk spektakel, zo verwor-
den door allerlei dieven, bedriegers, moordenaars en monsters.

Kijk eens naar de geweldige veelgeprezen sir Denton Marshall
en zijn corpulente vennoot Richard Guilder. Zeven jaar geleden
heeft sir Denton de Olympische beweging, die staat voor eerlijke competitie, verraden. Uit de documenten bij deze brief zal
blijken dat, om ervoor te zorgen dat Londen werd verkozen als
gastheer voor de Spelen van 2012, sir Denton en meneer Guilder
op sluwe en heimelijke wijze geld van hun klanten overgeheveld
hebben en naar bankrekeningen op het vasteland van Europa
hebben doorgesluisd. De rekeningen zijn van lege bv's die weer
dochterondernemingen zijn van andere lege bv's; leden van het
Internationaal Olympisch Comité staan aan het hoofd van deze
bv's. Parijs, tweede na het selectieproces, had geen schijn van
kans.

En dus, om de Spelen te zuiveren, vinden de Furiën en ik het
gerechtvaardigd dat sir Denton wegens zijn misdaden moet sterven, hetgeen dus is geschied. Wij zijn onstuitbare wezens, superieur aan jullie, in staat de corruptie te zien die jullie ontgaat, in
staat de monsters te ontmaskeren en te doden ten bate van de
Spelen, iets waartoe jullie niet in staat zijn.
Cronus

HOOFDSTUK 16

Nu hij de brief voor de tweede keer had gelezen, was Knight nog meer van slag, nog bezorgder dan daarvoor. In het licht van wat ze sir Denton hadden aangedaan, kwam Cronus over als een waanzinnige, een rationele, dat wel, wat Knight kippenvel bezorgde.

Om het nog erger te maken, kreeg hij die griezelige fluitmuziek niet uit zijn hoofd. Aan wat voor geest waren die muziek en brief ontsproten? Hoe had Cronus de combinatie weten te bedenken die zo'n gevoel van dreiging en ontwijding opriep?

Of was Knight zo nauw bij de zaak betrokken dat hij dat gevoel wel moest krijgen?

Hij kreeg een camera en maakte close-ups van de brief en de ondersteunende documenten. Jack kwam naar hem toe. 'Wat vind je ervan, Peter?'

'De kans is groot dat een van de "Furiën" zoals hij ze noemt, vanmiddag heeft geprobeerd Lancer aan te rijden,' antwoordde Knight. 'Er zat een vrouw achter het stuur van die taxi.'

'Wat?' sputterde Pope. 'Waarom hebt u me dat niet verteld?'

'Dat heb ik nu net gedaan,' zei Knight. 'Maar ik wil niet geciteerd worden.'

Hooligan schreeuwde plotseling: 'Dat was een gróte fout!'

Iedereen draaide zich om. Hij hield een pincet omhoog met iets erin.

'Wat heb je daar?' vroeg Jack.

'Haar,' zei Hooligan triomfantelijk. 'Die zat in de lijm op de flap van de envelop.'

'DNA, toch?' vroeg Pope opgewonden. 'Kijken of je een match hebt.'

'Ik ga het in elk geval proberen.'

'Hoe lang gaat dat duren?'

'Een dag of zo, voor een volledige DNA-analyse.'

Pope schudde haar hoofd. 'Zo lang kun je die niet houden. Mijn redacteur was heel duidelijk. We moeten alles aan Scotland Yard geven voordat we het verhaal publiceren.'

'Hij neemt een monster en laat de rest voor hen over,' beloofde Jack.

Knight liep naar de deur.

'Waar gaat u naartoe?' wilde Pope weten.

Knight bleef staan, niet zeker wat hij haar zou vertellen. Toen zei hij de waarheid. 'Volgens mij is dat eerste zinnetje Oudgrieks, dus ik ga James Daring een bezoekje brengen, je weet wel, die vent van *Geheimen uit het verleden* op Sky-tv, eens zien of hij weet wat er staat.'

'Dat heb ik weleens gezien,' zei Pope minachtend. 'Die babbelende nul denkt dat hij Indiana Jones is.'

Hooligan zei fel: 'Die "babbelende nul" is anders wel antropoloog en archeoloog, gepromoveerd aan Oxford, en curator Griekse oudheden bij het British Museum.' Hooligan wierp een blik op Knight. 'Daring weet ongetwijfeld wat daar staat, Peter, en ik wil mijn kop eronder verwedden dat hij ook wat over Cronus en de Furiën te zeggen heeft. Goed idee.'

Knight zag door het doorzichtige vizier van haar kap dat de journaliste haar mond vertrok, alsof ze iets smerigs proefde. 'En daarna?' vroeg Pope ten slotte.

'Naar Guilder, lijkt me.'

'Zijn vennoot?' riep Pope uit. 'Dan ga ik met u mee.'

'Dat denk ik niet,' zei Knight. 'Ik werk alleen.'

'Ik ben de klant,' benadrukte ze, met een blik op Jack. 'Ik mag mee, toch?'

Jack aarzelde, en in die aarzeling zag Knight welke last de eigenaar van Private International op zijn schouders droeg. Hij had vier topagenten verloren bij een verdacht vliegtuigongeluk. Alle vier cruciale spelers die precies wisten welke rol Private speelde bij de beveiliging van de Spelen. En nu sir Denton, en die krankzinnige Cronus.

Knight wist dat hij er spijt van zou krijgen, maar hij zei: 'We hoeven niet op onze strepen te staan, Jack. Ik pas mijn regels voor deze keer wel aan. Ze mag mee.'

'Bedankt, Peter,' zei de Amerikaan met een vermoeide glimlach. 'Ik sta wederom bij je in het krijt.'

HOOFDSTUK 17

In het holst van de nacht in de zomer van 1995, 48 uur nadat ik het vuur geopend had en zeven Bosniërs had neergemaaid, opende een sinistere man die naar tabak en kruidnagel rook, en mijn blik ontweek, de deur van een krottige werkplaats in een door de strijd getekende buurt van Sarajevo.

Hij was het soort monster dat gedijt in tijden van oorlog en politieke aardverschuivingen, een wezen uit de schaduwen, met een steeds wisselende identiteit en loyaliteit.

Ik had van het bestaan van de vervalser vernomen via een collega van de vredesmacht. Hij was verliefd geworden op een meisje uit de stad dat op haar eigen paspoort niet kon reizen.

'Zoals we gisteren afspraken,' zei de vervalser toen de Servische meisjes en ik binnen waren. 'Zesduizend voor drie. Plus duizend spoedtoeslag.'

Ik knikte en gaf hem een envelop. Hij telde het geld en gaf me toen een soortgelijke envelop met daarin drie neppaspoorten, een Ests, een Pools en een Sloveens.

Ik bekeek ze aandachtig, blij dat ik de meisjes een nieuwe naam en identiteit had kunnen geven. De oudste heette nu Marta. Teagan was de middelste en Petra de jongste. Ik glimlachte en bedacht dat, als ze een ander kapsel en haarkleur hadden, niemand hen ooit zou herkennen als de Servische zusjes die de Bosnische boeren de Furiën hadden genoemd.

'Uitstekend gedaan,' zei ik tegen de vervalser, en ik stopte de paspoorten in mijn zak. 'En mijn geweer?'

We hadden mijn Sterling bij hem achtergelaten als onderpand toen ik de paspoorten had besteld. 'Natuurlijk,' zei hij. 'Daar moest ik net aan denken.'

De vervalser ging naar een afgesloten kluis en haalde het wapen eruit. Hij draaide zich om en richtte het op ons. 'Op jullie knieën,' snauwde hij. 'Ik heb iets gelezen over een slachting in een politiebureau bij Srebrenica en drie Servische meisjes die worden gezocht voor oorlogsmisdaden. Er is een beloning uitgeloofd. Een grote beloning.'

'Vuile rat,' zei ik spottend, om zijn aandacht op mij gericht te houden terwijl ik me langzaam op mijn knieën liet zakken. 'We geven je geld en jij levert ons uit?'

Hij glimlachte. 'Ik geloof dat je dan zegt: "Zo gewonnen, zo geronnen".'

De 9 mm-kogel uit het pistool met demper zoefde over mijn hoofd en sloeg in tussen de ogen van de vervalser. Hij klapte achterover en viel dood op zijn bureau, waarbij het geweer op de grond kletterde. Ik pakte het op en draaide me om naar Marta, in wier rechterjaszak een kogelgat zat.

Voor het eerst zag ik iets anders dan doodsheid in haar ogen. Daarvoor in de plaats was een onverzettelijke extase verschenen die ik begreep en deelde. Ik had voor haar gedood. Nu had zij voor mij gedood. Onze lotsbestemmingen waren niet alleen onontwarbaar met elkaar verbonden, we waren ook dronken van de bedwelmende drank die na elke missie in leden van militaire elite-eenheden gist en gedistilleerd wordt, de verslavende drank van superieure wezens die beschikken over leven en dood.

Toen we echter de werkplaats van de vervalser verlieten, was ik me er scherp van bewust dat er al meer dan twee dagen voorbij waren gegaan sinds ik door de bom uit de Land Cruiser was geslingerd. Mensen waren op zoek naar de Furiën. Dat had de vervalser gezegd.

En iemand moest het ontplofte en verbrande voertuig hebben gevonden waar ik uit was geworpen. Iemand moest de verkoolde lijken hebben geteld en onderzocht en tot de conclusie zijn gekomen dat ik ontbrak.

Hetgeen betekende dat er ook mensen naar mij op zoek waren.

Misschien, besloot ik, was het beter als ze me eerder vroeg dan laat vonden.

HOOFDSTUK 18

Om tien voor halfvier die donderdagmiddag liepen Pope en Knight over de binnenplaats van het eerbiedwaardige British Museum in het centrum van Londen en beklommen de granieten bordestrap. Toen ze het museum binnengingen, knarste Knight met zijn tanden. Hij vond het heerlijk om een onderzoek alleen te doen, omdat hij dan af en toe in stilte dingen kon overdenken.

Maar sinds ze het kantoor van Private hadden verlaten, had Popes mond amper een seconde stilgestaan. Ze spuide allemaal informatie die hij echt niet hoefde te weten, over de hoogtepunten van haar carrière, die klootzak van een Lester met wie ze in Manchester een relatie had gehad en de beproevingen die ze ondervond als enige vrouw op de sportredactie van *The Sun*. Ze waren elkaar intussen wel gaan tutoyeren.

'Dat zal wel zwaar zijn,' zei hij, terwijl hij zich afvroeg of hij haar op de een of andere manier kon lozen zonder Jack met nog meer problemen op te zadelen.

Knight ging haar voor naar een oudere vrouw achter de informatiebalie. Hij identificeerde zich en zei dat iemand van Private had gebeld om een gesprekje met dr. James Daring te regelen.

Ze sputterde iets over dat de curator het heel druk had vanwege de opening van de tentoonstelling die avond, maar wees hun toen de weg.

Ze liepen de trap op naar een hogere verdieping en gingen naar de achterkant van het indrukwekkende gebouw. Uiteindelijk kwamen ze bij een zuilengang waarboven een enorm spandoek hing met daarop: DE OLYMPISCHE SPELEN: HEDEN & VERLEDEN; EEN OVERZICHT.

Er stonden twee bewakers voor een paars gordijn dat voor de zuilengang hing. Cateraars troffen voorbereidingen voor een receptie ter ere van de opening, ze zetten tafels en een bar neer in de hal. Knight liet zijn pasje van Private zien en vroeg naar Daring.

De bewaker antwoordde: 'Dr. Daring is de deur uit voor een—'

'Late lunch, maar ik ben alweer terug, Carl,' klonk een gekwelde mannenstem van achter uit de zuilengang. 'Wat is er aan de hand? Wie zijn dit? Ik heb toch duidelijk gezegd dat er voor zevenen niemand binnen mag!'

Knight draaide zich om en zag de bekende gestalte van dr. Daring, een knappe en grofgebouwde man in kaki cargoshort, sandalen en een shirt in safaristijl, die snel naar hen toe kwam lopen. Zijn staart wipte op en neer op zijn schouders. Hij had een iPad bij zich. Zijn blik flitste alle kanten op.

Knight had James Daring op televisie gezien. Om redenen die hij niet helemaal begreep, was zijn driejarige zoon, Luke, dol op *Geheimen uit het verleden*. Hij dacht dat dat kwam door de melodramatische muziek die bijna onder elk programma van Daring was gemonteerd.

'Mijn kinderen zijn grote fans,' zei Knight, en stak zijn hand uit. 'Peter Knight, van Private. Mijn kantoor heeft gebeld.'

'En Karen Pope. Van *The Sun*.'

Daring wierp een blik op haar en zei: 'Ik heb al iemand van *The Sun* uitgenodigd om de tentoonstelling samen met de andere genodigden te bekijken – om zeven uur. Wat kan ik voor Private betekenen, meneer Knight?'

'Eigenlijk werken mevrouw Pope en ik samen,' zei Knight. 'Sir Denton Marshall is vermoord.'

De televisiester verbleekte en hij knipperde een paar keer met zijn ogen, waarna hij zei: 'Vermoord? O, mijn hemel. Wat een tragedie. Hij...'

Daring gebaarde naar de paarse gordijnen die de toegang tot zijn nieuwe tentoonstelling belemmerden. 'Zonder Dentons financiële steun zou deze tentoonstelling niet mogelijk zijn geweest. Hij was gul en een aardige man, die ook mijn tv-programma steunde.'

Er welden tranen op in Darings ogen. Er biggelde er een over zijn wang. 'Ik was van plan hem vanavond op de receptie publiekelijk te bedanken. En... Wat is er gebeurd? Wie heeft het gedaan? Waarom?'

'Hij noemt zichzelf Cronus,' antwoordde Pope. 'Hij heeft me een brief gestuurd. Er staat iets in Oudgrieks in. We hoopten dat u dat kon lezen.'

Daring wierp een blik op zijn horloge en knikte toen. 'Ik heb een kwartier voor jullie. Het spijt me, maar–'

'De tentoonstelling,' zei Pope. 'Dat begrijpen we. Een kwartier zou heel fijn zijn.'

Na een korte stilte zei Daring: 'Loop maar even mee dan.'

De museumcurator ging hen voor tussen de gordijnen door naar een opmerkelijke tentoonstelling waarin de antieke Olympische Spelen werden afgezet tegen de moderne versie. De tentoonstelling begon met een enorme luchtfoto van de ruïnes van Olympia, in Griekenland, de plek waar de eerste Spelen werden gehouden.

Terwijl Pope Daring een kopie van Cronus' brief liet zien, bekeek Knight de foto van Olympia en de tekening waarop werd uitgelegd wat de ruïnes vroeger waren.

Het gebied werd omringd door groepjes olijfbomen en gedomineerd door de Altis. Dat was een heiligdom midden in Olympia met verschillende tempels, waaronder één gewijd aan Zeus, de machtigste Griekse god. Tijdens de Spelen werden in de tempels rituelen verricht en offers gebracht. Volgens Darings tentoonstelling was heel Olympia, inclusief het stadion, een heilige plaats van verering.

Meer dan duizend jaar lang, in tijd van oorlog en van vrede, verzamelden de Grieken zich in Olympia om het festival van Zeus te vieren en met elkaar in de Spelen te wedijveren. Er werden geen bronzen, zilveren of gouden medailles uitgereikt. Een krans van wilde olijventakken was voldoende om de overwinnaar, zijn familie en de stad waar hij woonde onsterfelijkheid te verlenen.

Hierna ging de tentoonstelling verder met een vergelijking van de antieke Spelen met de moderne.

Knight was zeer onder de indruk geraakt van de tentoonstelling. Maar binnen een paar minuten nadat hij bij de vitrines was gekomen waarin de antieke Spelen met de nieuwe werden vergeleken, kreeg hij het gevoel dat de oude veruit de voorkeur genoten.

Hij had dat nog niet gedacht of hij hoorde dat Pope hem vanaf de andere kant van de gang riep. 'Knight, volgens mij moet je dit even horen.'

HOOFDSTUK 19

Dr. Daring stond voor een vitrinekast waarin antieke discussen, speren en terracotta vazen lagen, beschilderd met afbeeldingen van sportwedstrijden, en gebaarde naar de eerste zin van de brief.

'Dit is inderdaad Oudgrieks,' zei hij. 'Er staat: "Olympiërs, jullie bevinden je in de schoot der goden." Dat is een zegswijze uit de Griekse mythologie. Het betekent dat het lot van bepaalde stervelingen in handen ligt van de goden. Volgens mij wordt de zin vaak gebruikt als een sterveling een vergrijp heeft gepleegd dat zo erg is dat de bewoners van de berg Olympus erdoor getergd worden. Maar weet je wie je dit soort dingen beter kunt vragen?'

'Nou?' vroeg Knight.

'Selena Farrell. Ze is hoogleraar klassieke talen aan King's College, excentriek en geniaal. In een vorig leven werkte ze voor de NAVO op de Balkan. Daar heb ik haar, eh... ontmoet. Je kunt het beste naar haar toe gaan. Ze is een zeer onorthodox denker.'

Pope schreef Farrells naam op en vroeg: 'Wie is Cronus?'

De museumcurator pakte zijn iPad erbij. 'Cronus was een Titaan, een van de goden die vóór de Olympiërs over de wereld heersten. Nogmaals, Farrell weet hier meer van, maar Cronus was de god van de tijd, en de zoon van Gaia en Uranus, de oude heersers van hemel en aarde.'

Daring vertelde dat Cronus op instigatie van zijn moeder uiteindelijk tegen zijn vader in opstand kwam en hem met een zeis castreerde.

Een mes met een lang, gebogen lemmet, dacht Knight. Zo had Elaine het moordwapen toch omschreven?

'Volgens de mythe droop het bloed van Cronus' vader op de aarde, en daaruit ontstonden de drie Furiën,' vervolgde Daring. 'Zij waren de halfzussen van Cronus, wraakgodinnen, met slangenharen als Medusa.'

De curator vertelde verder dat Cronus met Rhea trouwde en vader werd van zeven van de twaalf goden die de oorspronkelijke Olympiërs zouden worden. Toen zweeg de televisiester, hij zag er ongerust uit.

'Wat is er?' vroeg Pope.

Daring trok zijn neus op alsof hij iets vies rook. 'Cronus deed iets wreeds toen hij hoorde van de voorspelling dat zijn eigen zoon zich tegen hem zou keren.'

'Wat dan?' vroeg Knight.

De curator draaide de iPad naar hem toe. Daarop stond een duister en verontrustend schilderij van een sjofele halfnaakte man met een baard die op de arm van een bebloed menselijk lichaampje kauwt. Het hoofd en de andere arm waren al verdwenen.

'Dit is een schilderij van de Spaanse schilder Goya. *Saturnus, die zijn zoon verslindt.* Saturnus was de Latijnse naam van Cronus.'

Knight werd niet goed van het schilderij. Pope zei: 'Ik snap het niet.'

'In de Romeinse en Griekse mythen at Cronus zijn kinderen één voor één op.'

HOOFDSTUK 20

'At hij ze op?' vroeg Pope en ze tuitte haar lippen.

Knight wierp een blik op het schilderij en zag toen zijn kinderen voor zich, in een speeltuin dicht bij zijn huis. Hij walgde nog meer van het schilderij.

'Tja, het is een mythe, wat zal ik ervan zeggen?' antwoordde Daring.

De curator legde uit dat Rhea haar man haatte omdat hij zijn kinderen had verslonden en ze zwoer dat geen van haar kinderen datzelfde lot nog zou wachten. Ze ging ervandoor en kreeg de zoon die ze Zeus noemde en verstopte hem onmiddellijk na zijn geboorte. Daarna ging ze terug, voerde Cronus dronken en gaf hem een steen gewikkeld in een deken om op te eten in plaats van haar zoon.

'Veel later,' vervolgde Daring, 'verrees Zeus, hij overmeesterde Cronus, dwong hem zijn kinderen op te braken en wierp zijn vader vervolgens in de donkerste bodemloze put van de Tartarus, als ik het goed heb. Vraag het Farrell maar.'

'Oké,' zei Knight. Hij wist niet zeker of dit nuttige info was of niet en vroeg zich af of die brief misschien een list was om hen de verkeerde richting op te sturen. 'Bent u een fan van de moderne Olympische Spelen, doctor?'

De televisiester fronste zijn voorhoofd. 'Hoezo?'

'Uw tentoonstelling lijkt me wat vooringenomen jegens de oude Spelen.'

Daring reageerde koel en verontwaardigd. 'Ik vind haar heel

evenwichtig. Maar ik wil best toegeven dat de antieke Spelen om de eer draaiden en om uitblinken ter ere van de Griekse religie, terwijl de moderne versie naar mijn mening te zeer beïnvloed is door het bedrijfsleven en de commercie. Ironisch, dat weet ik, omdat de tentoonstelling is opgezet met hulp van private weldoeners.'

'Dus in een bepaald opzicht bent u het eens met Cronus?' vroeg Pope.

De stem van de curator verkilde. 'Ik ben het er misschien mee eens dat de oorspronkelijke ideeën van de Olympische Spelen verloren zijn gegaan met de moderne variant, maar ik ben het er zeker niet mee eens dat iemand mensen vermoordt om "de Spelen te zuiveren". Als u me nu wilt excuseren, ik moet me klaarmaken en omkleden voor de receptie.'

HOOFDSTUK 21

Een paar uur nadat Marta de vervalser had gedood, zaten we met z'n vieren in een sjofel hotel aan de westrand van Sarajevo. Ik gaf de zusters ieder de envelop met hun paspoort en genoeg geld om te reizen.

'Neem allemaal een andere taxi of bus naar het treinstation. Ga dan via totaal verschillende routes naar het adres dat ik in jullie paspoort heb gestopt. In de steeg achter dat adres bevindt zich een lage bakstenen muur. Achter de derde baksteen van links ligt een sleutel. Koop voedsel. Ga naar binnen en wacht daar rustig af tot ik er ben. Ga alleen naar buiten als het niet anders kan. Val niet op. Blijf gewoon wachten.'

Marta vertaalde en vroeg toen: 'Wanneer kom jij?'

'Over een paar dagen,' zei ik. 'Hooguit een week, denk ik.'

Ze knikte. 'We wachten op je.'

Ik geloofde haar. Waar konden zij en haar zusters per slot van rekening anders naartoe? Hun lot was nu het mijne, en mijn lot was het hunne. Ik had het gevoel dat ik mijn lot meer in eigen hand had dan ooit eerder in mijn leven. Ik verliet de Servische meisjes en ging de straat op, waar ik met modder en vuil mijn gescheurde, bebloede kleren nog viezer maakte. Toen veegde ik de wapens af en gooide ze in een rivier.

Een uur voor zonsopgang liep ik naar het hek om het NAVO-kamp. Ik deed alsof ik versuft was. Tweeënhalve dag was ik vermist geweest.

Ik vertelde mijn superieuren en de artsen dat ik vage herinneringen had aan de bom die de Land Cruiser uiteen had gereten. Ik zei dat ik uren had rondgedwaald en in het bos had geslapen. 's Ochtends was ik verder gelopen. Pas de avond ervoor wist ik weer wie ik was en waar ik naartoe moest, en ik was op weg gegaan naar het kamp met het daze richtinggevoel van een dronkenlap die zijn huis probeert te vinden.

De artsen onderzochten me en stelden vast dat ik een schedelbreuk had, voor de tweede keer in mijn leven. Twee dagen later werd ik op medisch transport gezet. Cronus vloog naar huis, naar zijn Furiën.

HOOFDSTUK 22

Om vijf voor vier die donderdagmiddag kwam Knight het One Aldwych uit, een vijfsterrenhotel in West End, het theaterdistrict van Londen. Pope stond op de stoep te wachten, ingespannen op het schermpje van haar BlackBerry turend.

'Zijn secretaresse heeft je niet afgepoeierd. Volgens de portier komt hij hier inderdaad vaak iets drinken, maar hij is er nog niet,' zei Knight, die het had over Richard Guilder, al lange tijd de zakelijk partner van sir Denton. 'Kom, we gaan binnen wachten.'

Pope schudde haar hoofd en gebaarde toen over The Strand naar een rij gebouwen uit de tijd van koning Edward VII. 'Dat is toch King's College? Daar werkt Selena Farrell, de classica met wie we volgens die Indiana Jones-imitator moesten praten. Ik heb haar gegoogeld. Ze heeft heel veel gepubliceerd over de antieke Griekse toneelschrijver Aeschylus en zijn toneelstuk *De Eumeniden*, wat een andere naam is voor Furiën. We kunnen met haar gaan praten en dan weer terugkomen voor Guilder.'

Knight verwrong zijn gezicht. 'Eerlijk gezegd weet ik niet of we dichter bij de moordenaar van sir Denton komen als we meer weten over de mythe van Cronus en de Furiën.'

'Maar nu weet ik iets wat jij niet weet,' zei ze, terwijl ze haar BlackBerry zelfvoldaan voor zijn gezicht heen en weer zwaaide. 'Het blijkt dat Farrell zich met hand en tand tegen de Londense Olympische Spelen heeft verzet. Ze heeft rechtszaken gevoerd om alles tegen te houden, vooral vanwege de onteigeningsprocedure voor al die grond in Oost-Londen, waarop het Olympisch park is gebouwd. De hoogleraar is blijkbaar haar huis kwijtgeraakt toen het park daar kwam.'

Knight voelde dat zijn hart ging bonken. Hij liep in de richting van King's College en zei: 'Denton regelde de hele onteigeningsprocedure. Ze haatte hem waarschijnlijk.'

'Misschien wel zo erg dat ze hem heeft onthoofd,' zei Pope, die haar best deed hem bij te houden.

Toen zoemde Knights mobiel. Een sms van Hooligan. 1ste DNA-test: haar is van vrouw.

HOOFDSTUK 23

Ze troffen Selena Farrell aan in haar kantoor. De hoogleraar was begin veertig, een slonzig geitenwollensokkentype met grote borsten. Ze had een verschoten soepjurk aan, een zwarte bril met ovale glazen op, geen make-up en had Zweedse muilen aan haar voeten. Om haar hoofd had ze een sjaal gewikkeld die door twee houten spelden op zijn plek werd gehouden.

Maar het was de schoonheidsvlek die Knights aandacht trok. Die zat ongeveer halverwege haar rechterwang en deed hem denken aan een jonge Elizabeth Taylor. Onder de juiste omstandigheden en met vlottere kleding zou ze heel aantrekkelijk kunnen zijn.

Terwijl dr. Farrell zijn legitimatie inspecteerde, keek Knight rond naar allerlei ingelijste foto's: een van de hoogleraar klimmend in Schotland, een andere terwijl ze poseerde op de rand van een Griekse ruïne en een derde waarop ze veel jonger was, een zonnebril op had, een kaki blouse en broek aan, en ze met een automatisch wapen naast een witte vrachtwagen stond met NATO op de zijkant.

'Oké,' zei Farrell, die hem zijn insigne teruggaf. 'Waarvoor zijn jullie hier?'

'Het gaat om sir Denton Marshall, lid van het Olympische organisatiecomité,' zei Knight, die keek welke reactie ze daarop vertoonde.

Farrell verstijfde en vertrok toen haar mond van afkeer. 'Wat is er met hem?'

'Hij is vermoord,' zei Pope. 'Onthoofd.'

Ze leek echt geschokt. 'Onthoofd? O, wat gruwelijk. Ik vond hem niet aardig, maar... dat is barbaars.'

'Sir Denton heeft u uw huis en land ontnomen,' merkte Knight op.

Farrells houding verhardde. 'Dat klopt. Daarom had ik een hekel aan hem. Ik had een hekel aan hem en iedereen die vóór de Olympische Spelen was. Maar ik heb hem niet vermoord. Ik ben geen voorstander van geweld.'

Knight wierp een blik op de foto van haar met het automatische wapen, maar besloot haar niet uit de tent te lokken. In plaats daarvan vroeg hij: 'Waar was u gisteravond om kwart voor elf?'

De classica rechtte haar rug en zette haar bril af, en onthulde zo een paar verbazingwekkend hemelsblauwe ogen waarmee ze Knight strak aankeek. 'Dat kan ik u wel vertellen, maar dat doe ik niet, tenzij het noodzakelijk is. Ik ben erg gesteld op mijn privacy.'

'Kunt u ons iets vertellen over Cronus?' vroeg Pope.

Farrell keek verbaasd. 'Bedoelt u de Titaan?'

'Precies,' zei Pope.

Ze haalde haar schouders op. 'Hij wordt genoemd door Aeschylus, vooral in het derde toneelstuk van zijn trilogie *Oresteia, De Eumeniden*. De Eumeniden zijn de drie Furiën der wrake, geboren uit het bloed van Cronus' vader. Waarom vraagt u naar hem? Cronus is slechts een onbelangrijk figuur in de Griekse mythologie.'

Pope keek even naar Knight, die knikte. Ze graaide in haar tas. Ze pakte haar mobiele telefoon, waar ze even mee hanneste terwijl ze tegen Farrell zei: 'Ik heb vandaag een envelop gekregen van iemand die zich Cronus noemt en zegt dat hij de moordenaar van sir Denton is. Er zat een brief in en dit. Het is een opname van een opname, maar...'

Terwijl de journaliste weer in haar tas dook op zoek naar de kopie van Cronus' brief, zweefde de vreemde muziek uit haar telefoon.

De classica verstijfde na een paar tonen.

De melodie ging verder en Farrell staarde naar haar bureau. Ze raakte geagiteerd. Toen keek ze woest in het rond, alsof ze wespen hoorde. Haar handen vlogen omhoog alsof ze haar oren wilde bedekken, waardoor de spelden uit haar haar gleden en de sjaal losraakte.

Ze raakte in paniek en probeerde de sjaal op zijn plek te houden. Toen sprong ze op en rende naar de deur, terwijl ze nog net kon uitbrengen: 'Zet dat in godsnaam uit! Ik krijg er migraine van! Ik word er misselijk van!'

Knight sprong op en ging Farrell achterna, die heel snel de gang door kloste en de damestoiletten in ging.

'Wat een reactie, zeg,' zei Pope. Ze was achter hem aan gekomen.

'Nou.' Knight ging terug naar het kantoor en liep rechtstreeks naar Farrells bureau terwijl hij een bewijszakje tevoorschijn haalde.

Hij draaide het zakje binnenstebuiten en pakte een van de haarspelden op die waren gevallen voordat Farrell ervandoor was gegaan. Hij pakte de speld vast met het zakje om zijn vingers en trok hem er met de andere hand uit, waarna hij hem weer op het bureau liet vallen.

'Wat doe je?' wilde Pope fluisterend weten.

Knight verzegelde het zakje en mompelde: 'Hooligan zegt dat de haar uit de envelop van een vrouw is.'

Hij hoorde iemand naar het kantoor toe komen, stopte het bewijs in het binnenzakje van zijn jas en ging zitten. Pope bleef staan en keek naar de deur, waar een andere vrouw, veel jonger dan Farrell maar met een soortgelijk gebrek aan modegevoel, verscheen en zei: 'Sorry. Ik ben Nina Langor, de onderzoeksassistente van mevrouw Farrell.'

'Gaat het wel met haar?' vroeg Pope.

'Ze zei dat ze een migraineaanval had en naar huis ging. Als u haar maandag of dinsdag belt, zal ze het u uitleggen.'

'Wat uitleggen?' wilde Knight weten.

Nina Langor zag er verbijsterd uit. 'Ik heb eerlijk gezegd geen idee. Zo heb ik haar nog nooit gezien.'

HOOFDSTUK 24

Tien minuten later liep Knight achter Pope aan de trap op naar het One Aldwych-hotel. Hij keek de portier aan die hij eerder had gesproken en die gaf hem een knikje. Knight overhandigde hem een briefje van tien pond en ging achter Pope aan, in de richting van het gedempte geluid van vrolijke stemmen.

'Die muziek werkte Farrell op de zenuwen,' zei Pope. 'Die heeft ze eerder gehoord.'

'Dat lijkt me ook,' zei Knight. 'Ze was er helemaal onderstebo-ven van.'

'Zou zij Cronus kunnen zijn?' vroeg Pope.

'En dat ze die naam gebruikt om ons te laten denken dat ze een man is? Zeker. Waarom niet?'

Ze gingen de spectaculaire Lobby Bar binnen, die driehoekig van vorm was, met een heel hoog gewelfd plafond, een lichte ge-polijste kalkstenen vloer, ramen van de vloer tot het plafond en intieme zitjes van mooi meubilair.

Zoals de Beaufort Bar in het Savoy Hotel iets verderop om gla-mour draaide, ging het in de Lobby Bar om geld. Het One Ald-wych stond dicht bij de financiële wijk van Londen en straalde zoveel smaakvolle zakelijkheid uit dat het hotel als een magneet werkte op dorstige bankiers, traders die goed bij kas zaten en mensen die grote deals kwamen vieren.

Er waren zo'n vijftig van dergelijke klanten in de bar, maar Knight zag Richard Guilder, de zakenpartner van sir Denton, vrijwel onmiddellijk: het was een gezette beer van een vent met zilverkleurig haar in donker pak, die met hangende schouders alleen aan de bar aan de andere kant van de ruimte zat.

'Laat mij maar eerst met hem praten,' zei Knight.

'Hoezo?' snauwde Pope. 'Omdat ik een vrouw ben?'

'Met hoeveel vermeend corrupte magnaten heb jij de laatste tijd op de sportredactie ook alweer gepraat?' vroeg hij koeltjes.

De journaliste liet hem met een onwillig theatraal gebaar voorgaan.

Sir Dentons vennoot staarde in de afgrond. Twee vingers whisky zonder ijs wervelden in het kristallen glas dat hij vasthield. Links van hem stond een lege barkruk. Knight wilde gaan zitten, maar voordat hij dat kon doen, blokkeerde een forse man in donker pak zijn weg.

'Meneer Guilder wil geen gezelschap,' zei hij met een opvallend Brooklyns accent.

Knight liet zijn legitimatie zien. Guilders lijfwacht haalde zijn schouders op en deed hetzelfde. Joe Mascolo werkte voor Private New York.

'Ben jij hier als back-up voor de Spelen?' vroeg Knight.

Mascolo knikte. 'Jack heeft me hierheen gehaald.'

'Laat je me nu wel met hem praten?'

De agent van Private New York schudde zijn hoofd. 'Hij wil alleen zijn.'

Knight zei zo hard dat Guilder hem kon horen: 'Meneer Guilder? Gecondoleerd. Ik ben Peter Knight, ook van Private. Ik werk voor het LOCOG en voor mijn moeder, Amanda Knight.'

Mascolo werd kwaad omdat Knight hem wilde passeren.

Maar Guilder verstijfde, draaide zich om, keek Knight aan en zei toen: 'Amanda. Mijn hemel. Het is...' Hij schudde zijn hoofd en veegde een traan weg. 'Alsjeblieft, Knight, luister naar Joe. Ik ben nu niet in staat om over Denton te praten. Ik ben hier om om hem te rouwen. Alleen. Zoals jouw moeder waarschijnlijk ook doet.'

'Alstublieft, meneer,' begon Knight weer. 'Scotland Yard–'

'Heeft afgesproken morgenochtend met hem te praten,' snauwde Mascolo. 'Bel zijn kantoor maar. Maak een afspraak. En laat hem vanavond met rust.'

Hij staarde Knight aan. Sir Dentons vennoot draaide zich weer terug naar zijn drankje en Knight berustte er net in hem tot de volgende ochtend met rust te laten toen hij Pope hoorde zeggen: 'Ik ben van *The Sun*, meneer Guilder. We hebben een brief van meneer Marshalls moordenaar gekregen. Hij noemt u en uw bedrijf. Hij rechtvaardigt de moord op uw vennoot door te beweren dat u en sir Denton betrokken zouden zijn bij bepaalde illegale zakelijke activiteiten.'

Guilder draaide zich woest om. 'Hoe durf je! Denton Marshall was goudeerlijk. Hij is zolang ik hem ken nog nooit betrokken geweest bij iets illegaals. En ik ook niet. Wat er ook in die brief staat, het is gelogen.'

Pope probeerde de zakenman kopieën te geven van de documenten die Cronus haar had gestuurd en zei: 'Sir Dentons moordenaar beweert dat deze uit de archieven van Marshall & Guilder komen, of liever gezegd: uit de gehéíme archieven van uw bedrijf.'

Guilder wierp een blik op de papieren, maar nam ze niet aan, alsof hij het veel te druk had om dergelijke ongehoorde beweringen serieus te nemen. 'We hebben helemaal geen geheime archieven bij Marshall & Guilder.'

'Echt niet?' vroeg Knight. 'Zelfs niet over valutatransacties voor uw zeer vermogende cliënten?'

De hedgefondsmanager zei niets, maar Knight zou zweren dat zijn blozende wangen iets minder kleur kregen.

Pope zei: 'Volgens deze documenten staken u en sir Denton fracties van elke Britse pond of Amerikaanse dollar, of fracties van elke andere valuta waarin u handelde, in uw eigen zak. Dat lijkt misschien niet veel, maar als het om honderden miljoenen ponden per jaar gaat, loopt dat aardig op.'

Guilder zette zijn glas whisky op de bar en deed zijn best om beheerst over te komen. Maar Knight was er zeker van dat hij de hand van de man zag trillen toen hij die op zijn dij legde. 'Is dat alles wat de moordenaar van mijn beste vriend beweert?'

'Nee,' antwoordde Knight. 'Hij zegt ook dat het geld naar buitenlandse rekeningen is weggesluisd en uiteindelijk naar de leden van het IOC is gegaan voordat ze in 2005 hun beslissing namen. Hij zegt dat u en uw vennoot de Spelen door omkoperij naar Londen hebben gehaald.'

De omvang van die beschuldiging leek Guilder van de wijs te brengen, want hij was ervan in de war en op zijn hoede, alsof hij plotseling besefte dat hij veel te dronken was om dit gesprek te voeren.

'Nee,' zei hij. 'Nee, dat is niet... Alsjeblieft, Joe, stuur ze weg.'

Mascolo stond in tweestrijd, maar zei: 'Laat hem maar met rust tot morgen. Ik weet zeker dat als we Jack bellen, hij hetzelfde zal zeggen.'

Voordat Knight kon antwoorden klonk er een geluid alsof er een kristallen wijnglas sneuvelde. De eerste kogel doorboorde een raam aan de westkant van de bar. Hij miste Guilder maar net en verbrijzelde de enorme spiegel achter de bar.

Knight en Mascolo beseften allebei wat er was gebeurd. 'Liggen!' riep Knight. Hij greep zijn wapen en speurde door de ramen naar de schutter.

Ze waren te laat. Er werd een tweede kogel afgeschoten. Hij raakte Guilder net onder zijn borstbeen, met een geluid alsof een kussen werd opgeschud.

Een vlek helderrood bloed verspreidde zich over het gesteven witte overhemd van de hedgefondsmanager en hij zakte voorover. Hij viel, eerst op een champagnekoeler en toen op de kalkstenen vloer.

HOOFDSTUK 25

In de fragiele stilte die over de befaamde Lobby Bar neerdaalde, draaide de schutter, een lenige figuur in een zwartleren motorpak en helm met vizier zich om en sprong van de vensterbank om te vluchten.

'Bel een ambulance!' gilde Pope. 'Hij is neergeschoten!'

Er brak een pandemonium uit terwijl Joe Mascolo over zijn vooroverliggende cliënt sprong en naar voren stormde, waarbij hij de gillende en naar dekking zoekende gasten negeerde.

Knight rende een halve meter achter de New Yorker aan terwijl Mascolo over een glazen canapétafel sprong op de rugleuning van een weelderige grijze bank die tegen de westmuur van de bar stond. Toen Knight probeerde naast Mascolo te gaan staan, zag hij tot zijn verbazing dat de Amerikaan gewapend was.

De wapenwetten in Groot-Brittannië waren heel streng. Knight had twee jaar lang aan allerlei ambtelijke eisen moeten voldoen om een vergunning te krijgen om een wapen te dragen.

Voordat hij daar verder over kon nadenken, vuurde Mascolo door het raam. In de ruimte van steen en glas klonk het pistool als een kanon. Er brak hysterie uit in de bar. Knight zag de schutter midden op straat. Hij kon het gezicht niet goed zien, maar het was duidelijk een vrouw. Toen Mascolo schoot, draaide ze zich om, liet zich vallen en richtte in één beweging. Ze was ultra professioneel.

Ze schoot voordat Knight de kans kreeg en voordat Mascolo nog een ronde kon afvuren. De kogel van de schutter raakte de agent van Private New York in de keel en doodde hem direct. Mascolo viel van de bank en versplinterde de glazen canapétafel.

De schutter richtte nu op Knight. Hij dook ineen, hief zijn pistool boven de vensterbank en haalde de trekker om. Hij wilde net opstaan toen nog twee kogels de ruiten boven hem verbrijzelden.

Glassplinters regenden neer op Knight, die aan zijn kinderen moest denken en heel even aarzelde voordat hij zich voorbereidde om terug te schieten. Daarna hoorde hij piepende banden.

Hij stond op en zag de schutter op een inktzwarte motor zitten. De achterband rookte en trok een spoor van rubber toen ze de bocht om driftte naar The Strand. Ze reed in westelijke richting en verdween voordat Knight opnieuw kon schieten.

Hij vloekte, draaide zich om en keek geschokt naar Mascolo. Toen hoorde hij Pope roepen: 'Guilder leeft nog, Knight! Waar blijft die ambulance?'

Knight sprong van de bank en rende tussen de schreeuwende mensen door die steun bij elkaar zochten, naar het ineengezakte lichaam van Guilder. Pope zat geknield aan zijn zij in een poel van champagne, bloed, ijs en glassplinters.

De zakenman ademde met horten en stoten en had zijn armen stevig om zich heen geslagen terwijl het bloed op zijn overhemd donker werd en zich verder verspreidde.

Even werd het Knight licht in het hoofd door een déjà vu, waarin hij bloed zag dat zich verspreidde op een beddenlaken. Toen schudde hij het beeld van zich af en hurkte naast Pope.

'Ze zeiden dat er een ambulance onderweg is,' zei de journaliste gespannen. 'Maar ik weet niet wat ik moet doen. En dat weet niemand hier.'

Knight trok zijn jack uit, duwde Guilders handen opzij en drukte het jack op zijn romp. Guilder keek Knight aan alsof hij weleens de laatste zou kunnen zijn die hij levend zou zien en deed zijn uiterste best om iets te zeggen.

'Rustig aan, meneer Guilder,' zei Knight. 'Er is hulp onderweg.'

'Nee,' kreunde Guilder zachtjes. 'Luister alsjeblieft...'

Knight boog zich naar het gezicht van de zakenman en hoorde hem, vlak voordat de ambulanceverpleegkundigen zich de Lobby Bar in haastten, hees fluisterend een geheim vertellen. Nadat Guilder zijn bekentenis had afgelegd, leek hij weg te zakken.

Er sijpelde bloed uit zijn mond, zijn ogen werden glazig en hij werd helemaal slap, als de hand van een slapende vrouw die neerhangt.

HOOFDSTUK 26

Een paar minuten later stond Knight op de stoep voor het One Aldwych, zich niet bewust van de mensen die zich langs hem heen haastten naar restaurants en bioscopen, aan de grond genageld door het geluid van de gillende sirene van de ambulance die met Guilder en Mascolo naar het dichtstbijzijnde ziekenhuis scheurde.

Hij zag een beeld voor zich van zichzelf, 's avonds laat op een stoep, drie jaar eerder, terwijl hij een andere ambulance nakeek die van hem vandaan racete. Het wegstervende gejank van de sirene stond symbool voor het grote verdriet dat hij nog steeds met zich meedroeg.

'Knight?' vroeg Pope.

Hij knipperde met zijn ogen en merkte de dubbeldekkers op die remden, de taxi's die toeterden en de mensen om hem heen die zich naar huis haastten. Plotseling voelde hij zich ontwricht, hij had bijna hetzelfde gevoel als die avond lang geleden waarop hij de andere ambulance van zich weg had zien scheuren.

Londen gaat verder, dacht hij zonder oordeel. Londen gaat altijd door, zelfs bij tragedies en dood, of het slachtoffer nou een corrupte hedgefondsmanager is, een lijfwacht of een jonge...

Er verscheen een hand voor zijn neus. De vingers knipten en hij schrok. Pope keek hem geïrriteerd aan. 'Aarde aan Knight. Hallo?'

'Wat?' snauwde hij.

'Ik vroeg of je dacht dat Guilder het zal halen.'

Knight schudde zijn hoofd. 'Nee, ik voelde dat zijn geest hem verliet.'

De journaliste keek hem sceptisch aan. 'Hoe bedoel je, dat je dat voelde?'

Knight ging met zijn tong over de binnenkant van zijn onderlip en antwoordde: 'Dit is de tweede keer in mijn leven dat er iemand in mijn armen is gestorven, Pope. Ik voelde het de eerste keer ook. Die ambulance hoeft helemaal niet zo snel te rijden. Guilder is net zo dood als Mascolo.'

Pope liet haar schouders hangen en er viel een opgelaten stilte, waarna ze zei: 'Ik moet terug naar kantoor. Ik heb een deadline om negen uur.'

'Je zou in je verhaal moeten opnemen dat Guilder de fraude net voor zijn dood heeft bekend,' zei Knight.

'O?' vroeg Pope, die in haar zak naar haar notitieboekje tastte. 'Wat heeft hij precies gezegd?'

'Hij zei dat hij die zwendel heeft opgezet en dat het geld niet naar leden van het ioc is gegaan. Het is naar zijn eigen buitenlandse rekeningen gegaan. Sir Denton was onschuldig. Hij is het slachtoffer geworden van Guilders gerotzooi.'

Pope schreef niet verder, haar scepsis was terug. 'Dat geloof ik niet,' zei ze. 'Hij nam Marshall in bescherming.'

'Het waren zijn laatste woorden,' repliceerde Knight. 'Ik geloof hem.'

'Maar daar heb je ook een reden voor. Hierdoor wordt de naam van je moeders verloofde gezuiverd.'

'Dit is wat hij zei,' hield Knight vol. 'Je moet het in je verhaal verwerken.'

'Oké, ik laat de feiten voor zich spreken,' gaf ze toe. 'Ik zal vermelden wat Guilder volgens jou heeft gezegd.' Ze keek op haar horloge. 'Ik moet weg.'

'Dat zal niet meteen kunnen,' zei Knight, plotseling uitgeput. 'Scotland Yard zal wel met ons willen praten, zeker omdat er is geschoten. Intussen moet ik Jack bellen, hem op de hoogte brengen, en dan mijn kindermeisje.'

'Kindermeisje?' vroeg Pope verbaasd. 'Heb je kinderen?'

'Een tweeling. Een jongen en een meisje.'

Pope keek naar zijn linkerhand en zei half grappend: 'Je draagt geen ring. Ben je gescheiden? Is je vrouw doorgedraaid en heeft ze je achtergelaten met de kinderen?'

Knight keek haar koel aan, verbaasd over haar tactloosheid, en zei: 'Ik ben weduwnaar, Pope. Mijn vrouw is tijdens de bevalling gestorven. Ze is twee jaar, elf maanden en twee weken geleden in mijn armen doodgebloed. Ze hebben haar meegenomen met de ambulance, met net zulke loeiende sirenes.'

Popes kaak zakte naar beneden en ze keek ontzet. 'Peter, het spijt me heel erg, ik...'

Maar Knight had zich al omgedraaid en liep naar Elaine Pottersfield toe, die net was gearriveerd.

HOOFDSTUK 27

Duisternis valt over Londen, en mijn oude vriend Haat steekt de kop op bij de gedachte dat mijn hele leven een voorspel is geweest voor dit voorbestemde ogenblik, precies 24 uur voor de openingsceremonie van het meest hypocriete evenement ter aarde.

De hitte verspreidt zich in mijn buik terwijl ik me tot mijn zusters wend. We zijn in mijn kantoor. Het is de eerste keer in dagen dat we alle vier in levenden lijve met elkaar praten, en ik neem ze alle drie in één blik in me op.

Blonde koele Teagan doet de sjaal, hoed en zonnebril af die ze al draagt sinds ze eerder vandaag de taxi bestuurde. Marta, berekenend, met zwart haar, zet haar motorhelm op de vloer naast haar pistool en ritst haar leren pak open. Lichtharige Petra is de jongste, de aantrekkelijkste, de beste actrice en dus de meest impulsiefst. Ze kijkt in de spiegel op de kastdeur hoe haar chique grijze cocktailjurk valt en of haar korte, opvallend rossige haar goed zit.

Nu ik de zusters zo zie, zijn ze me allemaal zo vertrouwd dat ik me nauwelijks kan voorstellen dat er een tijd is geweest dat we niet allemaal samen waren, dat we de schijn van onze drukke levens in het openbaar ophielden zonder voor het oog van de wereld met elkaar verbonden te zijn.

En waarom zouden de zusters na die zeventien jaar ook niet nog steeds bij me zijn? In 1997 zijn ze in absentia door het tribunaal in Den Haag aangeklaagd voor de executie van meer dan zestig Bosniërs. Sinds de arrestatie vorig jaar van Ratko Mladić, de generaal die de leiding had over de Servische moordcommando's in Bosnië, is de jacht op mijn Furiën verhevigd.

Dat weet ik. Ik houd dergelijke dingen bij. Mijn dromen hangen ervan af.

Hoe dan ook, de zusters leven al zo lang met de dreiging van ontdekking dat dit in hun DNA zit, maar door die voortdurende bedreiging op celniveau zijn ze nu nog veel fanatieker toegewijd aan mij, zowel geestelijk, fysiek, spiritueel als emotioneel. In de loop der jaren zijn mijn dromen over wraak heel geleidelijk ook de hunne geworden. Hun verlangen om die dromen te zien uitkomen is bijna net zo roodgloeiend als dat van mij.

In de loop der jaren heb ik hen niet alleen beschermd, maar ook onderwezen. Ik heb de operaties betaald voor wat kleine aanpassingen in hun uiterlijk en hen getraind zodat ze uitstekende scherpschutters zijn, vuistvechters, oplichters en dieven. Door die laatste twee vaardigheden hebben ze me al het tienvoudige van mijn investering terugbetaald, maar dat is een heel ander verhaal. Het zij voldoende te zeggen dat ze naar mijn beste weten uitblinken in duistere spelletjes. Ze zijn superieur. Op mij na dan.

Nu zullen de cynici onder u zich afvragen of ik niet lijk op Charles Manson, een gestoorde 'profeet' die, in de jaren '60, getraumatiseerde vrouwen om zich heen verzamelde en hen ervan overtuigde dat ze apostelen waren die naar de aarde waren gezonden om zelfmoordmissies uit te voeren en zo het Armageddon uit te lokken. Maar het is een grote misvatting om mij te vergelijken met Manson en de Furiën met de Helter-Skeltermeisjes, alsof je een waar verhaal wilt vergelijken met een mythe. Wij zijn machtiger, exceptioneler en dodelijker dan Manson in zijn wildste door drugs opgeroepen nachtmerries kon dromen.

Teagan schenkt een glas wodka in, neemt een slok en zegt: 'Ik had niet verwacht dat die man voor mijn taxi zou springen.'

'Dat was Peter Knight, hij werkt voor Private Londen,' zeg ik, en schuif een foto die ik op internet heb gevonden over tafel. Daarop staat Knight met een drankje in zijn hand naast zijn moeder bij de lancering van haar laatste modelijn.

Teagan bekijkt de foto en knikt. 'Dat is hem. Ik heb hem goed kunnen zien toen hij met zijn gezicht tegen de voorruit knalde.'

Marta fronst haar voorhoofd, pakt de foto, bestudeert hem en richt haar donkere ogen op mij. 'Hij was ook zojuist bij Guilder in de bar. Dat weet ik zeker. Hij schoot op me toen ik de lijfwacht van Guilder had gedood.'

Ik trek een wenkbrauw op. Private? Knight? Die hebben mijn plannen twee keer vandaag bijna verijdeld. Is dat het lot, toeval, of een waarschuwing?

'Hij is gevaarlijk,' zegt Marta, altijd de meest opmerkzame van de drie, degene wier strategische gedachten vaak die van mij weerspiegelen.

'Dat ben ik met je eens,' zeg ik. Dan werp ik een blik op de klok aan de muur en kijk naar haar rossige zus, die zich nog steeds staat op te dirken voor de spiegel. 'Het is tijd voor de receptie, Petra. Ik zie je daar later. Denk aan het plan.'

'Ik ben niet dom, Cronus,' zegt Petra, die me aankijkt met ogen die smaragdgroen zijn geworden door de contactlenzen die speciaal voor deze gebeurtenis zijn aangeschaft.

'Zeker niet,' antwoord ik uitgestreken. 'Maar je hebt wel de neiging om impulsief te handelen, te improviseren, en jouw taak vanavond vereist dat je die tot in de details uitvoert.'

'Ik weet wat ik moet doen,' zei ze koeltjes, en vertrok.

Marta kijkt me nog steeds aan. 'En Knight?' vraagt ze, waarmee ze wederom bewijst dat meedogenloosheid een van haar vertederende eigenschappen is.

Ik antwoord: 'Jullie volgende opdrachten hoeven pas morgenavond te worden uitgevoerd. Intussen wil ik graag dat jullie allebei onderzoek doen naar meneer Knight.'

'Waarnaar moeten we op zoek?' vraagt Teagan, die haar drankje op tafel zet.

'Zijn zwakheden, zuster. Zijn kwetsbaarheden. Alles wat we kunnen uitbuiten.'

HOOFDSTUK 28

Het was bijna acht uur toen Knight bij zijn huis aankwam, een herenhuis van rode baksteen in Chelsea dat zijn moeder een paar jaar eerder voor hem had gekocht. Zo uitgeput en beurs was hij niet eerder geweest na een werkdag: hij was overreden, er was op hem geschoten, hij had zijn moeders dromen moeten vernietigen, om maar te zwijgen van de drie verhoren door Elaine Pottersfield die hij had ondergaan.

De hoofdinspecteur was niet blij geweest toen ze bij het One Aldwych was gearriveerd. Niet alleen waren er twee lijken als gevolg van de schietpartij, ook had ze via de tamtam gehoord dat *The Sun* een brief had ontvangen van de moordenaar van sir Denton. Ze was razend toen ze erachter kwam dat het forensisch lab van Private de kans had gehad het materiaal eerder te onderzoeken dan Scotland Yard.

'Ik zou je moeten aanhouden wegens obstructie!' had ze geroepen.

Knight hief zijn handen. 'Die beslissing is genomen door onze cliënt, Karen Pope van *The Sun*.'

'En waar is zij?'

Knight keek om zich heen. Pope was weg. 'Ze had een deadline. Ik weet dat ze van plan zijn al het bewijs in te leveren nadat de krant gedrukt is.'

'Heb jij een kroongetuige van de plaats delict laten vertrekken?'

'Ik werk voor Private, niet voor de rechtbank. En ik kan niet bepalen wat Pope doet. Ze heeft een eigen wil.'

De hoofdinspecteur van Scotland Yard reageerde met een ijzige blik. 'Dat argument hebben we eerder van jou gehoord, Peter, met dodelijke gevolgen.'

Knight werd rood en zijn keel gloeide. 'Daar gaan we het niet nogmaals over hebben. Je zou naar Guilder en Mascolo moeten vragen.'

Er kwam stoom uit Pottersfields oren, en toen zei ze: 'Vertel. Alles.'

Knight vertelde alles over de ontmoeting met Daring en Farrell en hij gaf een zeer gedetailleerd verslag van wat er in de Lobby Bar was gebeurd.

Toen hij klaar was, vroeg Pottersfield: 'Geloof je Guilders bekentenis?'

'Een stervende liegt toch niet?' had Knight geantwoord.

Terwijl hij het trappetje naar zijn voordeur op liep, overdacht Knight Guilders bekentenis nogmaals. Daarna moest hij aan Daring en Farrell denken. Waren zij betrokken bij deze moorden?

Wie weet was Daring wel een gestoorde vent achter de schermen die uit was op de vernietiging van de moderne Spelen. En misschien was Selena Farrell wel de schutter in zwart leer en motorhelm. Op die foto in haar kantoor stond ze met een automatisch wapen in haar hand.

Misschien klopte Popes intuïtie. Kon de hoogleraar Cronus zijn? Of was zij ten minste met hem verbonden? En Daring? Had hij niet gezegd dat hij Farrell kende van vroeger? Van de Balkan in de jaren negentig?

Toen fluisterde een stemmetje in zijn binnenste dat hij meer aan de slachtoffers moest denken en minder aan de slechteriken. Hoe zou het met zijn moeder zijn? Hij had de hele dag nog niets van haar gehoord.

Hij zou naar binnen gaan. Hij zou haar bellen. Maar voordat hij zijn sleutel in het slot kon steken, hoorde hij zijn dochter, Isabel, bloedstollende kreten slaken: 'Nee! Nee!'

HOOFDSTUK 29

Knight smeet de voordeur open terwijl Isabel het uitgilde: 'Nee, Lukey! Nee!'

Haar vader hoorde ook een hoog, dolenthousiast gelach en het getrippel van rennende voetjes. Hij ging de woonkamer in, die eruitzag alsof er een sneeuwtornado had gewoed. Er hing wit poeder in de lucht, het lag op de meubels en bedekte zijn driejarige dochter, die hem zag en in tranen uitbarstte.

'Papa, Lukey... hij...'

Isabel, een klein tenger meisje, hikte van het huilen en rende naar haar vader, die zich probeerde te bukken om haar te troosten. Hij verbeet de bonzende pijn in de linkerkant van zijn lijf en pakte haar op, waarbij hij bijna moest niezen van het babypoeder. Isabels tranen lieten kleine stroompjes babypoederdeeg achter op haar wangen en wimpers. Zelfs nu ze helemaal met poeder bestoven was, was ze net zo prachtig als wijlen haar moeder, met lichtbruine krullen en kobaltblauwe ogen die zijn hart lieten smelten, ook als er geen tranen uit drupten.

'Het komt goed, lieverd,' zei Knight. 'Papa is er.'

Het huilen werd minder: 'Lukey... heeft billenpoeder op me gedaan.'

'Dat zie ik, Bella. Waarom?'

'Lukey vindt billenpoeder grappig.'

Knight hield zijn dochter vast met zijn goede arm en liep naar de keuken en de trap, die naar de verdieping erboven voerde. Hij hoorde zijn zoon ergens boven kraaien terwijl hij de treden op liep.

Boven aan de trap ging Knight naar de kinderkamer, waar hij een vrouwenstem hoorde gillen: 'Au! Kleine barbaar!'

Knights zoon kwam in zijn luier de kinderkamer uit rennen, zijn hele lijfje onder het talkpoeder. Hij had een enorme bus babypoeder in zijn handen en lachte uitbundig totdat hij zijn vader zag, die hem streng aankeek.

Luke verstijfde even en liep toen achteruit, met zijn handen naar Knight zwaaiend alsof die een verschijning was die hij kon uitwissen. 'Nee, papa!'

'Luke!' begon Knight.

Nancy, het kindermeisje, verscheen in de deuropening achter zijn zoon en blokkeerde zijn pad. Ook zij zat onder het poeder en hield met een van pijn vertrokken gezicht haar pols vast, tot ze Knight zag.

'Ik stap op,' zei ze. Ze spuugde de woorden uit alsof ze vergif waren. 'Die twee zijn niet goed snik.' Ze wees naar Luke, haar hele arm trilde. 'En hij, dat is een in zijn broek poepend, bijtend monster! Toen ik probeerde hem op de wc te zetten, heeft hij me gebeten. Tot bloedens toe. Ik neem ontslag, en jij betaalt de rekening van de dokter.'

HOOFDSTUK 30

'Je kunt geen ontslag nemen,' protesteerde Knight terwijl het kindermeisje Luke voorbijliep.

'Let maar eens op,' beloofde Nancy en ze denderde langs hem heen de trap af. 'Ze hebben gegeten, maar zijn nog niet in bad geweest, en Luke heeft voor de derde keer vanmiddag zijn luier volgepoept. Veel succes, Peter.'

Ze greep haar spullen bij elkaar en vertrok met slaande deur.

Isabel begon weer te huilen. 'Nancy gaat weg en dat komt door Lukey.'

Het werd Knight te veel. Hij keek naar zijn zoon en riep boos en gefrustreerd: 'Dat is de vierde al dit jaar, Luke! De vierde! En deze heeft het maar drie weken volgehouden!'

Lukes gezicht vertrok. Hij zei huilend: 'Lukey sorry, papa. Lukey sorry.'

In een paar seconden was zijn zoon veranderd van een natuurkracht die een wervelwind kon veroorzaken in een jongetje dat zo zielig was dat het Knight vertederde. Zijn gezicht vertrok van de pijn in zijn zij, en terwijl hij Isabel nog steeds vasthield, bukte hij en gebaarde met zijn vrije arm naar Luke. De peuter rende naar hem toe en klemde zijn armen zo stevig om Knight heen dat hij naar adem snakte door de pijn die door hem heen schoot.

'Lukey houdt van jou, papa,' zei zijn zoon.

Ondanks de stank die om het jochie heen hing, blies Knight het talkpoeder van Lukes wangen en gaf hem een kus. 'Papa houdt ook van jou, jongen.' Daarna kuste hij Isabel zo hard op haar wang dat ze in lachen uitbarstte.

'Luke, jij moet douchen en een schone luier,' zei hij, en zette ze neer. 'Isabel, jij ook douchen.'

Een paar minuten later, nadat Knight met de vieze luier had afgerekend, waren de kinderen in de ruime douche in de badkamer naast zijn slaapkamer met water aan het spatten en spelen. Knight had net zijn mobiel uit zijn zak gehaald toen Luke een spons in de vorm van een cricketbat pakte en zijn zus ermee op haar hoofd sloeg.

'Papa,' klaagde ze.

'Geef hem maar een mep terug met dat ding,' zei Knight.

Hij wierp een blik op de klok. Het was na achten. De bemiddelingsbureaus die hij eerder had ingeschakeld waren allemaal dicht. Hij toetste zijn moeders nummer in.

Ze nam op nadat de telefoon drie keer was overgegaan. Ze klonk gekweld. 'Peter, zeg me dat het een nachtmerrie is waar ik zo weer uit wakker word.'

'Sorry, mam.'

Ze barstte even uit in gedempt huilen, en zei toen: 'Ik voel me nog erger dan toen je vader overleed. Ik denk dat ik me net zo voel als jij toen met Kate.'

Knight voelde de tranen in zijn ogen prikken en een afschuwelijke leegte in zijn borst. 'Zo voel ik me vaak nog steeds.'

Hij hoorde dat ze haar neus snoot. Toen zei ze: 'Wat weet je intussen, wat heb je ontdekt?'

Knight wist dat zijn moeder niet zou rusten voordat hij het haar had verteld, dus dat deed hij, snel en in grote lijnen. Ze snakte naar adem en protesteerde heftig toen hij Cronus en de beschuldigingen jegens sir Denton beschreef en moest huilen toen hij haar vertelde over Guilders bekentenis, die de naam van wijlen haar verloofde zuiverde.

'Ik wist dat het niet waar kon zijn,' zei Knight. 'Denton was een eerlijk mens, een groot man met een nog groter hart.'

'Inderdaad,' zei zijn moeder met een brok in haar keel.

'Overal waar ik vandaag kwam, hadden mensen het over zijn gulheid en enthousiasme.'

'Vertel,' zei Amanda. 'Alsjeblieft, Peter, ik heb er behoefte aan om dat soort dingen te horen.'

Knight vertelde haar dat Michael Lancer kapot was van sir Dentons dood en dat hij de zakenman een mentor en een vriend had genoemd, en een van de visionaire personen achter de Olympische Spelen van Londen.

'Zelfs James Daring, die man van het British Museum, van dat televisieprogramma. Hij zei dat zonder Dentons steun het programma en zijn nieuwe tentoonstelling over de Olympische Spelen nooit van de grond zouden zijn gekomen. Hij zou Denton vanavond op de openingsreceptie publiekelijk bedanken.'

Er viel een stilte. 'Zei James Daring dat?'

'Ja,' zei Knight, die hoopte dat ze daar troost uit zou putten.

In plaats daarvan snauwde ze: 'Dat liegt hij!'

Knight schrok. 'Hoezo?'

'Denton heeft Daring inderdaad wat geld gegeven voor zijn televisieprogramma,' gaf Amanda toe. 'Maar hij heeft zijn nieuwe tentoonstelling absoluut niet gesteund. Ze hebben zelfs enorme ruzie gehad over de teneur ervan. Denton vertelde me dat die zeer eenzijdig was en gericht tegen de moderne Spelen.'

'Dat klopt,' zei Knight. 'Dat viel mij ook op.'

'Denton was woest. Hij weigerde Daring nog meer geld te geven en ze zijn met ruzie uit elkaar gegaan.'

Dat is heel wat anders dan wat Daring me verteld heeft, dacht Knight en hij vroeg: 'Wanneer heeft zich dat afgespeeld?'

'Twee, misschien drie maanden geleden,' antwoordde Amanda. 'We waren net terug van Kreta en...'

Ze kreeg weer een brok in haar keel. 'We wisten het toen niet, maar Kreta was onze huwelijksreis, Peter. Zo zal ik er altijd aan terugdenken,' zei ze, en ze stortte in.

Knight luisterde even gekweld toe en vroeg toen: 'Mam, is er iemand bij je?'

'Nee,' zei ze met een heel klein stemmetje. 'Kun jij komen, Peter?'

Knight voelde zich vreselijk. 'Ik zou niets liever willen, maar er is weer een kindermeisje opgestapt en–'

Ze snoof ongelovig. 'Wééér een?'

'Ze is een halfuur geleden vertrokken,' klaagde Knight. 'Ik ben met de Spelen elke dag aan het werk en ik weet niet wat ik moet doen. Ik heb elk bureau in de stad gehad en ik ben bang dat ze niemand meer zullen sturen.'

Er hing een lange stilte, die Knight ertoe dreef te zeggen: 'Mam?'

'Ik ben er nog.' Amanda klonk even vlak als bijna de hele tijd sinds ze van sir Dentons dood had gehoord. 'Ik zal wel even kijken.'

'Nee, hoor,' protesteerde hij. 'Je moet niet–'

'Dan heb ik iets te doen naast mijn werk,' hield ze vol. 'Ik moet iets doen wat niet met mezelf of het bedrijf te maken heeft, Peter, anders word ik volgens mij gek, of ik ga drinken of neem slaappillen, en daar moet ik echt niet aan denken.'

HOOFDSTUK 31

Op dat ogenblik wilde dr. James Daring in het British Museum, in de receptieruimte voor zijn nieuwe overzichtstentoonstelling over de Olympische Spelen, het liefst een vreugdedansje doen vanwege zijn mazzel, terwijl hij triomfantelijk tussen de vooraanstaande Londenaars door zwierf, die samengekomen waren voor de opening.

Het was een mooie avond geweest. Nee, een prachtige avond!

De museumcurator was alom geprezen door de critici die gekomen waren om de tentoonstelling alvast te bekijken. Ze hadden haar gewaagd en overtuigend genoemd, een herinterpretatie van de oude Olympische Spelen, die erin slaagde op een zeer relevante manier de stand van zaken van de moderne Spelen te becommentariëren.

Nog beter zelfs: verscheidene gasten die erg onder de indruk waren, zeiden dat ze hem wilden sponsoren en reclameruimte rond *Geheimen uit het verleden* wilden kopen.

Wat wist die dooie klojo van een sir Denton er nou helemaal van? dacht Daring giftig. Helemaal niets.

Hij voelde zich in het gelijk gesteld en werd warm vanbinnen omdat hij zijn taak goed had uitgevoerd. Het was zelfs nog beter dan volgens plan verlopen. Hij liep naar de bar en bestelde nog een wodka-martini om te proosten op zijn tentoonstelling – en meer.

Veel meer.

Nadat hij de cocktail had gekregen en met een van de grote

museumsponsors over sir Dentons schokkende en afschuwelijke overlijden had gepraat, keek Daring gretig rond tussen alle mensen op de receptie.

Waar was ze?

De televisiester bleef zoeken tot hij een heerlijk katachtige vrouw zag. Ze had rossig haar, haar bleke schouders waren bloot in de verbluffende grijze cocktailjurk die haar vreemde smaragdgroene ogen benadrukte. Daring had een zwak voor roodharigen met sprankelende groene ogen.

Ze lijkt in bepaalde opzichten erg op mijn zus, dacht de curator. De manier waarop ze haar hoofd scheef hield als ze zich vermaakte, zoals nu terwijl ze een champagneflûte vasthield en flirtte met een man die veel ouder was dan zij. Hij zag er bekend uit. Wie was hij ook alweer?

Het maakte ook niet uit, dacht Daring, die weer naar Petra keek. Ze was uitdagend, vrijpostig, buitenissig. Er voer een huivering door de curator heen. Moet je zien hoe ze die man bespeelde, hoe ze die overduidelijk uitgedachte bewegingen zo moeiteloos en spontaan liet lijken. Uitdagend. Vrijpostig. Buitenissig.

Het leek wel of Petra zijn gedachten hoorde.

Ze draaide zich af van haar gesprek, zag Daring door de menigte heen en wierp hem een blik toe die zoveel gretigheid en belofte uitstraalde dat hij huiverde van het grote genot waarop hij hoopte. Nadat Petra haar blik nog even op hem had laten rusten, sloeg ze haar ogen neer en richtte haar aandacht weer op de andere man. Ze legde haar hand op zijn borst, lachte en verontschuldigde zich.

Petra drentelde naar Daring toe zonder ook maar één keer zijn kant op te kijken. Ze haalde nog een drankje en liep naar de desserttafel. Daring ging bij haar staan en veinsde interesse in de crème brûlée.

'Hij is dronken en gaat met de taxi naar huis,' mompelde Petra met een licht Oost-Europees accent terwijl ze met een tang een schaal vol kiwi doorzocht. 'Volgens mij is het voor ons ook tijd om te gaan, vind je niet? Geliefde van me…'

Hij wierp een blik op haar. Een buitenissige vrouw met groene ogen! De televisiester kreeg blosjes van opwinding en fluisterde: 'Zeker. Kom, we nemen afscheid en gaan weg.'

'Niet samen, sufferd,' waarschuwde Petra terwijl ze twee plakken fruit van de schaal pakte en op haar bordje legde. 'We willen toch geen aandacht op ons vestigen?'

'Nee, nee, natuurlijk niet,' fluisterde Daring, die zich heerlijk geheimzinnig en bedrieglijk voelde. 'Ik wacht verderop op je, bij Bloomsbury Square.'

HOOFDSTUK 32

Even na negenen die avond, kort nadat Karen Popes artikel op de website van *The Sun* was geplaatst, pikten Londense radiozenders het verhaal op. Ze richtten zich vooral op Cronus en speelden de fluitmuziek af.

Rond tien uur, toen Knight de tweeling een verhaaltje had voorgelezen, Lukes luier had verschoond en beide kinderen in bed had gestopt, deed de BBC-radio opgewonden verslag van de aantijgingen jegens sir Denton en het selectieproces voor de Olympische locatie, evenals van Guilders bekentenis op zijn doodsbed dat hij het geld achterover had gedrukt.

Tot elf uur was Knight bezig met stofzuigen en schoonmaken om alle babypoeder op te ruimen. Toen schonk hij een biertje en een whisky in, nam nog een pijnstiller en kroop in bed. Jack belde, ontzet door de dood van Joe Mascolo, en wilde dat Knight tot in detail het vuurgevecht in het One Aldwych beschreef.

'Hij was niet bang,' zei Knight. 'Hij ging direct achter de schutter aan.'

'Joe Mascolo ten voeten uit,' zei Jack verdrietig. 'Een van de beste politiemensen van Brooklyn voordat ik hem wegkaapte om voor ons de afdeling Beveiliging in New York te runnen. Hij was hier pas een paar dagen.'

'Wat afschuwelijk,' antwoordde Knight.

'Inderdaad, en het wordt nog erger,' zei Jack. 'Ik moet zijn vrouw bellen.'

Jack hing op. Knight besefte dat hij de eigenaar van Private

111

niet had verteld dat zijn kindermeisje was opgestapt. Dat was ook maar beter, vond hij nadat hij zich daar even druk over had gemaakt. De Amerikaan had al te veel op zijn bordje.

Hij zette de televisie aan en zag dat de moord op Marshall en Guilder breed werd uitgemeten in alle nieuwsprogramma's. Ze schilderden het hele verhaal sensationeel af, als een schandelijk moordmysterie, een schokkend inkijkje in de duistere wereld achter het selectieproces voor de Olympische locatie en een grote klap voor Londen en zelfs heel Groot-Brittannië aan de vooravond van de Spelen.

Guilders bekentenis ten spijt werd gemeld dat vooral de Fransen heel ongelukkig waren met Cronus' bewering dat de Olympische locatieselectie was gecorrumpeerd.

Knight zette de televisie uit en bleef in stilte zitten. Hij pakte het whiskyglas en nam een grote slok, waarna hij naar de ingelijste foto op de ladekast keek.

Wijlen zijn vrouw Kate, hoogzwanger en beeldschoon, stond op een Schots heideveld, verlicht door een zonsondergang in juni. Ze keek over haar linkerschouder, ze leek hem vanaf de foto aan te kijken en straalde het plezier en de liefde uit die hem bijna drie jaar daarvoor zo wreed waren afgenomen.

'Een zware dag, Katie-meis,' fluisterde Knight. 'Ik ben bont en blauw, iemand probeert de Olympische Spelen te verzieken. Mijn moeder is een wrak. De kinderen hebben weer een kindermeisje weggejaagd en... ik mis je. Meer dan ooit.'

Er daalde een bekend loodzwaar gevoel neer in zijn hart en geest, het leek alsof er iets in zijn borst naar beneden zakte. Hij wentelde zich in dat gevoel, hij liet zich er een minuut of twee helemaal in wegzinken en deed toen wat hij altijd deed als hij laat op de avond zo openlijk om Kate rouwde als nu.

Hij pakte zijn dekens en kussens en liep naar de kinderkamer. Hij ging op de slaapbank liggen, keek naar de bedjes van zijn kinderen, rook hun geur en werd uiteindelijk door hun zachte, ritmische ademhaling in slaap gesust.

HOOFDSTUK 33

Vrijdag 27 juli 2012

Rond zeven uur de volgende ochtend raakten de pijnstillers uit-
gewerkt en voelde Knight het gebons in zijn linkerkant terug-
keren. Toen hoorde hij iets piepen en hij draaide zich om op de
slaapbank in de kamer van de tweeling. Hij keek op en zag Isabel
op haar buik liggen, roerloos en met haar ogen dicht. Lukes ledi-
kant bewoog zachtjes heen en weer.

Zijn zoon lag op zijn knieën, met zijn borst en hoofd op het
matras. Hij zoog op zijn duim en wiegde in zijn slaap heen en
weer. Knight ging rechtop zitten om te kijken. De afgelopen twee
jaar deed Luke dit bijna altijd voordat hij 's ochtends wakker
werd.

Na een tijdje sloop Knight de kamer uit. Hij vroeg zich af of
het wiegen van zijn zoon iets te maken had met de REM-slaap.
Was die verstoord? Had hij soms slaapapneu? Was dat de reden
dat Luke zo wild was? Kwam het daardoor dat zijn zoon een taal-
achterstand had en maar niet zindelijk werd, in tegenstelling tot
zijn zus, die maanden voorliep? Was dat de reden dat Luke mensen beet?

Knight kwam niet echt tot een conclusie terwijl hij zich douch-
te en schoor en tegelijk naar de radio luisterde. Michael Lancer
en vertegenwoordigers van Scotland Yard en MI5 kondigden ge-
zamenlijk aan dat vanwege de moord op sir Denton en de drei-
gementen van Cronus de beveiliging van de openingsceremonie

werd opgeschroefd. De mazzelaars die een kaartje hadden, werd aangeraden om 's middags al naar het Olympisch park te gaan, om de verwachte drukte bij de controlepunten 's avonds te vermijden.

Toen hij hoorde dat Private een rol zou spelen bij de verscherpte veiligheidsmaatregelen probeerde Knight Jack te bellen. Er werd niet opgenomen, maar de Amerikaan zou waarschijnlijk snel een beroep op hem doen.

Hij wist dat zijn moeder had beloofd te helpen, maar hij had nu een kindermeisje nodig. Hij pakte een pijnlijk bekende map uit een la en sloeg hem open. Daarin zat een lijst van alle bemiddelingsbureaus in Londen. Hij begon te bellen. De vrouw die Nancy en het kindermeisje vóór haar had gevonden lachte hem uit toen hij vertelde in welk lastig parket hij zat.

'Een nieuw kindermeisje?' vroeg ze. 'Nu? Dat gaat waarschijnlijk niet lukken.'

'Waarom niet?' wilde hij weten.

'Omdat uw kinderen een heel slechte reputatie hebben en de Olympische Spelen vanavond beginnen. Iedereen is zeker de komende twee weken aan het werk.'

Knight kreeg hetzelfde verhaal te horen bij de volgende drie bureaus en raakte steeds gefrustreerder. Hij hield van zijn kinderen, maar hij had gezworen de moordenaar van sir Denton te vinden en er werd een beroep gedaan op Private om de beveiliging van de Olympische Spelen te verscherpen. Ze hadden hem nodig. Nu.

In plaats van boos te worden besloot hij te hopen dat zijn moeder meer geluk zou hebben bij haar zoektocht naar een oppas voor de tweeling en begon met wat hij vanuit huis kon doen. Hij dacht aan het DNA-materiaal dat hij uit Selena Farrells haarspeld had gehaald en belde een koerier die het bewijs bij hem op kon halen en naar Hooligan bij Private Londen brengen.

Toen dacht hij aan Daring en Farrell en wilde meer over hen te weten komen, in elk geval over waar hun paden elkaar hadden gekruist. Had Daring niet iets over de Balkan gezegd? Was daar die foto met dat geweer genomen? Dat moest wel.

Maar toen Knight het internet op ging en naar Farrell zocht, vond hij alleen van alles over haar wetenschappelijke publicaties en, zeven jaar geleden, hits over haar verzet tegen het Olympisch park.

'Dit is ronduit een verkeerde beslissing,' had Farrell in een stuk in *The Times* gezegd. 'De Olympische Spelen worden aangegrepen als reden om hele buurten te vernietigen en gezinnen en bedrijven te ontwortelen. Soms hoop ik dat de mensen die dit besluit hebben genomen zullen boeten voor wat ze mij en mijn buren op kosten van de gemeenschap hebben aangedaan.'

Zullen boeten, mevrouw Farrell? dacht Knight grimmig. Zullen boeten?

HOOFDSTUK 34

Bijna vierentwintig uur nadat ze door de fluitmuziek een afschuwelijke migraineaanval had gekregen en spuugmisselijk was geworden, speelde de melodie nog steeds als een wrede soundtrack door het hoofd van Selena Farrell, die met dichtgetrokken gordijnen in bed lag.

Hoe was het mogelijk? En wat zouden Knight en Pope wel niet van haar denken? De hoogleraar had hun alle reden gegeven om haar als verdachte te beschouwen toen ze zo was weggerend. Stel dat ze verder gingen zoeken?

Voor wat wel de duizendste keer leek sinds ze haar kantoor uit was gestormd en naar haar nette flatje in Wapping was gevlucht, probeerde Farrell moeizaam het brandende gevoel in haar keel weg te slikken. Ze had de hele middag water gedronken en een handvol maagtabletten genomen. Die hadden maar een beetje geholpen.

Ze had echter al sinds haar jeugd migraineaanvallen en het door de arts voorgeschreven medicijn had de lichtgevende halo gedoofd, waardoor alleen een doffe pijn achter in haar schedel was overgebleven.

Farrell probeerde de aandrang om dat gevoel met alcohol te verzachten te weerstaan. Niet alleen was dat geen goed idee gezien de medicijnen die ze had genomen, maar ook werd ze bijna totaal iemand anders als ze dronk.

Ik ga er vanavond niet heen, dacht ze waarna ze zich het beeld herinnerde van een exotische vrouw die in de hoek van een roze chesterfieldbank zat. Daarmee was de beslissing voor haar genomen. Farrell stapte uit bed, liep naar de keuken, opende de vriezer en pakte een fles Grey Goose-wodka.

Het duurde niet lang voordat de classica aan haar tweede martini bezig was. De pijn in haar achterhoofd was weg en ze dacht dat ze de herinnering aan de fluitmelodie had uitgewist. Het was trouwens een panfluitmelodie. Een panfluit bestond uit rietjes die aan elkaar waren gebonden. Samen met de lier was de panfluit een van de oudste muziekinstrumenten ter wereld. Maar het spookachtige geluid, waarin veel ademgeruis doorklonk, was van de antieke Olympische Spelen verbannen omdat het te begrafenisachtig klonk.

'Wie zal het een zorg zijn?' gromde Farrell, en klokte haar drankje naar binnen. 'Barst maar met die Olympische Spelen. Barst maar met die sir Denton. Iedereen kan barsten.'

Dronken van de wodka en een ander persoon nu, zwoer Farrell dat ze niet zou blijven stilstaan bij verlies, onrechtvaardigheid of onderdrukking. Het was een vrijdagavond in Londen. Er waren plekken waar ze naartoe wilde. Mensen die ze wilde zien.

Ze voelde een siddering door zich heen gaan, die uitgroeide tot een hunkering terwijl ze slingerend door de gang liep, haar kledingkast opende en een kledingzak openritste.

In de zak hing een spectaculaire, nauw om de heupen sluitende zwarte A-lijn rok, die rechts een provocerende split tot bijna bovenaan had, en een sexy, mouwloze kastanjebruine satijnen blouse, die heel wat decolleté toonde.

HOOFDSTUK 35

Om vijf uur die vrijdagmiddag was Knight in de keuken aan het koken voor de tweeling. Hij berustte erin dat hij niet zelf getuige zou zijn van de openingsceremonie.

Hij was trouwens toch uitgeput. De hele dag, vanaf het ogenblik dat Luke huilend wakker was geworden, was hij totaal in beslag genomen door de behoeften van zijn kinderen, de frustratie dat hij geen kindermeisje kon vinden en zijn onvermogen om het onderzoek naar Cronus een stevige impuls te geven.

Rond het middaguur, toen de tweeling aan het spelen was, had hij zijn moeder gebeld om te vragen hoe het met haar ging.

'Ik heb twee uur geslapen,' antwoordde ze. 'Als ik weg soesde was het enige wat ik in mijn dromen zag Denton. Dan was ik zo blij dat ik er wakker van werd, maar dan sloeg het verdriet weer keihard toe.'

'God, wat afgrijselijk, mam,' zei Knight, die zich de slapeloosheid en het verdriet herinnerde van de weken onmiddellijk na de geboorte van de tweeling en Kates overlijden. Hoeveel nachten waren er niet geweest dat hij dacht dat hij gek werd.

Hij veranderde van gespreksonderwerp. 'O ja, dat had ik je nog niet verteld: Mike Lancer heeft me uitgenodigd om de openingsceremonie in de skybox van het organisatiecomité te bekijken. Als je een kindermeisje voor me vindt, kunnen we samen gaan.'

'Ik weet niet of ik al tegen die meelevende mensen kan. Trouwens, er is nog geen herdenkingsdienst georganiseerd. Het lijkt me niet zo passend om eerst feest te gaan vieren.'

'De Olympische Spelen maken deel uit van Dentons nalaten-schap,' bracht Knight haar in herinnering. 'Je zou hem juist eer bewijzen. Het zou je ook goeddoen je huis uit te komen en me te helpen Dentons reputatie te verdedigen.'

'Ik zal erover nadenken.'

'En trouwens, zonder kindermeisje kan ik de moord op Den-ton ook niet onderzoeken.'

'Ik ben niet achterlijk, Peter!' snauwde ze en hing op.

Rond drie uur, toen de kinderen sliepen, kreeg Knight Jack te pakken. De eigenaar van Private was meestal erg ontspannen en cool, maar Knight kon horen dat hij nu onder enorme druk stond.

'We doen ons uiterste best om een kindermeisje te vinden,' had Knight gezegd.

'Mooi zo,' zei Jack. 'Want we hebben je nodig.'

'Godver,' barstte Knight uit nadat hij had opgehangen.

Rond halfzes ging de deurbel. Knight keek door het kijkgaatje en zag zijn moeder staan. Ze droeg een stijlvolle zwarte blouse en pantalon, zwarte pumps, een grijze parelketting en oorbellen. Een donkere zonnebril verborg haar ogen. Hij opende de deur.

'Ik heb een kindermeisje geregeld voor vanavond,' zei Aman-da en deed toen een stap opzij. Achter haar stond een zeer on-gelukkig kijkende Gary Boss, overdadig gekleed in een kaki driekwartsbroek, geruite sokken, pennyshoes en een gestreepte vlinderdas.

Zijn moeders persoonlijk assistent haalde zijn neus op alsof Knight de verpersoonlijking van al het smakeloze was en zei: 'Weet je dat ik gepraat heb met Nannies Incorporated, Fulham Nannies, The Sweet & Angelic Agency en elk ander bemiddelingsbureau hier in Londen? Ze hebben een behoorlijke repu-tatie, moet ik zeggen, Peter. Waar zijn ze? Die kleine wilden? Ik moet hun schema weten, lijkt me.'

'Ze zitten in de woonkamer tv te kijken,' zei Knight, en keek toen zijn moeder aan terwijl Boss het huis in verdween. 'Is hij hier wel tegen opgewassen?'

'Voor het driedubbele van zijn exorbitante uurloon zal hij er vast wel iets op verzinnen,' zei Amanda. Ze zette haar zonnebril af, zodat haar opgezwollen rode ogen zichtbaar werden.

Knight rende de trap op naar zijn slaapkamer en verkleedde zich snel. Toen hij weer beneden kwam, trof hij de tweeling aan achter de bank waar ze zich verstopten. Ze gluurden naar Boss. Zijn moeder was nergens te zien.

'Hare hoogheid zit in de auto,' zei Boss. 'Te wachten.'

'Ik heb gepoept, papa,' zei Luke, die achter op zijn luier klopte.

Waarom kon hij nou niet gewoon naar de wc?

'Oké,' zei Knight tegen Boss. 'Hun eten staat in de koelkast in een plastic doos. Dat hoeft alleen maar opgewarmd te worden. Luke mag een beetje ijs. Bella is allergisch, dus zij krijgt een volkorenkoekje. Dan in bad. Een boekje voorlezen. Om negen uur moeten ze naar bed, en wij zijn om twaalf uur terug, denk ik.'

Knight ging naar zijn kinderen en gaf hun een kus. 'Doe wat meneer Boss zegt. Hij is vanavond jullie kindermeisje.'

'Ik heb gepoept, papa,' klaagde Luke.

'O ja,' zei Knight tegen Boss. 'En Luke heeft gepoept. Als je hem niet direct verschoont, zul je hem al voor het avondeten in bad moeten doen.'

Boss raakte nog meer van streek. 'Een poepluier verschonen? Ik?'

'Jij bent nu het kindermeisje,' zei Knight, die een lach verbeet terwijl hij wegging.

HOOFDSTUK 36

Terwijl Knight en zijn moeder op weg gingen naar het St. Pancras treinstation om met de hogesnelheidstrein naar Stratford en het Olympisch park te gaan, voelde Selena Farrell zich reuze sexy.

De schemering viel over Soho. De lucht was zwoel, ze had wodka in haar lijf en ze was *dressed to kill.* Terwijl ze van Tottenham Court Road westwaarts naar Carlisle Street liep, bleef ze glimpen van zichzelf opvangen in de winkelruiten die ze passeerde en in de blik van mannen en vrouwen die hun ogen niet konden afwenden van haar wiegende heupen en deinende borsten in de rok en mouwloze blouse die als een tweede huid om haar heen sloten.

Ze had zich verleidelijk opgemaakt, had felblauwe contactlenzen in en de sjaal was verdwenen. Nu zag je donker haar dat zo was geknipt dat het in lokken om haar gezicht viel, en de aandacht vestigde op de kleine moedervlek op haar rechterwang. Maar afgezien van de moedervlek zou niemand, zelfs haar onderzoeksassistente niet, haar hebben herkend.

Farrell genoot van hoe ze zich voelde. Anoniem. Sensueel. Op jacht.

Ze was totaal niet wie ze was in haar dagelijks leven, een heel ander iemand. Door het clandestiene ervan raakte ze weer opgewonden, voelde ze zich machtig, aantrekkelijk, hypnotiserend, ach, gewoon onweerstaanbaar.

Op Carlisle Street liep ze naar nummer 4 en ging naar binnen.

De Pink Candy was de oudste en grootste nachtclub voor lesbiennes in Londen en het was Farrells favoriete plek om stoom af te blazen.

Ze ging naar de lange bar op de begane grond en alle schoonheden die daar rondhingen. Een tengere vrouw, delicaat en schattig, zag Farrell, draaide zich om op haar barkruk met een mojito in haar hand en wierp haar een veelbetekenende glimlach toe. 'Syren St. James!'

'Nell,' zei Farrell, en gaf haar een kus op de wang.

Nell legde haar hand op Farrells onderarm en bekeek haar outfit keurend. 'Nou, nou, Syren. Kijk eens aan: stralender en lekkerder dan ooit. Waar heb je de laatste tijd uitgehangen? Ik heb je al bijna een maand niet gezien.'

'Ik was hier laatst nog,' zei Farrell. 'Daarvoor zat ik in Parijs. Ik was aan het werk. Aan een nieuw project.'

'Wat een mazzelkont ben je toch,' zei Nell. Toen zei ze op samenzweerderige toon: 'Weet je, we kunnen altijd weggaan en–'

'Vanavond niet, schat,' zei Farrell vriendelijk. 'Ik heb andere plannen.'

'Jammer,' zei Nell snuivend. 'Is je plan al gearriveerd?'

'Ik heb nog niet rondgekeken,' antwoordde Farrell.

'Hoe heet ze?'

'Dat is geheim.'

'Nou,' zei Nell wrevelig. 'Als je geheim niet komt opdagen, keer dan gerust terug.'

Farrell blies Nell een handkus toe, waarna ze verder liep. Door haar verwachtingsvolle gevoel sloeg haar hart in de maat met de dansmuziek die bonkend vanuit de kelder klonk. Ze keek in alle hoeken en gaten op de begane grond, waarna ze naar boven ging en haar blik liet gaan over de groep rond de roze pooltafel. Niets.

Farrell begon te denken dat ze een blauwtje had gelopen, tot ze naar de kelder ging waar een in leer geklede vrouw aan het paaldansen was op de dreunende muziek van dj Wicked. Tegenover de stripper stonden roze banken langs de muur.

Ze zag haar prooi op een bank zitten in de hoek van de ruimte, met een champagneflûte in haar hand. Haar inktzwarte haar was strak opgestoken, ze was elegant gekleed in een zwarte cocktail-jurk en een pillbox-hoedje met een zwartkanten sluier die haar gelaatstrekken, behalve haar donkere kin en felrode lippen verborg.

'Hallo Marta,' zei Farrell, en ze liet zich op een stoel naast haar zakken.

Marta wendde haar aandacht af van de danseres, glimlachte en antwoordde met een licht Oost-Europees accent: 'Ik vertrouwde erop dat ik je hier zou treffen, zuster van me.'

Farrell rook Marta's parfum en was helemaal in haar ban. 'Ik kon niet wegblijven.'

Marta streek met haar felrode vingernagels over de rug van Farrells hand. 'Natuurlijk niet. Zullen we het spel laten beginnen?'

HOOFDSTUK 37

Om zeven uur die avond waren de ogen van de wereld gericht op het ruim tweehonderd hectare grote vervallen havenkwartier van Oost-Londen, dat was getransformeerd tot het nieuwe Olympisch park, met een stadion waarin 90 000 fortuinlijke fans zaten, een druk sportersdorp en strakke, moderne gebouwen voor fietswedstrijden, basketbal, handbal, zwemmen en schoonspringen.

De locaties waren allemaal even prachtig, maar de media hadden de ArcelorMittal Orbit van de Britse beeldhouwer Anish Kapoor verkozen tot het meest in het oog springende ontwerp van het park, en zelfs van de hele Spelen. De Orbit, die met zijn 113,1 meter hoger was dan de Big Ben en het Vrijheidsbeeld, torende aan de oostkant boven het stadion uit. De toren was roestrood en bestond uit zware, holle stalen armen die om elkaar heen draaiden en zich met elkaar verweefden. Hij deed Knight denken aan dol geworden DNA-helixen. Vlak onder de top bevonden zich een rond observatiedek en een restaurant. Boven dat dek vormde nog zo'n DNA-helix een reusachtige boog.

Vanaf zijn plekje hoog aan de westkant van het stadion, voor het raam van een luxueuze skybox die was gereserveerd voor de LOCOG-leden, richtte Knight zijn verrekijker op de Olympische schaal, die op een verhoogd platform op het dak van het observatiedek van de Orbit stond. Hij vroeg zich af hoe ze daar de vlam gingen ontsteken, maar werd afgeleid door een BBC-presentator op een nabij televisiescherm die zei dat men verwachtte dat bijna vier miljard mensen naar de uitzending van de openingsceremonie zouden kijken.

'Peter?' vroeg Jack Morgan achter hem. 'Er is hier iemand die met je wil praten.'

Knight liet zijn verrekijker zakken en draaide zich om. Hij zag de eigenaar van Private naast Marcus Morris staan, de voorzitter van het LOCOG. Morris was in een eerdere Labourregering de populaire minister van Sport geweest.

'Morris,' zei hij, en ze schudden elkaar de hand.

'Aangenaam,' zei Knight.

Morris zei: 'Ik wil graag van u horen wat Richard Guilder precies over Denton Marshall zei voordat hij overleed.'

Knight vertelde het hem en eindigde met: 'Die fraude had niets te maken met de Olympische Spelen. Het was Guilders hebzucht. Daar zal ik een getuigenis over afleggen.'

Morris schudde Knight nogmaals de hand. 'Dank u!' zei hij. 'Ik wilde niet dat er ook maar een zweem van onfatsoen over deze Spelen zou hangen. Maar dit maakt ons niet minder verdrietig over het verlies van Denton. Het is een tragedie.'

'In allerlei opzichten.'

'Uw moeder lijkt zich goed staande te houden.'

Inderdaad, Amanda was overladen met medeleven en stond nu ergens in de menigte achter hen.

'Ze is sterk, en toen die gestoorde Cronus beweerde dat Denton een oplichter was, werd ze boos, heel boos. Dat was niet prettig.'

'Nee, dat lijkt me ook niet,' zei Morris, en hij glimlachte. 'En nu moet ik een speech houden.'

'En Olympische Spelen openen,' zei Jack.

'Dat ook,' zei Morris, en hij liep weg.

Jack keek uit het raam naar het samengepakte publiek en liet zijn blik toen over de rand van het stadion glijden.

Dat viel Knight op en hij zei: 'De beveiliging lijkt dik in orde, Jack. Het kostte Amanda en mij meer dan een uur om er in

Stratford langs te komen. Die gewapende kerels waren allemaal Gurkha's.'

'De meest geduchte strijders ter wereld,' zei Jack met een knikje.

'Heb je me ergens nodig?'

'We hebben alles onder controle,' zei Jack. 'Geniet van de show. Je hebt het verdiend.'

Knight keek om zich heen. 'Hé, waar is Lancer? Jammer dat hij zijn eigen feestje mist.'

Jack knipoogde. 'Dat is geheim. Ik moest je nogmaals bedanken van hem. Intussen zou ik graag aan je moeder voorgesteld worden, zodat ik haar kan condoleren.'

Knights mobieltje trilde in zijn zak. 'Natuurlijk. Wacht even, Jack.'

Hij pakte de telefoon en zag dat het Hooligan was. Net toen hij opnam werden de lampen in het stadion gedimd en begon het publiek te juichen.

'Ik ben in het stadion,' zei Knight. 'De openingsceremonie begint net.'

'Sorry dat ik je stoor, maar er zijn ook mensen die moeten werken,' snauwde Hooligan. 'Ik heb de resultaten van die haar die je vanochtend hebt gestuurd. Hij komt...'

Trompetgeschal klonk uit elke speaker in het stadion en overstemde wat Hooligan zei.

'Wil je dat even herhalen?' vroeg Knight, die zijn vinger in zijn oor stak.

'Die fokking haar uit Cronus' envelop en Selena Farrells haar?' schreeuwde Hooligan. 'Die komen overeen!'

HOOFDSTUK 38

'We hebben Cronus!' fluisterde Knight hees terwijl hij ophing en een krachtige spotlight de duisternis doorboorde en een eenzame figuur bescheen die midden op de vloer van het stadion geknield zat.

'Wat?' vroeg Jack verbaasd.

'Of in elk geval één van zijn Furiën,' zei Knight en vertelde toen van de overeenkomst. 'Farrells huis is met de grond gelijk gemaakt om dit stadion te bouwen. Ze heeft publiekelijk gezegd dat de mensen die haar dat hadden aangedaan zouden boeten, en ze ging uit haar dak toen we die fluitmuziek voor haar afspeelden.'

'Bel Pottersfield,' raadde Jack hem aan. 'Laat haar naar Farrells huis gaan. Hou haar in de gaten tot ze een arrestatiebevel hebben.'

In het stadion klonk een klarinetsolo en uit zijn ooghoek zag Knight de geknielde figuur opstaan. Hij was in het groen gekleed en hield een boog vast. Een gevulde pijlkoker hing op zijn rug. Was het Robin Hood?

'Tenzij Farrell in het stadion is,' zei Knight, en de angst welde op in zijn borst.

'Er is ergens een namenlijst van mensen die een kaartje hebben,' zei Jack, die met Knight in zijn kielzog wegliep van het raam, richting de uitgang.

Achter hen brulde de menigte toen het schouwspel, geregisseerd door de Britse filmmaker Danny Boyle, zich in hoog tempo ontvouwde en met zang en dans de rijke geschiedenis van Londen uitbeeldde. Knight hoorde trommels roffelen en muziek weergalmen in de lange gang naar de zwaarbewaakte skybox. Hij belde Elaine Pottersfield. Ze nam op na de derde keer overgaan en hij vertelde van het DNA-bewijs dat Selena Farrell in verband bracht met Cronus' brief.

Naast zich hoorde hij Jack hetzelfde over de telefoon vertellen aan degene die op dit moment de leiding had over de beveiliging van het Olympisch park.

'Hoe heb je Farrells DNA verkregen?' wilde Pottersfield weten.

'Dat is een lang verhaal,' zei Knight. 'We zijn nu in het Olympisch stadion naar haar op zoek. Ik zou als ik jou was hetzelfde doen bij haar thuis.'

Hij en Jack hingen tegelijkertijd op. Knight keek naar de vier gewapende Private-medewerkers die de ingang van de LOCOG-skybox bewaakten.

Jack, die zijn gedachten las, zei: 'Daar komt niemand binnen.'

Knight knikte bijna, maar moest toen aan Guilder en Mascolo denken en zei: 'We kunnen er niet van uitgaan dat LOCOG-leden het enige doelwit zijn. Dat heeft Guilder wel bewezen.'

Jack knikte. 'Je hebt gelijk.'

Toen ze het stadion in kwamen zagen ze net Mary Poppins van de Orbit springen. Ze had haar paraplu hoog geheven terwijl ze over de uitzinnige menigte zweefde, naar een replica van de Tower of London die de vloer op was gerold. Ze landde in de buurt van de toren, maar ging op in de rook, terwijl rode en witte lichten flitsten en pauken dreunden om de Blitz uit de Tweede Wereldoorlog uit te beelden.

De rook trok op en honderden mensen in allerlei kledingstijlen dansten rond de replica van de Tower, en Knight dacht dat hij iemand hoorde zeggen dat ze het moderne Londen verbeeldden en de diversiteit aan inwoners van een van de meest kosmopolitische steden ter wereld.

Maar Knight was niet geïnteresseerd in het spektakel. Hij keek het hele stadion door en probeerde te bedenken wat een gestoorde vrouw in deze situatie zou doen. Hij zag een tunnel aan de westkant van het stadion.

'Waar gaat die naartoe?' vroeg hij Jack.

'Naar de oefenbaan. Daar stellen de teams zich op voor de landenparade.'

Om redenen die Knight niet kon verklaren, werd hij aangetrokken tot dat deel van het stadion. 'Ik wil daar even een kijkje nemen.'

'Ik loop met je mee,' zei Jack en ze doorkruisten het stadion terwijl de lichten gedimd werden en er een schijnwerper werd gericht op het Robin Hood-personage, dat zich nu hoog boven het podium bevond aan de zuidkant van het stadion.

De acteur wees naar de top van de Orbit, boven het observatiedek, waar in het licht van een aantal schijnwerpers twee gewapende leden van de Queen's Guard stijfjes van weerszijden van het dak naar de schaal marcheerden. Ze draaiden een kwartslag en bleven stram naast de schaal staan, in hun rode korte uniformjas en met een muts van zwart berenvel op.

Aan beide zijden van het hoofdpodium in het stadion verschenen nog twee gardesoldaten. De muziek stierf weg en een omroeper zei: 'Dames en heren, *mesdames et messieurs*: koningin Elizabeth ii en de koninklijke familie.'

HOOFDSTUK 39

De lichten op het podium gingen weer aan en daar stond de koningin in een blauw mantelpak. Ze liep glimlachend en wuivend naar een microfoon, vergezeld door Charles, William, Kate en verschillende andere leden van de familie Windsor.

Knight en Jack vertraagden hun pas om even te kijken hoe de koningin met een korte toespraak de jeugd van de wereld verwelkomde in Londen, maar toen liepen ze verder naar de doorgang.

Terwijl meer hoogwaardigheidsbekleders hun toespraken gaven, bereikten Knight en Jack de tribune boven de ingang van de tunnel, waar ze hun Private-badge en legitimatie moesten laten zien om naar de reling te mogen. Teams gewapende Gurkha's flankeerden beide zijden van de tunnel onder hen. Een aantal van de Nepalese bewakers bekeek Knight en Jack direct aandachtig, om in te schatten wat voor dreiging ze vormden.

'Ik zou echt niet willen dat een van die jongens kwaad op me werd,' zei Jack terwijl sporters uit Griekenland in de tunnel verschenen.

'Het zijn de meest geharde soldaten ter wereld,' zei Knight, en bestudeerde de traditionele, in een schede gestoken lange messen met gekromd lemmet die de Gurkha's aan hun riem hadden hangen.

Met een lang mes met gekromd lemmet was sir Dentons hoofd toch afgesneden?

Hij wilde dit net tegen Jack zeggen toen Marcus Morris als afronding van zijn toespraak riep: 'We verwelkomen de jeugd van de wereld in de geweldigste stad op aarde!'

Op het podium aan de zuidkant van het stadion verscheen de rockband The Who, die losbarstte in 'The Kids Are All Right' terwijl de parade van sporters begon en de Grieken het stadion in kwamen.

De menigte juichte uitzinnig, en werd nog uitzinniger toen The Who klaar was met spelen en Mick Jagger en de Rolling Stones verschenen. Keith Richards speelde de jankende openingsriff van 'Can't You Hear Me Knockin''.

Duizenden camera's flitsten en Londen raakte in Olympische extase.

Onder Jack en Knight kwam de afvaardiging van Kameroen het stadion in lopen.

'Wie van hen is Mundaho?' vroeg Jack. 'Die komt toch uit Kameroen?'

'Dat klopt,' zei Knight, die speurend rondkeek tussen de in groen en felgeel geklede sporters tot hij een lange, gespierde, lachende man zag met in zijn haar kralen en schelpjes. 'Daar is hij.'

'Denkt hij echt dat hij Shaw kan verslaan?'

'Jazeker,' zei Knight.

Filatri Mundaho was slechts zeven maanden voor de Olympische Spelen uit het niets in de internationale hardloopwereld opgedoken tijdens een wedstrijd in Berlijn. Hij was een grote, magere man met dezelfde lichaamsbouw als de uitzonderlijke Jamaicaanse sprinter Zeke Shaw.

Shaw had in Berlijn niet meegedaan, maar veel van de snelste sprinters ter wereld wel. Mundaho had drie afstanden gelopen: de 100, 200 en 400 meter. De Kameroener had elke serie en elke finale overtuigend gewonnen, wat tijdens een dergelijke grote wedstrijd niet eerder was vertoond.

Door die prestatie was er een storm aan speculaties opgestoken over wat Mundaho zou kunnen bereiken tijdens de Spelen in Londen. Bij de Olympische Spelen van 1996 in Atlanta had de

Amerikaan Henry Ivey goud gewonnen en een wereldrecord gevestigd op zowel de 200 als de 400 meter. In 2008 in Beijing won Shaw de 100 en de 200 meter, waarbij hij op beide afstanden ook een wereldrecord vestigde. Maar geen enkele man, of vrouw, had ooit alle drie de sprintafstanden tijdens één Olympische Spelen gewonnen.

Filatri Mundaho ging het proberen.

Volgens zijn coaches was Mundaho ontdekt bij een regionale wedstrijd in het oosten van hun land, nadat hij was ontsnapt aan de rebellen die hem als kind hadden ontvoerd en tot kindsoldaat gedrild.

'Heb je laatst dat artikel gelezen waarin hij zegt zijn snelheid en uithoudingsvermogen te danken aan de kogels die op hem werden afgevuurd?' vroeg Jack.

'Nee,' zei Knight. 'Maar ik snap wel dat dat een enorme motivatie kan zijn.'

HOOFDSTUK 40

Twintig minuten later, terwijl The Who en de Stones nog steeds tegen elkaar opboden met hun grootste hits, kwamen de teams uit de Verenigde Staten het stadion binnen, met Paul Teeter, een enorme bebaarde man die Jack nog uit Los Angeles kende, als vlagdrager voorop.

'Paul studeerde aan de universiteit van LA,' zei Jack. 'Hij doet aan kogelstoten en discuswerpen en is krankzinnig sterk. Het is ook een goeie vent. Hij werkt veel met achterstandsjongeren. Men heeft hoge verwachtingen van hem.'

Knight wendde zijn ogen af van Teeter en zag achter de vlagdrager een vrouw lopen die hij herkende. Hij had vorige week nota bene in *The Times* een foto van haar in bikini gezien. Hij vond dat ze er heel goed uitzag voor een vrouw van tegen de veertig. En in het echt was ze nog mooier.

'Dat is toch Hunter Pierce?' vroeg Knight.

Jack knikte vol bewondering. 'Wat een geweldig verhaal, hè?'

Pierce was twee jaar daarvoor haar man verloren bij een auto-ongeluk en bleef achter met drie kinderen onder de tien. Nu was ze spoedeisende-hulparts in San Diego, maar op haar 21ste was ze schoonspringster en had ze het Olympische team bijna gehaald. Ze was gestopt om medicijnen te studeren en een gezin te stichten.

Vijftien jaar later begon ze, om de dood van haar man te verwerken, weer met schoonspringen. Op aandringen van haar kinderen ging Pierce op haar 36ste weer meedoen aan wedstrijden.

Achttien maanden later, met haar kinderen op de tribune, had ze de hele Amerikaanse schoonspringwereld versteld doen staan door tijdens de Olympische kwalificaties de wedstrijd op het tienmeterplatform te winnen.

'Inderdaad,' zei Knight. Hij keek naar haar terwijl ze wuifde en glimlachte en het team van Zimbabwe achter haar het stadion binnenkwam.

De laatsten die binnenkwamen waren de teams uit Groot-Brittannië, het organiserende land. De drieëntwintigjarige zwemster Audrey Williamson, die in Beijing twee keer goud had gewonnen, droeg de Britse vlag.

Knight attendeerde Jack op de Britse sporters die kans hadden op een medaille, onder wie marathonloopster Mary Duckworth, de zeventienjarige sprintsensatie Mimi Marshall, bokser Oliver Price en het vijf man sterke toproeiteam.

Niet lang daarna werd 'God Save The Queen' gezongen. En de Olympische hymne. De Olympische eed werd afgelegd en er daalde een verwachtingsvol enthousiasme neer over de menigte. Alle ogen waren gericht op de ingang onder Knight en Jack.

'Ik vraag me af wie de vlam zal ontsteken,' zei Jack.

'Net als de rest van Engeland,' antwoordde Knight.

Inderdaad, de speculatie over wie de eer was gegund om de vlam in de Olympische schaal aan te steken was alleen maar verhevigd sinds de fakkel eerder dat jaar van Griekenland naar Groot-Brittannië was gekomen, en naar Much Wenlock in Shropshire was gebracht, de plaats waar Pierre de Coubertin, de vader van de moderne Olympische Spelen, als eerste had geopperd de Spelen weer nieuw leven in te blazen.

Na Shropshire was de fakkel door heel Engeland, Wales en Schotland gegaan. Hij had zijn opwachting gemaakt bij de Britse open golfkampioenschappen in Royal Latham, en de week ervoor op Wimbledon. Bij elke stop waren de nieuwsgierigheid en de geruchten aangezwollen.

'Gokkers wedden op sir Cedric Dudley, die vijf keer goud won als roeier,' zei Knight tegen Jack. 'Maar anderen vinden dat degene die de vlam ontsteekt sir Seymour Peterson-Allen moet zijn, de eerste man die de mijl in minder dan vier minuten liep.'

Maar toen steeg er een gebrul op uit de menigte terwijl de muziek uit de film *Chariots of Fire* klonk en twee mannen pal onder Knight en Jack het stadion binnen kwamen rennen, met de fakkel tussen hen in.

Het was sir Cedric Dudley, die rende naast...

'Mijn hemel, dat is Lancer!' riep Knight.

Het was Mike Lancer, vrolijk glimlachend en zwaaiend naar de menigte terwijl hij en sir Cedric over de baan naar de wenteltrap bij de replica van de Tower of London renden, naar een figuur in het wit die op hen wachtte.

HOOFDSTUK 41

Op dat ogenblik zat Karen Pope op de nieuwsredactie van *The Sun*, op de zevende verdieping van een modern kantoorgebouw aan Sir Thomas More Square in de buurt van St. Katharine Docks aan de noordoever van de Theems. Ze wilde naar huis en naar bed, maar kon zich niet losrukken van de openingsceremonie.

Op het scherm renden Lancer en Dudley naar de in het wit geklede persoon die onder aan de steile trap bij de toren stond. Toen Pope de vreugde zag op de gezichten van de mensen in het stadion vervloog haar normale cynisme en kreeg ze een brok in haar keel.

Wat een geweldig moment voor Londen, voor heel Groot-Brittannië.

Pope keek naar Finch, haar redacteur. De ogen van de chagrijnige veteraan op de sportredactie stonden glazig van emotie. Hij wierp een blik op haar en vroeg: 'Je weet toch wie dat is, hè? Die laatste fakkeldrager?'

'Ik heb geen idee, baas,' antwoordde Pope.

'Dat is verdomme—'

'Karen Pope?' klonk een mannenstem achter haar, Finch onderbrekend.

Pope draaide zich om en zag, en rook, een sjofele fietskoerier, die haar met een verveelde uitdrukking aankeek.

'Ja,' zei ze. 'Ik ben Pope.'

De koerier stak haar een envelop toe met haar naam erop in

vreemd uitziende blokletters in allerlei lettertypes en kleuren. Pope voelde dat zich in haar maag een peilloos diep gat opende.

HOOFDSTUK 42

Terwijl de laatste fakkeldrager de replica van de Tower beklom, juichten en floten alle toeschouwers en stampten ze met hun voeten.

Knight fronste zijn voorhoofd en keek naar de top van de Orbit en de gardesoldaten die naast de schaal stonden. Hoe kregen ze die vlam in hemelsnaam van de top van de Tower naar de top van de Orbit?

De laatste fakkeldrager hief de vlam hoog boven zijn hoofd terwijl het applaus eerst aanzwol tot een donderend geraas en daarna wegstierf toen iedereen zijn adem inhield.

Robin Hood had een pijl op zijn boog, sprong vanaf de stellage de lucht boven het zuidelijke podium in en vloog langs een kabel dwars door het stadion naar de opgeheven Olympische fakkel.

Terwijl de boogschutter voorbijzoefde, doopte hij de punt van zijn pijl in de vlam en stak hem zo aan. Toen vloog hij verder, steeds hoger, en spande tijdens de vlucht zijn boog.

Toen hij op bijna dezelfde hoogte was als de top van de Orbit, draaide Robin Hood zich om en schoot de brandende pijl af, die over het stadion ging, de avondlucht doorkliefde en tussen de Queen's Guards door een paar centimeter boven de schaal vloog.

Er ontbrandde een enorme vuurbol in de schaal en het publiek in het stadion juichte weer extatisch. De stem van Jacques Rogge, de voorzitter van het Internationaal Olympisch Comité, galmde door het speakersysteem: 'Ik verklaar de Olympische Spelen van 2012 in Londen voor geopend!'

Vanaf de top van de Orbit werd vuurwerk afgeschoten. Hoog in de lucht boven Londen knalde het uiteen terwijl kerkklokken in de hele stad beierden. Op de vloer van het stadion omhelsden de sporters elkaar, ze wisselden speldjes uit, en namen foto's en maakten filmpjes van dit magische ogenblik, waarop elke droom van Olympisch goud reëel leek.

Terwijl Knight naar de sporters keek, en daarna omhoog naar de Olympische vlam terwijl de vuurpijlen in de lucht uit elkaar knalden, kreeg hij tranen in zijn ogen. Hij had niet verwacht dat hij zo'n overweldigende trots voor zijn stad en zijn land zou voelen.

Toen ging zijn mobiele telefoon.

Karen Pope was bijna hysterisch: 'Cronus heeft me zojuist weer een brief gestuurd. Hij eist de verantwoordelijkheid op voor de dood van Paul Teeter, de Amerikaanse kogelstoter!'

Knight trok verward een grimas. 'Nee, ik heb hem net gezien, er is niks...'

Toen begreep hij het. 'Waar is Teeter?' brulde hij naar Jack en hij rende ervandoor. 'Cronus wil hem vermoorden!'

HOOFDSTUK 43

Knight en Jack worstelden zich door de menigte heen naar beneden. Jack blafte in zijn telefoon en bracht het hoofd van de stadionbeveiliging op de hoogte van de situatie. Ze toonden beide hun badge van Private om de stadionvloer te mogen betreden.

Knight zag Teeter, die de Amerikaanse vlag vasthield en met Filatri Mundaho praatte, de Kameroense hardloper. Hij sprintte net over het veld toen de Amerikaanse vlag die Teeter vasthield begon te kantelen. De vlagdrager tuimelde met de vlag op de grond, stuiptrekkend en met bloederig schuim om zijn lippen.

Toen Knight de Amerikaanse ploeg bereikte, riepen mensen om een dokter. Pierce werkte zich door de menigte en hurkte naast de kogelstoter terwijl Mundaho vol afgrijzen toekeek. 'Hij viel zomaar neer,' zei de voormalig kindsoldaat tegen Knight.

Jack keek even geschokt als Knight. Het was allemaal zo snel gegaan. Een waarschuwing drie minuten van tevoren. Meer hadden ze niet gekregen. Wat hadden ze kunnen doen om de Amerikaan te redden?

Plotseling klonk er gekraak via de luidsprekers en weerklonk Cronus' vreemde fluitmuziek.

Knight raakte bijna in paniek. Hij zag weer voor zich hoe Selena Farrell helemaal gek werd in haar kantoor. Toen zag hij dat veel sporters om hem heen naar de enorme videoschermen rond het veld wezen, waarop dezelfde drie rode woorden stonden:

OLYMPISCHE SCHANDE BLOOTGELEGD

BOEK DRIE

De snelste man op aarde

HOOFDSTUK 44

Knight was woest. Cronus kon ongestraft zijn gang gaan, het was hem niet alleen gelukt Teeter te vergiftigen, maar ook had hij op de een of andere manier het computersysteem van het Olympisch park gehackt en de besturing van de videoschermen overgenomen.

Kon Selena Farrell iets dergelijks doen? Was ze daartoe in staat?

Mike Lancer rende naar Knight en Jack. Hij zag eruit alsof hij de laatste paar minuten tien jaar ouder was geworden. Hij wees naar de schermen. 'Wat betekent dat in vredesnaam? Wat is dat voor helse muziek?'

'Dat is Cronus, Mike,' zei Knight. 'Hij eist de aanslag op.'

'Wat?' riep Lancer verontrust. Toen zag hij dokter Pierce en ambulancepersoneel om de Amerikaanse kogelstoter heen staan. 'Is hij dood?'

'Ik heb hem gezien voordat dokter Pierce bij hem was,' zei Knight. 'Er zat bloederig schuim rond zijn mond. Hij stuiptrekte en snakte naar adem.'

Ondersteboven, verbijsterd vroeg Lancer: 'Is hij vergiftigd?'

'Daarvoor moeten we wachten op het bloedonderzoek.'

'Of een autopsie,' zei Jack toen het ambulancepersoneel de bewusteloze Teeter op een brancard legde en hem snel naar de ambulance bracht met dokter Pierce erachteraan.

Sommige mensen in de menigte in het Olympisch stadion applaudisseerden zachtjes voor de getroffen Amerikaan. Maar meer mensen waren op weg naar de uitgang, met hun handen tegen hun oren gedrukt om de dreigende fluitmuziek niet te horen, terwijl ze bezorgde blikken wierpen op Cronus' boodschap, die nog steeds op de schermen gloeide.

OLYMPISCHE SCHANDE BLOOTGELEGD

Jacks stem trilde toen de ambulance wegreed: 'Het zal me een zorg zijn wat hij volgens Cronus heeft gedaan. Paul Teeter hoorde bij de goeden, hij was een vriendelijke reus. Ik heb hem in LA aan het werk gezien tijdens een clinic. De kinderen verafgoodden hem. Ze verafgoodden hem gewoon. Wat voor gestoorde idioot zou een goed mens zoiets aandoen op een avond als deze?'

Knight zag weer voor zich hoe Farrell de dag ervoor haar kantoor ontvluchtte. Waar was ze? Had Pottersfield haar aangehouden? Was zij Cronus? Of een van de Furiën? En hoe hadden ze Teeter vergiftigd?

Knight ging naar Mundaho, stelde zich voor en vroeg hem wat er was gebeurd. De Kameroense sprinter zei in gebroken Engels dat Teeter in de minuten voordat hij was neergestort overvloedig zweette en rood was aangelopen.

Toen sprak Knight de Amerikaanse sporters aan en vroeg of ze Teeter iets hadden zien drinken voordat de openingsceremonie was begonnen. Een hoogspringer zei dat de kogelstoter iets had gedronken uit een van de duizenden plastic flesjes water die Olympische vrijwilligers, oftewel 'Game Masters' uitdeelden aan de sporters toen ze zich opmaakten voor de landenparade.

Knight vertelde dit aan Jack en Lancer, die uit zijn vel sprong en in zijn radio blafte dat alle Game Masters tot nader order in het Olympisch park moesten worden vastgehouden.

De beveiligingsman keek naar de gloed die van de schermen kwam en brulde in zijn portofoon: 'Zet de speakers uit, laat die klotemuziek ophouden! Haal die boodschap van de schermen. En ik wil weten hoe het iemand in vredesnaam is gelukt ons netwerk in te komen. Nu!'

HOOFDSTUK 45

Zaterdag 28 juli 2012

Paul Teeter, groot atleet, die zich onvermoeibaar inzette voor achterstandsjeugd, stierf kort na middernacht op weg naar het ziekenhuis. Hij was zesentwintig.

Uren later had Knight een nachtmerrie over de fluitmuziek, het afgesneden hoofd van Denton Marshall, het bloed dat zich verspreidde over Richard Guilders borst, Joe Mascolo die dwars door de tafel in de Lobby Bar viel, en het bloederige schuim op de lippen van de kogelstoter.

Hij werd met een schok wakker en een paar gejaagde hartenkloppen lang had de agent van Private geen idee waar hij was.

Toen hoorde hij Luke in het donker op zijn duim zuigen en wist hij het weer. Hij kalmeerde en trok de dekens op tot boven zijn schouders terwijl hij dacht aan het gezicht van Gary Boss toen hij om drie uur 's nachts thuis was gekomen.

Het was een bende in huis en zijn moeders persoonlijk assistent had gezworen nooit meer op Knights gestoorde kinderen te passen. Al zou Amanda zijn salaris vervíjfvoudigen.

Ook zijn moeder was boos op Knight. Niet alleen had hij haar bij de openingsceremonie alleen gelaten, ook had hij niet gereageerd op haar telefoontjes nadat de dood van Teeter bekend was gemaakt. Maar hij was omgekomen in het werk.

Knight probeerde weer weg te soezen, maar zijn gedachten sprongen heen en weer tussen de zoektocht naar een nieuw kindermeisje voor zijn kinderen, zijn moeder en de inhoud van Cronus' tweede brief. Jack, Hooligan en hij hadden, kort nadat Pope hen rond één uur de envelop had gebracht, de brief onderzocht in het steriele lab van Private Londen.

'Wat is er eervol aan een onverdiende overwinning?' Zo was Cronus de brief begonnen. 'Wat is er glorieus aan het verslaan van je tegenstander door bedrog?'

Cronus schreef dat Teeter een bedrieger was, 'symptomatisch voor al die corrupte Olympische sporters die alle doping waar ze de hand op kunnen leggen gebruiken om hun prestaties te verbeteren.'

In de brief werd verder beweerd dat Teeter en andere niet bij name genoemde sporters op de Spelen in Londen een extract van de 'bast' van herten- en elandengeweien gebruikten om hun kracht en snelheid te vergroten en vlugger te herstellen. Gewei is de snelst groeiende substantie ter wereld omdat het zachte vel, oftewel de bast, eromheen rijk is aan voedingsstoffen en tijdens de groei verzadigd raakt met IGF-1, op insuline gelijkende groeifactor 1, een superkrachtig groeihormoon dat volgens de Olympische regels niet is toegestaan. Als het echter zorgvuldig werd toegediend, via een mondspray in plaats van een injectie, was het bijna onmogelijk om de aanwezigheid van de bast aan te tonen.

'De voordelen van IGF-1 zijn enorm,' schreef Cronus. 'Vooral voor een krachtsporter als Teeter, omdat hij zijn spieren sneller kan opbouwen en sneller van trainingen herstelt.'

In de brief werden twee kruidenhandelaren ervan beschuldigd – één in Los Angeles en de andere in Londen – betrokken te zijn bij Teeters met zorg voorbereide en uitgevoerde bedrog.

Documenten bij de brief leken Cronus' beschuldigingen te staven. Er zaten vier kwitanties van de kruidenhandelaren bij voor de verkoop en verzending van rode hertenbast uit Nieuw-Zeeland naar de postbus van een bouwbedrijf in LA, dat toebehoorde aan Teeters zwager, Philip. Andere documenten bevatten de

resultaten van onafhankelijke, zeer geavanceerde bloedonder-
zoeken bij Teeter.

'Daaruit blijkt duidelijk dat Teeter de afgelopen vier maanden IGF-1 in zijn bloed had,' schreef Cronus voordat hij eindigde
met: 'En dus moest deze moedwillige bedrieger, Paul Teeter, op-
geofferd worden om de Spelen te zuiveren en rein te maken.'

Op de slaapbank in de kamer van de tweeling staarde Knight
een paar uur na het lezen van die woorden naar de vage vormen
van zijn kinderen, en vroeg zich af of dit de manier was om de
Olympische Spelen rein te maken. Door mensen te vermoorden? Wat voor gestoorde figuur dacht zo? En waarom?

HOOFDSTUK 46

Uren nadat Teeter voor de ogen van de hele wereld ineengezakt was zwerf ik door de stad, in het geheim genoegen scheppend in de wraak die we hebben genomen, genietend van het bewijs van onze verhevenheid boven de vergeefse inspanningen van Scotland Yard, MI5 en Private. Ze zullen mijn zusters of mij nooit vinden.

Overal waar ik ga, zelfs op dit late uur, zie ik geschokte inwoners van Londen, en in de kranten staan foto's van de videoschermen in het stadion en onze boodschap: Olympische schande blootgelegd.

En de koppen: De Spelen belaagd door de dood!

Tja, wat hadden ze dan gedacht? Dat we hen hun gang zouden laten gaan, hen de oude rites van de sport belachelijk zouden laten maken? Dat we hen de beginselen van eerlijke concurrentie, verdiende superioriteit en onsterfelijke grootsheid zouden laten bezoedelen?

Ik dacht het niet.

En nu liggen Cronus en de Furiën op de lippen van miljarden mensen over de hele wereld. Ze zijn niet te vangen, moorden naar goeddunken, met als doel de duistere kant van het grootste sportevenement ter wereld aan de kaak te stellen en te elimineren.

Sommige dwazen vergelijken ons met de Palestijnen die tijdens de Zomerspelen van 1972 in München Israëliërs ontvoerden en vermoordden. Ze blijven ons maar omschrijven als terroristen met onbekende politieke motieven.

Afgezien van die idioten voel ik dat de wereld mij en mijn zusters begint te begrijpen. Er loopt een rilling over mijn rug als ik besef dat mensen overal onze grootsheid voelen. Ze breken zich het hoofd over de vraag hoe het kan dat dergelijke wezens zich onder hen bevinden, die bedriegers en corrupten de doodstraf geven en offers brengen in naam van al het goede en eerbare.

In gedachten zie ik de monsters die me hebben gestenigd, de doodse ogen van de Furiën op de avond dat ik die Bosniërs afslachtte, en de geschokte gezichten van de nieuwslezers die over Teeters dood berichtten.

Eindelijk, denk ik, laat ik de monsters boeten voor wat ze mij hebben aangedaan.

Al deze dingen spelen nog steeds door mijn hoofd als de dag aanbreekt en de sluierbewolking boven Londen een dieprode gloed verleent, waardoor die net op een reeks striemen lijkt.

Ik klop op de zijingang van het huis waar de Furiën wonen en ga naar binnen. Marta is als enige van de zusters nog wakker. Haar ronde donkere ogen staan vol tranen en ze omhelst me blij, haar geluk even intens als het mijne.

'Dat ging van een leien dakje,' zegt ze terwijl ze de deur achter me sluit. 'Alles verliep perfect. Teagan heeft die Amerikaan dat flesje gegeven, heeft zich toen verkleed en is weggeglipt voordat de chaos losbrak, alsof het allemaal in de sterren stond geschreven.'

'Zei je niet hetzelfde toen Londen de Olympische Spelen kreeg toegewezen?' vraag ik. 'Zei je dat ook niet toen we de corruptie en het bedrog ontdekten, precies zoals ik had gezegd?'

'Het is allemaal waar,' antwoordt Marta, haar gezicht fanatiek als dat van een martelaar. 'Ons leven is voorbestemd. Wij zijn superieur.'

'Ja, maar vergis je niet: ze gaan nu jacht op ons maken,' antwoord ik, tot bezinning komend. 'Je zei dat het op alle vlakken goed ging?'

'Op alle vlakken,' zegt Marta, één en al zakelijkheid.

'En de fabriek?'

'Teagan heeft hem goed afgesloten. Daar zal niets ontdekt worden.'

'Jouw taak?' vraag ik.

'Die verliep vlekkeloos.'

Ik knik. 'Dan is het tijd dat we in de luwte blijven. Laat Scotland Yard, MI5 en Private maar zo lang superalert blijven dat ze moe worden, dat ze aannemen dat we klaar zijn en ze niet meer op hun hoede zijn.'

'Volgens plan,' zegt Marta. Dan aarzelt ze. 'Die Peter Knight, vormt hij nog steeds een bedreiging voor ons?'

Ik denk over die vraag na en zeg dan: 'Als iemand een bedreiging vormt, is hij het.'

'Oké, maar we hebben iets gevonden. Knight heeft een zwakke plek. Een grote.'

HOOFDSTUK 47

Knight schrok wakker in de kinderkamer. Zijn mobiel ging. Zonlicht stroomde de kamer in en verblindde hem. Hij graaide naar zijn telefoon en nam op.

'Farrell is verdwenen,' zei Elaine Pottersfield. 'Ze is niet op kantoor en ook niet thuis.'

Knight ging rechtop zitten, nog steeds zijn ogen dichtknijpend en vroeg: 'Heb je al een huiszoeking gedaan?'

'Ik kan geen huiszoekingsbevel krijgen voordat mijn lab de overeenkomst die Hooligan heeft gevonden ook aantoont.'

'Hooligan heeft gisteravond nog iets aangetroffen in Cronus' tweede brief.'

'Wat?' riep Pottersfield. 'Wat voor tweede brief?'

'Hij ligt al op je lab. Hooligan heeft huidcellen in de envelop gevonden. Hij heeft jou de helft gegeven.'

'Godverdomme, Peter,' riep Pottersfield uit. 'Private mag niets analyseren wat met deze zaak te maken heeft zonder–'

'Daar heb ik niks over te zeggen, Elaine,' antwoordde Knight geïrriteerd. 'Dat beslist *The Sun*. De krant is de klant van Private!'

'Het maakt me niet uit wie de–'

'En jouw kant?' wilde Peter weten. 'Ik ben altijd degene die jóú informatie geeft.'

Er viel een stilte, waarna ze zei: 'Wij richten ons vooral op de vraag hoe het Cronus is gelukt het computersysteem...'

Knight zag dat de tweeling niet in hun bedjes lag en luisterde niet meer. Zijn blik schoot naar de klok. Tien uur! De laatste keer dat hij zo lang had geslapen was voor de geboorte van de tweeling geweest.

'Ik moet gaan, Elaine! De kinderen,' zei hij en hij hing op.

Elke afschuwelijke gedachte die je als ouder kon hebben schoot door zijn hoofd en hij stormde de kamerdeur door naar de overloop. Stel dat ze gevallen waren? Stel dat ze hadden zitten klooien met...?

Hij hoorde de televisie, waarop de 400 meter vrije slag werd uitgezonden, en had het gevoel dat elke spier in zijn lijf van elastiek was geworden. Hij moest zich stevig aan de leuning vasthouden om beneden te komen.

Luke en Isabel hadden de kussens van de bank geplukt en ze op de vloer opgestapeld. Ze zaten erbovenop, als twee Boeddha's, naast lege pakken cornflakes en vruchtensap. Knight had nog nooit zoiets moois gezien.

Hij gaf ze ontbijt, verschoonde Luke en kleedde hen aan, terwijl hij het nieuws over Teeters moord meepikte. Scotland Yard en MI5 zeiden niets. Evenmin als F7, het bedrijf dat door het LOCOG was ingehuurd om de beveiliging tijdens de Spelen te verzorgen.

Mike Lancer was wel de hele tijd in het nieuws. Hij verzekerde de journalisten ervan dat het veilig was op de Spelen, hij verdedigde zijn handelingen, maar nam ook de verantwoordelijkheid voor de lekken in de beveiliging. Geschrokken en toch vastbesloten zwoer Lancer dat Cronus zou worden tegengehouden, gepakt en voor de rechter gebracht.

Intussen bleef het voor Knight een probleem dat hij geen kindermeisje had en pas weer actief aan de zaak-Cronus kon werken als hij er eentje had kunnen vinden. Hij had zijn moeder een aantal keer gebeld, maar ze nam niet op. Daarna belde hij weer een bureau, legde uit in welke situatie hij zich bevond en smeekte om een tijdelijke kracht. De manager zei tegen hem dat ze dinsdag misschien iemand zou kunnen regelen.

'Dinsdag?' brulde hij.

'Meer kan ik niet doen, vanwege de Spelen is er niemand beschikbaar,' zei de vrouw en ze hing op.

Rond het middaguur wilde de tweeling naar de speeltuin. Hij vond het goed, in de hoop dat ze daarna makkelijker zouden slapen. Hij zette ze in de buggy, kocht *The Sun* en liep naar een speeltuintje in de tuin van het Royal Hospital, ongeveer tien minuten van zijn huis. Het was koeler geworden maar er was geen wolkje aan de lucht. Londen op zijn best.

Terwijl Knight op een bankje keek naar Luke op de glijbaan en naar Isabel in de zandbak, was hij echter met zijn gedachten niet bij zijn kinderen of bij het uitzonderlijke weer op de eerste volle dag van de Olympische competitie. Hij bleef maar denken aan Cronus en piekerde of en wanneer hij weer zou toeslaan.

Hij kreeg een sms'je van Hooligan: 'Huidcellen in 2e brief van man, nog geen overeenkomst. Op weg naar Coventry voor voetbal Engeland-Algerije.'

Van een man? dacht Knight. Cronus? Dan was Farrell dus een van de Furiën?

Gefrustreerd pakte Knight de krant op. Popes verhaal stond pontificaal op de voorpagina onder de kop: 'De Spelen belaagd door de dood'.

De sportverslaggever begon met Teeters ineenstorting en overlijden aan een beknopt, feitelijk verslag van de gebeurtenissen die zich op de openingsceremonie hadden voorgedaan. Bijna aan het eind van het stuk stond een verklaring van Teeters zwager, die in Londen was voor de Spelen en Cronus' beschuldigingen weerlegde. Hij verklaarde dat de labresultaten van Cronus nep waren en dat hij degene was die hertenbast had gekocht. Hij werkte de hele dag in de bouw en de bast verlichtte de kramp in zijn rug.

'Hallo? Meneer?' vroeg een vrouw.

De zon scheen zo fel dat Knight in eerste instantie alleen maar een persoon voor zich zag staan die een flyer uitdeelde. Hij stond op het punt te zeggen dat hij geen interesse had, maar toen hield hij zijn hand boven zijn ogen tegen de zon. De vrouw had een nogal onopvallend gezicht, kort, donker haar, donkere ogen en een stevig, sportief figuur.

'Ja?' zei hij en hij nam de flyer aan.

'Sorry,' zei ze met een bescheiden glimlach, en hij hoorde voor het eerst het lichte Oost-Europese accent. 'Alstublieft, ik zie dat u kinderen hebt en ik vroeg me af of u iemand kent die een oppas nodig heeft, of dat u er zelf een nodig hebt?'

Knight knipperde een paar keer verbaasd met zijn ogen en keek toen naar de flyer, waarop stond: 'Ervaren oppas/kindermeisje met uitstekende referenties beschikbaar. Bachelor in orthopedagogiek. Toegelaten tot het masterprogramma logopedie.'

Er stond nog meer op het blaadje, maar Knight keek al naar haar op. 'Hoe heet u?'

Ze ging met een gretige glimlach naast hem zitten.

'Marta,' zei ze. 'Marta Brezenova.'

HOOFDSTUK 48

'Je bent een onverwacht antwoord op mijn gebeden, Marta Brezenova, en je timing had niet beter kunnen zijn,' zei Knight, die zijn goede gesternte dankte. 'Ik heet Peter Knight, en ik ben eerlijk gezegd wanhopig op zoek naar een kindermeisje.'

Op Marta's gezicht verscheen eerst een uitdrukking van ongeloof en toen van blijdschap. Haar vingers gingen naar haar lippen terwijl ze zei: 'Maar u bent de eerste aan wie ik mijn flyer geef! Dat lijkt wel voorbestemd!'

'Misschien,' zei Knight, die genoot van haar aanstekelijke enthousiasme.

'Nee, dat is het echt!' protesteerde ze. 'Kan ik solliciteren?'

Hij keek weer naar haar flyer. 'Heb je een cv? Referenties?'

'Allebei,' zei ze zonder aarzeling, en haalde toen uit haar tas een zeer professioneel uitziend cv en een Ests paspoort. 'Nu weet u wie ik ben.'

Knight wierp een blik op het cv en paspoort en zei toen: 'Weet je wat? Daar zijn mijn kinderen. Luke speelt op de glijbaan en Isabel zit in de zandbak. Stel jezelf maar voor. Ik kijk hoe dat loopt en zal dan je referenties bellen.'

Knight wilde zien hoe zijn kinderen omgingen met Marta, een volslagen onbekende. Ze waren tegen zoveel oppassen in opstand gekomen dat het geen zin had om referenties te bellen als er geen klik was tussen haar en de tweeling. Hoezeer hij een kindermeisje ook nodig had, het was de moeite van de inspanning niet waard als ze niet met elkaar overweg konden.

Maar tot zijn grote verbazing ging Marta naar Isabel toe, de meest afstandelijke van de twee, en nam haar bijna onmiddellijk voor zich in. Ze hielp haar een zandkasteel bouwen met zoveel enthousiasme dat Luke al snel van de glijbaan kwam om te helpen. In drie minuten had ze ervoor gezorgd dat Lukey Knight, de grote, nare, bijtende schrik van Chelsea, lachend emmertjes met zand vulde.

Nu hij zag dat zijn kinderen zo makkelijk naar Marta luisterden, las hij haar cv aandachtig door. Ze kwam uit Estland, was halverwege de dertig, en had haar bachelor gehaald aan de Amerikaanse universiteit in Parijs.

Tijdens haar laatste twee jaar op de universiteit en in de zes jaar na haar afstuderen had ze als kindermeisje gewerkt voor twee verschillende gezinnen in Parijs. Namen en telefoonnummers stonden vermeld.

Uit Marta's cv bleek ook dat ze Engels, Frans, Ests en Duits sprak en dat ze in 2014 zou beginnen aan de master logopedie aan de City University. Knight bedacht dat ze in veel opzichten model stond voor al die hoogopgeleide vrouwen die tegenwoordig naar Londen kwamen: bereid om een baan onder hun niveau aan te nemen om in de geweldigste stad ter wereld te kunnen wonen en overleven.

Mazzel voor mij, dacht Knight. Hij pakte zijn mobieltje en belde de referenties terwijl hij dacht: laat dit alsjeblieft echt zijn. Laat iemand alsjeblieft de telefoon...

Petra de Maurier kwam bijna onmiddellijk aan de lijn. Ze sprak Frans. Knight vertelde wie hij was en vroeg of ze ook Engels sprak. Behoedzaam zei ze van wel. Toen hij tegen haar zei dat hij erover dacht Marta Brezenova als kindermeisje aan te nemen voor zijn jonge tweeling werd ze veel toeschietelijker en prees ze Marta uitbundig als het beste kindermeisje dat haar vier kinderen ooit hadden gehad. Geduldig, liefdevol, maar ook gedecideerd als dat nodig was.

'Waarom is ze weggegaan?' vroeg Knight.

'Mijn man werd voor twee jaar overgeplaatst naar Vietnam,' zei ze. 'Marta wilde niet met ons mee, maar we zijn op vriendschappelijke voet uit elkaar gegaan. U bent een gelukkig man als u haar kunt aannemen.'

De tweede referentie, Teagan Lesa, was zeker net zo positief: 'Toen Marta werd toegelaten tot die master in Londen, moest ik bijna huilen. Mijn drie kinderen gingen echt huilen, zelfs Stephan, normaal gesproken mijn stoere ventje. Als ik u was, zou ik haar aannemen, voordat iemand anders dat doet. Of nog beter, zeg haar maar dat ze terug naar Parijs moet komen. We wachten op haar met open armen.'

Nadat Knight had opgehangen, dacht hij even na. Hij wist dat hij navraag moest doen bij de universiteit hier en in Parijs, wat op z'n vroegst pas maandag mogelijk was. Toen kreeg hij een idee. Hij aarzelde even, maar belde toen Pottersfield.

'Je hing net zomaar op,' snauwde ze.

'Ik moest wel,' zei Knight. 'Ik wil graag dat je een Ests paspoort voor me natrekt.'

'Geen denken aan,' antwoordde Pottersfield kwaad.

'Het is voor de kinderen, Elaine,' zei Knight smekend. 'Ik kan een nieuw kindermeisje aannemen, en op papier lijkt ze geweldig. Ik wil iets meer van haar weten, maar het is weekend en ik weet niet hoe ik haar anders kan natrekken.'

Er viel een lange stilte, waarna Pottersfield zei: 'Geef me de naam en het paspoortnummer maar.'

Terwijl Knight het nummer voorlas, hoorde hij de inspecteur van Scotland Yard typen. Hij zag dat Marta met Isabel van de glijbaan af ging. Zijn dochter op de glijbaan? Dat was voor het eerst. Ze gleden omlaag en Isabel keek maar een klein beetje verschrikt, waarna ze in haar handjes klapte.

'Marta Brezenova... Niet echt een schoonheid, hè?'

'Verwachtte je een supermodel dat bijverdiende als kindermeisje?'

'Nee, niet echt,' gaf Pottersfield toe. 'Ze is tien dagen geleden met een vlucht uit Parijs in Groot-Brittannië aangekomen. Ze heeft een opleidingsvisum voor de City University.'

'Voor de master in logopedie,' zei Knight. 'Bedankt, Elaine. Ik sta bij je in het krijt.'

Hij hoorde Luke gillen van het lachen, en toen hij ophing zag hij zijn zoon en zijn dochter tussen het klimrek door rennen met Marta erachteraan, die maniakaal lachend een monster speelde.

Aantrekkelijk ben je niet, dacht Knight. Maar godzijdank, je bent aangenomen.

HOOFDSTUK 49

Maandag 30 juli 2012

Vroeg die middag keek politie-inspecteur Billy Casper argwanend naar Knight en zei: 'Ik kan niet zeggen dat ik hier echt achter sta. Maar Pottersfield wilde dat je het zelf ziet. Dus ga maar naar boven. Eerste verdieping. De flat rechts.'

Knight liep de trap op, volledig op het onderzoek gericht nu Marta Brezenova in zijn leven was gekomen. De vrouw was een godsgeschenk. In nog geen twee dagen had ze zijn kinderen betoverd. Ze waren schoner, gedroegen zich beter en waren blijer. Hij had zelfs de City University gebeld. Er was geen twijfel mogelijk. Marta Brezenova was toegelaten tot de studie logopedie. De Amerikaanse universiteit in Parijs had hij niet meer gebeld. Dat aspect van zijn leven leek eindelijk op rolletjes te lopen. Hij had zelfs contact opgenomen met het bureau dat hem dinsdag misschien had kunnen helpen en had afgezegd.

Nu stond Elaine Pottersfield bij de deur van Selena Farrells appartement op Knight te wachten.

'Heb je iets?' vroeg hij.

'Heel veel, eigenlijk,' zei ze, en nadat hij handschoenen en overschoenen had aangetrokken, ging ze hem voor. Een volledig forensisch team van Scotland Yard en specialisten van MI5 haalden de hele flat overhoop.

Ze gingen Farrells slaapkamer binnen, die werd gedomineerd

door een enorme kaptafel met drie spiegels, waarvan een paar laden openstonden. Er zaten allerlei schoonheidsproducten in, wel twintig verschillende soorten lippenstift en evenveel flesjes nagellak en make-up.

Dr. Farrell? Dit paste helemaal niet bij de hoogleraar die Pope en hij op haar werk hadden ontmoet. Toen keek hij rond en zag de open kasten, die volhingen met wat zeer exclusieve, dure vrouwenkleding leek te zijn.

Was ze in het geheim een fashionista of zo?

Voordat hij zijn verwarring kon uiten, wees Pottersfield langs een forensisch rechercheur, bezig met een laptop die op de kaptafel stond, naar een dossierkast in de hoek. 'We hebben allemaal papieren met felle aanklachten gevonden tegen de afbraak van panden in het East End en de Docklands voor de Spelen, waaronder een paar afschuwelijke brieven gericht aan Denton–'

'Inspecteur?' onderbrak de technisch rechercheur haar opgewonden. 'Volgens mij heb ik het gevonden!'

Pottersfield fronste haar voorhoofd. 'Wat?'

De rechercheur drukte een toets in en er kwam fluitmuziek uit de computer, dezelfde spookachtige melodie die in het Olympisch stadion had geklonken op de avond dat Paul Teeter vermoord was, en die bij Cronus' beschuldigende brief had gezeten.

'Staat dat op haar computer?' vroeg Knight.

'Het is een eenvoudig .exe-bestand dat deze muziek afspeelt en dit laat zien.'

De rechercheur draaide het scherm en er werden drie gecentreerde woorden zichtbaar:

OLYMPISCHE SCHANDE BLOOTGELEGD

HOOFDSTUK 50

Dinsdag 31 juli 2012

Met een operatiemuts op en een -masker voor, in een lang rubberen schort en met van die lange rubberen handschoenen aan die slachters gebruiken om vee te ontweien, doe ik voorzichtig de derde brief in een envelop die is geadresseerd aan Karen Pope.

Er zijn meer dan 72 uur verstreken sinds we dat monster Teeter hebben afgemaakt, en de aanvankelijke storm die we in de wereldwijde media hebben doen opsteken is bijna gaan liggen, de Spelen zijn doorgegaan en er zijn gouden medailles gewonnen.

Zaterdag domineerden we bijna elke tv-uitzending en elk artikel over de openingsceremonie. Zondag waren de verhalen over de dreiging die we vormden korter en gingen ze voornamelijk over de inspanningen van de politie om erachter te komen hoe het Olympisch computersysteem gehackt was. Ook waren er kleine stukken over de spontane herinneringsdienst die de Amerikaanse sporters hielden voor dat corrupte varken van een Teeter.

Gisteren waren we bijzaak in de nieuwsberichten, die vooral jubelden dat, afgezien van de moord op Teeter, de Olympische Zomerspelen van 2012 vlekkeloos verliepen. Vanochtend stonden we niet eens op de voorpagina, die werd gedomineerd door de huiszoeking van Farrells flat en kantoor, waar overtuigend bewijs was aangetroffen dat haar in verband bracht met de Cronus-moorden, en door het bericht dat Scotland Yard en MI5 een landelijke zoektocht naar de classica waren begonnen.

Dat is in zeker opzicht verontrustend, maar het kwam niet onverwacht. Evenmin als het feit dat er wel meer dan een of twee doden nodig zijn om de moderne Olympische beweging te vernietigen. Dat weet ik al sinds de avond dat Londen de verkiezing tot gastheer voor de Spelen won. Mijn zusters en ik hebben sindsdien zeven jaar de tijd gehad om ons complexe wraakplan uit te werken, zeven jaar om door te dringen in het systeem en het in ons voordeel te gebruiken, zeven jaar om zoveel valse sporen uit te zetten dat de politie op het verkeerde been wordt gezet en in het duister tast, niet in staat om te anticiperen op ons uiteindelijke doel totdat het veel te laat zal zijn.

Nog steeds met het schort voor en de handschoenen aan stop ik de envelop in een diepvrieszakje en geef het aan Petra, die samen met Teagan opstaat. Beide zusters zijn in vermomming waardoor ze dik en onherkenbaar zijn voor iedereen behalve voor mij of hun oudere zuster.

'Denk aan de getijden,' zeg ik.

Petra zegt niets en wendt haar blik af, alsof er vanbinnen een woordenwisseling plaatsvindt. Dat geeft me een onbehaaglijk gevoel.

'Ja zeker, Cronus,' zegt Teagan, die een donkere zonnebril opzet onder de Olympische vrijwilligerspet die ze draagt.

Ik loop naar Petra en vraag: 'Gaat het wel, zuster?'

Uit haar ogen blijkt dat er nog steeds een strijd woedt, maar ze knikt.

Ik kus haar op de wangen en wend me dan tot Teagan, mijn koude krijger.

'En de fabriek?' vraag ik.

'Vanochtend,' antwoordt ze. 'Voedsel en medicijnen voor vier dagen.'

Ik omhels haar en fluister in haar oor: 'Let op je zuster. Ze is impulsief.'

Als ik Teagan loslaat, is haar gezicht uitdrukkingsloos. Mijn koude krijger.

Ik trek het schort en de handschoenen uit en zie de zusters vertrekken. Mijn hand gaat naar het krabvormige litteken op mijn achterhoofd. Zodra ik het aanraak ontvlamt de haat, en ik zou uit de grond van mijn hart willen dat ik vanavond een van die twee vrouwen kon zijn. Als troost breng ik me in herinnering dat de ultieme wraak van mij, en van mij alleen zal zijn. Het wegwerpmobieltje in mijn zak gaat over. Het is Marta.

'Ik heb een afluisterapparaatje in Knights mobiel kunnen stoppen voordat hij naar zijn werk ging,' brengt ze me op de hoogte. 'Ik zal de huiscomputer aftappen als de kinderen slapen.'

'Heeft hij je vanavond vrijgegeven?'

'Daar heb ik niet om gevraagd,' zegt Marta.

Als die stomme trut nu voor me zou staan, zou ik haar mooie hoofd van haar nek draaien. 'Hoe bedoel je, daar heb je niet om gevraagd?' wil ik gespannen weten.

'Rustig maar. Ik ben op het moment dat ik nodig ben op de juiste plek. De kinderen zullen slapen. Ze zullen niet eens merken dat ik weg ben geweest. En Knight evenmin. Hij zei dat ik hem pas vlak voor middernacht thuis kon verwachten.'

'Hoe kun je er zeker van zijn dat die blagen slapen?'

'Hoe denk je? Ik geef ze een slaapmiddel.'

HOOFDSTUK 51

Een paar uur later sprong de Amerikaanse Hunter Pierce in het watersportcentrum in het Olympisch park van het tienmeter-platform. Ze wentelde door de naar chloor ruikende lucht en maakte een dubbele schroef voordat ze met een scheurend geluid het water zo doorkliefde dat er alleen maar wat belletjes in het water ontstonden.

Knight juichte, klapte en floot, net als iedereen in het overvolle stadion. Maar niemand in de menigte was blijer dan de drie kinderen van de schoonspringster, een jongen en twee meisjes, die op de eerste rij met hun voeten stampten en met hun vuist naar hun moeder zwaaiden toen die breeduit grijnzend aan de oppervlakte verscheen.

Dit was Pierce' vierde poging, en volgens Knight haar beste. Na drie sprongen had ze op de derde plaats gestaan, achter Zuid-Korea en Panama. De Chinezen stonden verrassend genoeg slechts vierde en vijfde.

Ze zit in een flow, dacht Knight. Ze heeft het goede gevoel.

Knight stond al bijna twee uur in de tunnel tegenover het tien-meterplatform en bekeek de menigte en de wedstrijd. Er waren bijna vier dagen verstreken sinds Teeters dood, vier dagen zonder aanslag, en één dag sinds de ontdekking van de software op Selena Farrells computer waarmee de elektronische schermen in het Olympisch stadion konden worden overgenomen.

Iedereen zei dat het nu voorbij was. Het was slechts een kwestie van tijd voordat de gestoorde hoogleraar gepakt werd. Het onderzoek bestond nu alleen nog maar uit de zoektocht naar haar.

Maar Knight was bang dat er toch nog iemand vermoord zou worden. Hij had het Olympische tijdschema avondenlang bestudeerd, in een poging te bedenken waar Cronus weer zou kunnen toeslaan. Het zou een zeer opvallende plek zijn, vermoedde hij, met intensieve media-aandacht, zoals hier in het watersportcentrum waar Pierce een poging deed de oudste vrouw te worden die het schoonspringen ooit had gewonnen.

De Amerikaanse hees zich uit het zwembad, pakte een handdoek, rende naar haar kinderen en gaf hun een high five, waarna ze in het bubbelbad ging zitten om haar spieren soepel te houden. Voordat ze daar was, werd er gebruld om de scores die op het bord opflitsten: allemaal hoge achten en negens. Pierce had zichzelf net in de positie voor zilver gemanoeuvreerd.

Knight applaudisseerde weer, nog enthousiaster. Er moest een feelgoodverhaal komen als tegenwicht voor de domper die Cronus op de Spelen had gezet, en dit was zo'n verhaal. Pierce tartte haar leeftijd, de verwachtingen en de moorden. Ze was zelfs een soort woordvoerster voor het Amerikaanse team geworden. Na Teeters dood had ze Cronus' daden openlijk afgekeurd. En daar stond ze nu, het goud binnen handbereik.

Wat een mazzel dat ik erbij ben, dacht Knight. Ondanks alles heb ik toch op best veel vlakken geluk, vooral dat ik die Marta heb gevonden.

Die vrouw leek wel een geschenk van boven. Zijn kinderen gedroegen zich heel anders als zij in de buurt was, alsof ze de rattenvanger van Hamelen was of zo. Luke had het er zelfs over dat hij de 'grotemensenwc' ging gebruiken. En wat was ze professioneel. Zijn huis was nog nooit zo opgeruimd en schoon geweest. Alles bij elkaar leek het alsof er een gigantische last van zijn schouders was genomen, zodat hij vrij was om jacht te maken op die gestoorde gek die de Olympische Spelen belaagde.

Tegelijkertijd viel zijn moeder weer terug in haar manier van doen van voor Denton Marshall. Ze had geopperd om na de Olympische Spelen een herdenkingsdienst voor hem te houden en had zich toen in haar werk begraven. Elke keer dat Knight haar sprak sloop er een bittere klank in haar stem.

'Neem je je telefoon nog eens op, Knight?' klaagde Karen Pope.

Knight schrok en keek op. Verbaasd zag hij de journaliste naast hem in de tunnel staan. 'Er is iets mee,' zei hij.

Dat was geen uitvlucht. Sinds een dag klonk er telkens geruis als hij met iemand praatte, maar hij had de tijd nog niet gehad ernaar te laten kijken.

'Neem dan een nieuwe telefoon,' snauwde Pope. 'Ik moet een stuk afleveren en daar heb ik je hulp bij nodig.'

'Zo te zien gaat het je prima alleen af,' zei Knight.

Inderdaad, naast het verhaal over wat er op Farrells computer was gevonden, had ze een artikel gepubliceerd over de resultaten van Teeters autopsie: hij had een cocktail gekregen, niet van vergif, maar van medicijnen die de bloeddruk en hartslag sterk verhogen, waardoor de longslagader was gescheurd. Vandaar het bloederige schuim dat Knight om zijn lippen had gezien.

In datzelfde verhaal had Pope een scoop vermeld die ze had gekregen van insider Mike Lancer: dat Farrell een foutje in het Olympische it-systeem had gevonden, waardoor ze toegang kreeg tot de server en de videoschermen.

Lancer zei dat het lek was getraceerd en gedicht en dat alle vrijwilligers dubbel gescreend werden. Lancer maakte ook bekend dat er beelden waren van beveiligingscamera's van een vrouw met een Game Master-uniform die Teeter kort voor de sportersparade een flesje water gaf. Ze had echter dezelfde pet gedragen als alle andere vrijwilligers, zodat haar gezicht niet te zien was.

'Alsjeblieft, Knight,' smeekte Pope. 'Ik moet wat hebben.'

'Jij weet meer dan ik,' antwoordde hij, terwijl hij zag dat de Panamese op de derde plek in haar laatste duik te ver doorroteerde, wat haar belangrijke punten kostte.

Toen maakte de Zuid-Koreaanse, die op de eerste plaats stond, een foutje. Het ontbrak haar sprong aan pit, wat de hele baan van haar duik beïnvloedde en haar een middelmatige score opleverde.

De deur stond wijd open voor Pierce, dacht Knight opgewonden. Hij kon zijn verrekijker niet afhouden van de Amerikaanse arts, die naar de top van de duiktoren klom voor haar vijfde en laatste sprong.

Pope tikte hem op de arm en zei: 'Ik hoorde van iemand dat inspecteur Pottersfield je schoonzus is. Jij moet dingen weten die ik niet weet.'

'Elaine praat alleen met mij als het echt niet anders kan,' zei Knight, die zijn verrekijker liet zakken.

'Hoezo?' vroeg Pope sceptisch.

'Omdat zij vindt dat ik verantwoordelijk ben voor de dood van mijn vrouw.'

HOOFDSTUK 52

Knight zag dat Pierce het tien meter hoge platform bereikte en keek toen naar Pope, die geschokt leek.

'Was je dat ook? Verantwoordelijk?' vroeg ze.

Knight zuchtte. 'Kate had problemen tijdens de zwangerschap, maar wilde thuis bevallen. Ik wist wat de risico's waren, dat wisten we allebei, maar ik heb me naar haar gevoegd. Als ze in het ziekenhuis was geweest, had ze nog geleefd. Daar zal ik de rest van mijn leven mee worstelen, want Elaine Pottersfield blijft het me onder de neus wrijven.'

Knights bekentenis verwarde en bedroefde Pope. 'Heeft iemand je ooit verteld dat je een gecompliceerde vent bent?'

Hij antwoordde niet. Hij was gericht op Pierce en hoopte dat het haar zou lukken. Hij was nooit een grote sportfan geweest, maar dit voelde aan als een gedenkwaardig moment. Daar stond ze, achtendertig jaar oud, weduwe en moeder van drie kinderen, op het punt om haar vijfde sprong uit te voeren, de moeilijkste uit haar repertoire.

Op het spel stond Olympisch goud.

Pierce zag er ontspannen uit toen ze klaar ging staan, waarna ze twee snelle passen naar de rand van het platform nam. Ze sprong naar voren en omhoog en maakte een snoekduik. Daarna deed ze een achterwaartse salto gehurkt, draaide en maakte nog twee salto's, waarna ze kaarsrecht het water in gleed.

De menigte juichte. Pierce' zoon en dochters deden een rondedansje en omhelsden elkaar.

'Ze heeft het geflikt!' riep Knight. Hij voelde tranen opwellen in zijn ogen en was in de war: waarom raakte dit hem zo?

Hij had geen antwoord op die vraag, maar kreeg kippenvel toen Pierce naar haar kinderen rende, in een storm van applaus dat oorverdovend werd toen de scores werden getoond en bleek dat ze een gouden plak had gewonnen.

'Nou, ze heeft gewonnen,' zei Pope bits. 'Alsjeblieft Knight. Help me.'

Knight kreeg een boze blik in zijn ogen toen hij zijn telefoon uit zijn zak trok. 'Ik stuur je een lijst van alle spullen die ze in Farrells flat en kantoor hebben aangetroffen.'

Pope sperde haar ogen open. Toen zei ze: 'Dank je wel, Knight. Ik sta bij je in het krijt.'

'Ach, laat maar.'

'Dus het is echt voorbij,' zei Pope, en de triestheid klonk door in haar stem. 'Vanaf nu is het alleen nog maar een jacht op Farrell. Met de opgevoerde beveiliging is het onmogelijk dat Farrell nog een keer toeslaat. Toch?'

Knight knikte terwijl hij toekeek hoe Pierce haar kinderen vasthield, glimlachend door haar tranen heen, en voelde zich intens tevreden. De prestatie van de Amerikaanse schoonspringster had een soort evenwicht gebracht.

Natuurlijk hadden andere sporters de afgelopen vier dagen van de competitie ook al hoogstandjes vertoond. Een zwemmer uit Australië wiens rechterbeen vorig jaar was verbrijzeld had goud gewonnen op de 400 meter vrije slag voor mannen. Een vlieggewicht bokser uit Niger, die was opgegroeid in bittere armoede en lange perioden ondervoed was, had op de een of andere manier een leeuwenhart ontwikkeld, waardoor hij zijn eerste twee bokswedstrijden had gewonnen met twee knock-outs in de eerste ronde.

Maar Pierce' verhaal en haar verbale trotsering van Cronus leken dat wat er juist was aan de moderne Olympische Spelen te weerspiegelen en uit te vergroten. De arts was niet ten onder gegaan aan de enorme druk. Ze had Teeters dood van zich afgeschud en gewonnen. Daardoor voelden de Spelen niet meer besmet. Voor Knight althans.

Toen ging zijn mobiele telefoon. Het was Hooligan.

'Wat weet jij wat ik niet weet, kerel?' vroeg Knight uitgelaten, wat hem een spotlach van Pope opleverde.

'Die huidcellen die we in de tweede brief hebben gevonden?' zei Hooligan, die ontsteld klonk. 'Drie dagen lang had ik geen enkel resultaat. Maar toen kreeg ik via een oude vriend van MI5 toegang tot een NAVO-database in Brussel, en ineens heb ik een hit, één waarvan je steil achteroverslaat.'

Knights blijheid over Pierce' winst ebde weg. Hij wendde zich af van Pope en zei: 'Vertel.'

'Het DNA komt overeen met een haar die halverwege de jaren negentig is afgenomen voor een drugstest bij mensen die solliciteerden als consultant voor de NAVO-vredesmacht die naar de Balkan ging om toe te zien op de naleving van het staakt-hetvuren.'

Knight was beduusd. Farrell was ergens in de jaren negentig op de Balkan geweest. Maar Hooligan had na zijn eerste onderzoek gezegd dat de huidcellen bij de tweede brief van Cronus van een man waren.

'Wiens DNA is het?' wilde Knight weten.

'Van Indiana Jones,' zei Hooligan, die heel teleurgesteld klonk. 'Van een fokking Indiana Jones.'

HOOFDSTUK 53

Acht kilometer verderop en een paar honderd meter ten zuiden van de Theems, in Greenwich, liepen Petra en Teagan onder een loodgrijze lucht naar de beveiligde toegang van de O_2-Arena, een supermodern gebouw met een witte koepel die wordt doorboord en ondersteund door gele steunbalken die het dak op zijn plek houden. De O_2, waar normaal gesproken concerten worden gegeven en grote theaterproducties opgevoerd, staat op de noordpunt van een schiereiland. Tijdens de Olympische Spelen vinden de turnwedstrijden daar plaats en is het omgedoopt tot North Greenwich Arena.

Petra en Teagan droegen hun officiële Game Master-uniform en hadden een officieel legitimatiebewijs als gerekruteerde en doorgelichte vrijwilligers voor het hoogtepunt van die avond: de turnfinale van de vrouwen.

Teagan keek streng, gefocust en vastbesloten terwijl ze naar de rij vrijwilligers en licentiehouders liep die stonden te wachten op de controle. Maar Petra zag er onzeker uit en liep mank.

'Ik zei toch dat het me speet,' zei ze.

Teagan zei ijzig: 'Een superieur wezen doet zoiets niet.'

'Ik was ergens anders met mijn gedachten,' antwoordde haar zus.

'Waar dan, in vredesnaam? Dit is het moment waar we op hebben gewacht!'

Petra aarzelde even voordat ze fluisterend klaagde: 'Dit lijkt niet op de andere opdrachten die Cronus ons heeft gegeven. Het lijkt wel een zelfmoordmissie. Het einde van twee Furiën.'

Teagan bleef staan en wierp een blik op haar zus. 'Eerst die brief, en nu twijfel je?'

Petra zei stuurs: 'Stel dat we worden gepakt?'

'Dat gebeurt niet.'

'Maar–'

Teagan onderbrak haar en vroeg luchtig: 'Wil je echt dat ik Cronus bel om hem te zeggen dat je het nu, op het laatste moment, aan mij overlaat? Wil je hem kwaad maken?'

Petra knipperde met haar ogen en er verscheen een geschrokken uitdrukking op haar gezicht. 'Nee, nee. Ik heb niks gezegd. Alsjeblieft. Ik... ik doe het wel.' Ze rechtte haar rug en streek even over haar jack. 'Een ogenblik van twijfel,' voegde Petra eraan toe. 'Dat is alles. Niets meer. Zelfs superieure wezens kunnen twijfelen, zus.'

'Nee hoor,' zei Teagan, en dacht: 'impulsief', zo had Cronus haar jongere zus toch omschreven?

Er zat absoluut een kern van waarheid in. Dat had Petra net bewezen.

Toen ze op de stoep bij King's College stonden te wachten, hun enige stop onderweg naar de turnhal, was de jongste Furie vergeten haar handschoenen aan te houden toen ze de meest recente brief naar Pope verstuurden. Teagan had met een vochtig doekje het pakketje afgenomen en het met dat doekje vastgehouden totdat ze de envelop aan een stonede fietskoerier kon geven die hen amper zag staan in hun dikkevrouwenvermomming.

Als in reactie op dezelfde herinnering stak Petra haar kin in de lucht. 'Ik weet wie ik ben, zus. Ik weet wat het lot voor mij in petto heeft. Dat is me nu duidelijk.'

Teagan aarzelde, maar gebaarde toen dat Petra voorop moest lopen. In tegenstelling tot de twijfels van haar zus voelde Teagan alleen maar golven van zekerheid en genoegen. Het was natuurlijk heel wat om een man te vergiftigen, maar dat was niet te vergelijken met de situatie waarin je de persoon die je ging doden in de ogen keek en hem je macht toonde.

Het was jaren geleden dat dat voor het laatst was gebeurd, in Bosnië. Wat ze toen had gedaan had haar nachtmerries moeten bezorgen, maar daar had Teagan geen last van.

Ze droomde vaak van de mannen en jongens die ze had geëxecuteerd nadat haar ouders waren overleden en zij door de groep verkracht was. Die bloederige dromen had Teagan het liefst, ware fantasieën die ze met genoegen herbeleefde.

Teagan glimlachte en bedacht dat wat ze vanavond zou doen haar de komende jaren een nieuwe droom zou verschaffen, iets om in het donker van te genieten, iets om zich aan vast te klampen als het moeilijk werd.

Uiteindelijk bereikten ze de röntgenscreeners. Bars kijkende Gurkha's met automatische wapens bemanden het controlepunt en even vreesde Teagan dat Petra zou terugschrikken en weglopen bij de aanblik van dit machtsvertoon.

Maar haar zus gedroeg zich als een professional en gaf haar identiteitsbewijs aan de bewaker, die haar badge door een lezer haalde en haar gezicht vergeleek met een computerbestand waarin zij werd geïdentificeerd als Caroline Thorson. In datzelfde bestand stond dat ze diabetes had en dus een insulineset bij zich mocht hebben.

De bewaker wees naar een grijze plastic bak. 'Insulineset en alles van metaal daarin. Sieraden ook,' zei hij, gebarend naar haar zilveren ring met gaatjes erin.

Petra glimlachte, trok de ring van haar vinger en legde hem naast de insulineset in de bak. Ze liep door de metaaldetectors, die niet afgingen.

Teagan deed haar ring, dezelfde als die van haar zus, af en legde hem ook in de bak nadat haar legitimatie was gecontroleerd. 'Is dat dezelfde ring?' vroeg de bewaker.

Teagan glimlachte en gebaarde naar Petra. 'We zijn nichtjes. We hebben de ringen van onze oma gekregen, die dol was op de Olympische Spelen. Het arme mensje is vorig jaar overleden. Elke keer dat we hier werken dragen we ze ter ere van haar.'

'Wat leuk,' zei hij, en hij gebaarde dat ze kon doorlopen.

HOOFDSTUK 54

De Orbit draaide langzaam met de klok mee en bood zo een panoramisch uitzicht over de binnenkant van het Olympisch stadion, waar een aantal sporters en coaches de baan bekeken, en van het watersportcentrum, dat Knight zojuist had verlaten.

Staand bij de leuning van het dek in een verkoelende oostenwind die de wolken aan de loodgrijze lucht voortjoeg, keek Mike Lancer met toegeknepen ogen naar Knight en vroeg: 'Bedoel je die vent van tv?'

'En curator Griekse oudheden bij het British Museum.'

Jack vroeg: 'Weet Scotland Yard hier al van?'

Knight had Jack gebeld en nadat hij had gehoord dat Lancer en hij boven op de Orbit waren om daar de beveiliging van de Olympische vlam te bekijken, had hij zich naar hen toe gehaast. Knight knikte als antwoord op Jacks vraag en zei: 'Ik heb net met Elaine Pottersfield gesproken. Er zijn teams op weg naar het museum en zijn huis.'

Even viel er een stilte, en het enige waar Knight zich echt van bewust was, was de geur van koolstof in de lucht, afkomstig van de schaal op het dak boven hen waarin het Olympisch vuur brandde.

'Hoezo weten we zeker dat Daring verdwenen is?' vroeg Jack.

Knight antwoordde: 'Ik heb zijn secretaresse gebeld voordat ik Elaine belde en zij vertelde me dat Daring afgelopen donderdagavond rond tien uur voor het laatst gezien is, toen hij de openingsreceptie voor zijn tentoonstelling verliet. Dat was waarschijnlijk zes uur nadat Selena Farrell ook voor het laatst is gezien.'

Lancer schudde zijn hoofd. 'Had je dat verwacht, Peter? Dat ze er samen bij betrokken konden zijn?'

'Ik had die mogelijkheid niet eens overwogen,' gaf Knight toe. 'Maar ze hebben beiden in de jaren negentig bij de NAVO op de Balkan gewerkt, ze zijn allebei niet dol op de moderne Olympische Spelen en het DNA-resultaat spreekt voor zich.'

Lancer zei: 'Nu we weten wie ze zijn is het slechts een kwestie van tijd voor ze worden gepakt.'

'Tenzij het ze lukt voor die tijd weer toe te slaan,' zei Jack.

De veiligheidsadviseur van het LOCOG verbleekte, tuitte zijn lippen en ademde uit met een bezorgde zucht. 'Maar waar? Dat is de vraag die ik mezelf steeds blijf stellen.'

'Bij iets belangrijks,' zei Knight. 'Ze hebben iemand gedood tijdens de openingsceremonie omdat toen de hele wereld toekeek.'

Jack zei: 'Oké, wat is het grootste evenement dat nog op stapel staat?'

Lancer haalde zijn schouders op. 'De sprintafstanden trekken de meeste belangstelling. Miljoenen mensen wilden komende zondagavond een plek in het stadion voor de finale van de 100 meter mannen, omdat daar waarschijnlijk een beslissend treffen plaatsvindt tussen Zeke Shaw en Filatri Mundaho.'

'En vandaag of morgen? Welke wedstrijd wil iedereen zien?' vroeg Knight.

'Het vrouwenturnen, denk ik,' zei Jack. 'Dat trekt in de VS in elk geval de meeste kijkers.'

Lancer keek op zijn horloge en trok een gezicht alsof zijn maag opspeelde. 'De vrouwenfinale voor teams begint over minder dan een uur.'

Angst kolkte door Knights lijf toen hij zei: 'Als ik Cronus was en wilde opvallen, zou ik bij het vrouwenturnen toeslaan.'

Lancer trok een grimas en ging op weg naar de lift, terwijl hij zei: 'Vreselijk om te zeggen, maar ik denk dat je gelijk hebt, Peter.'

'Hoe komen we het snelst bij de turnarena?' wilde Jack weten, die zich achter het LOCOG-lid aan haastte.

'Via de Blackwall-tunnel,' zei Knight.

'Nee,' zei Lancer. 'Die heeft Scotland Yard tijdens de wedstrijden afgesloten om een mogelijke aanslag met een autobom te voorkomen. We gaan met de rivierbus.'

HOOFDSTUK 55

Nadat de zussen zich hadden gemeld bij Petra's directe leidinggevenden, verkenden ze de sectie waar zij als plaatsaanwijzer zou werken. De stoelen waren laag en bevonden zich in het noordelijk deel van de arena, vlak bij het deel waar de springwedstrijd zou plaatsvinden. Teagan liet haar zus daar achter en zocht de skybox waar zij als serveerster zou werken. Ze zei tegen haar teamleider dat ze nog even naar de wc moest.

Daar stond Petra te wachten. Ze namen hokjes naast elkaar.

Teagan opende de wc-brildekjeshouder in haar hokje en haalde er twee gladde, groene buisjes uit met CO_2 en twee plastic pincetten die daar vastgeplakt zaten.

Ze hield zelf een buisje en pincet en gaf de andere onder de scheidingswand door aan haar zus. In ruil gaf Petra Teagan twee minuscule pijltjes, nog korter dan de angel van een bij, met piepkleine plastic veertjes, waaraan insulinenaaldjes vastgelijmd zaten en die op een klein stukje grijs tape geplakt waren.

Daarna kwam een vijftien centimeter lange slang van helder plastic, met aan beide uiteinden pijpfittinkjes. Teagan deed haar zilveren ring af en schroefde de mannetjesfitting in een van de gaatjes die daarin zaten.

Tevreden met de constructie draaide ze hem weer los en wond het slangetje op. Aan het andere uiteinde ervan had ze het CO_2-patroon vastgemaakt. Ze plakte het patroon en het opgerolde gasslangetje op haar onderarm en deed toen haar ring weer om.

Ze was nog maar net klaar of Petra duwde het flesje uit de insulineset onder de afscheiding door. Teagan pakte met het pincet een van de pijltjes op. Ze stak de punt door de rubberen afdichting op het flesje in de vloeistof, trok hem er weer uit en stopte het pijltje met het veertje in een gaatje in haar ring, tegenover de plek waar het gasslangetje kwam.

Toen ze het tweede pijltje in de vloeistof had gedoopt, blies ze erop tot hij droog was en stak het uiterst voorzichtig in de revers van haar uniform, voor het geval ze twee keer moest schieten. Met de grootste zorg rolde ze de mouw van haar blouse naar beneden, waarna ze doortrok en het hokje verliet.

Petra kwam haar hokje uit toen Teagan haar handen stond te wassen. Ze glimlachte onzeker naar haar oudere zus, maar fluisterde toen: 'Richt twee keer.'

'En schiet één keer,' zei Teagan, die het gevoel had dat dit al een droom was. 'Heb je de bijen?'

'Ja.'

HOOFDSTUK 56

In de motregen kroop de mist, ongewoon voor het seizoen, westwaarts over de Theems en omringde de rivierbus die snel langs het Isle of Dogs voer, op weg naar het schiereiland Greenwich en de Queen Elizabeth ii-steiger. De boot zat vol laatkomers met een kaartje voor de turnfinale van de vrouwenteams, die over een paar minuten zou beginnen.

Knights aandacht was echter niet bij de andere passagiers; zijn blik dwaalde over de boeg van de veerpont naar de felverlichte koepel van de O_2, die steeds dichterbij kwam. Hij had sterk het gevoel dat dit de plek zou zijn waar Farrell en Daring opnieuw zouden toeslaan.

Naast hem stond Lancer onophoudelijk te telefoneren. Hij legde uit dat hij met versterking onderweg was naar de beveiligingseenheid en gaf de opdracht dat die uiterst alert moest zijn. Hij had de waterpolitie-eenheid van Scotland Yard al gebeld en gehoord dat er een patrouilleboot achter de arena lag aangemeerd.

'Daar heb je hem,' zei Jack, die door de mist wees naar een grote stijve opblaasboot met twee buitenboordmotoren die in het water ten zuiden van hen op en neer deinde terwijl ze de kop van het schiereiland rondden.

Vijf medewerkers in een zwarte oliejas, met automatische wapens, stonden in de boot naar hen te kijken. Eén medewerker, een vrouw in een droogpak, bestuurde een superstille zwarte jetski die achter de rivierbus aan naar de kade voer.

'Dat zijn topvaartuigen voor contraterreuroperaties, vooral die jetski,' zei Jack bewonderend. 'Met die dingen in de buurt kunnen ze via het water niet ontsnappen.'

De arena zelf was net zo streng beveiligd. Er stonden drie meter hoge hekken omheen, met om de vijftig meter bewapende Gurkha's. De bezoekers werden heel grondig gecontroleerd. Er stond nog steeds een lange rij te wachten. Zonder Lancer zou het ze minstens een halfuur hebben gekost om langs de scanners te komen, maar hij had ze in nog geen vijf minuten binnengeloodst.

'Waar zijn we naar op zoek?' vroeg Knight terwijl ze applaus hoorden vanuit de ingang voor hen, en een vrouwenstem die via de speakers de eerste ronde van de vrouwenteamfinale aankondigde.

'Iets ongewoons,' zei Lancer. 'Wat dan ook.'

'Wanneer zijn de honden voor het laatst door het gebouw heen geweest?' vroeg Jack.

'Drie uur geleden,' zei Lancer.

'Ik zou ze terughalen,' zei Jack terwijl ze in de arena zelf uitkwamen. 'Houden jullie de mobieltjes in de gaten?'

'We hebben het netwerk platgelegd,' zei Lancer. 'Dat vonden we makkelijker.'

Terwijl het hoofd beveiliging van het LOCOG via zijn portofoon bevelen gaf aan de hondenbrigade bekeken Knight en Jack de arenavloer, waar de teams zich opstelden bij de turntoestellen.

De Chinezen stonden in de zuidelijke punt en bereidden zich voor op de oefeningen aan de brug met ongelijke leggers. Daarachter deden de Russen rekoefeningen bij de evenwichtsbalk. De Britten, die opmerkelijk goed hadden gepresteerd in de kwalificatierondes dankzij de sterturnster Nessa Kemp, die alles had gegeven, maakten zich klaar bij de mat voor de vloeroefening. Aan het andere eind van de arena bereidden de Amerikanen zich voor op de sprong. Bewakers, velen van hen eveneens Gurkha's, stonden rond de vloer, met hun rug naar de turners zodat ze zonder afgeleid te worden de mensenmassa konden inspecteren op zoek naar dreigingen.

Knight zag dat een aanslag op de turners op de vloer bijna onmogelijk was.

Maar hoe stond het met de veiligheid in de kleedruimtes? Of op weg van en naar het Olympisch dorp?

Zou het volgende doelwit wel een sporter zijn?

HOOFDSTUK 57

Om kwart over zes die dinsdagavond deed de laatste Chinese turnster haar afsprong van de balk en landde zonder één foutje.

De mensen in de skybox van de Chinese turnfederatie boven in de arena brulden van vreugde. Met nog maar één ronde te gaan was hun team glansrijk aan de winnende hand. De Britten waren verrassend tweede en de Amerikanen stonden stevig op de derde plaats. De Russen waren onverwacht ingestort en stonden met afstand op de vierde plek.

In die feestelijke stemming zette Teagan haar dienblad met drankjes op de bar en liet expres een pen vallen. Ze hurkte en binnen een paar seconden liep het dunne gasslangetje langs haar pols, handpalm en pink, en zat hij vast aan de onderkant van haar ring. Ze stond op en glimlachte naar de barman. 'Ik ga glazen ophalen.'

Hij knikte en ging verder met het inschenken van de wijn. Terwijl het Chinese team naar het paard liep, stonden Teagans zintuigen op scherp. Ze baande zich een weg door de drukke skybox naar een stevige vrouw in een grijs pak, die bij het raam stond te kijken.

Ze heette Win Bo Lee. Ze was voorzitter van het nationale comité van de Chinese gymnastiekassociatie, oftewel de CGA. Ook was ze, op haar eigen manier, even corrupt als Paul Teeter en sir Denton Marshall geweest waren. Cronus had gelijk, dacht Teagan, mensen als Win Bo Lee verdienen het om ontmaskerd en gedood te worden.

Terwijl ze de vrouw naderde, hield ze haar rechterarm laag bij haar middel, terwijl ze met haar linkerhand in de zak van haar uniform naar iets kleins en stekeligs zocht. Toen ze op minder dan een halve meter afstand van Win Bo Lee was, hief ze haar hand snel op en drukte met haar pink op de rechterkant van de ring.

Met een licht zoevend geluid dat niet te horen was boven de vrolijke gesprekken in de skybox uit vloog het pijltje door de lucht en boorde zich in de nek van Win Bo Lee. De voorzitter van de CGA schokte even en vloekte. Ze wilde haar hand naar haar nek brengen, maar voordat ze daar de kans toe kreeg, gaf Teagan een klap tegen haar nek, waardoor ze het pijltje verwijderde, dat op de vloer viel. Ze vermorzelde het met haar schoen.

Win Bo Lee draaide zich boos om en keek naar Teagan, die diep in de ogen van haar slachtoffer keek. Ze genoot ervan, prentte de ogen in haar herinnering en zei toen: 'Ik had hem.'

Voordat de Chinese vrouw kon antwoorden hurkte ze en deed alsof ze iets oppakte met haar linkerhand. Ze stond op en liet Win Bo Lee een dode bij zien.

'Het is zomer,' zei Teagan, 'en op de een of andere manier weten ze hierbinnen te komen.'

Win Bo Lee keek naar de bij en toen naar Teagan. Ze kalmeerde en zei: 'Je bent snel, maar niet zo snel als die bij. Hij heeft me heel hard gestoken!'

'Het spijt me heel erg,' zei Teagan. 'Wilt u er ijs op?'

De voorzitter van de CGA knikte terwijl ze over haar nek wreef.

'Ik zal het even halen,' zei Teagan.

Ze ruimde de tafel die voor Win Bo Lee stond af, keek haar nog een laatste keer in de ogen en bracht toen de glazen naar de bar. Terwijl ze naar de uitgang liep, niet van plan om terug te komen, speelde ze elk ogenblik van haar stille aanslag voor haar ogen af alsof het een slowmotionherhaling van hoogtepunten was.

HOOFDSTUK 58

Ik ben superieur, zei Petra in zichzelf terwijl ze parallel aan de mat met het paard langs het hek liep, naar de Gurkha met de dunne zwarte snor. Ik ben niet zoals zij. Ik ben een wapen der wrake, een wapen der zuivering.

Ze had een stapel handdoeken in haar armen waarmee ze haar rechterhand verborg. Ze glimlachte tegen de Gurkha met de snor en zei: 'Voor het team bij het paard.'

Hij knikte. Het was de derde keer dat die dikke vrouw handdoeken kwam brengen, dus hij nam niet de moeite ze te doorzoeken.

Ik ben superieur, zei Petra steeds weer in gedachten. En op dat moment, net als toen ze een jong meisje was, tijdens de verkrachting en de moordpartijen, leek alles vreemd genoeg in stilte te bewegen, in slow motion. In die veranderde toestand zag ze haar prooi: een tengere man in een rood trainingsjack en witte broek, die begon te ijsberen toen de eerste Chinese vrouw de springplank verlegde om zich voor te bereiden op haar sprong.

Gao Ping was de hoofdcoach van het Chinese vrouwenturnteam en stond erom bekend tijdens grote wedstrijden altijd te ijsberen. Petra had dat gezien op de vele beelden van Ping, een extraverte, zeer energieke man die zijn sporters tot grote prestaties aanspoorde. Hij was ook een coach die herhaaldelijk misdaden tegen de Olympische idealen had begaan en daarmee zijn lot had bezegeld.

De assistent-coach, een vrouw die An Wu heette en eveneens

een grote crimineel was, was gaan zitten. Haar gezicht was even emotieloos als dat van Ping expressief. An Wu was een makkelijker doelwit dan de altijd bewegende hoofdcoach. Maar Cronus had bevolen dat Petra eerst Ping moest pakken, en de assistentcoach alleen als de mogelijkheid zich voordeed.

Petra vertraagde haar pas om haar beweging af te stemmen op Pings geijsbeer. Ze gaf de handdoeken over het hek aan een andere Game Master en liep naar de Chinese coach, die voorovergebogen zijn piepkleine turnster tot grootse prestaties stond aan te sporen.

Het eerste Chinese meisje nam een aanloop. Ping hupte twee passen achter haar aan en bleef toen recht voor Petra staan, op hooguit tweeënhalve meter afstand.

Ze liet haar hand op het hek rusten, gericht op de nek van de coach. Toen het Chinese meisje de springplank raakte, vuurde Petra.

Ik ben een superieur wezen, dacht ze toen het pijltje Ping raakte.

Superieur in alle opzichten.

HOOFDSTUK 59

De Chinese coach sloeg tegen zijn nek, net voor de turnster vlekkeloos landde en er gebrul opklonk uit de menigte. Ping kromp even ineen en keek rond, verbaasd door wat er was gebeurd. Toen schudde hij de angel af en rende applaudisserend naar de turnster, die straalde en met haar handen boven haar hoofd zwaaide.

'Dat meisje heeft het hem geflikt,' zei Jack.

'O ja?' zei Knight, die zijn verrekijker liet zakken. 'Ik keek net naar Ping.'

'De Joe Cocker van het turnen?' merkte Jack op.

Knight lachte, maar zag toen dat de Chinese coach over zijn nek wreef, waarna hij zijn theatrale ritueel weer uitvoerde terwijl de volgende turnster ging klaarstaan.

'Volgens mij is Joe Cocker gestoken,' zei Knight, die zijn verrekijker weer hief.

'Door een bij? Hoe kun je dat nou zien vanaf hier?'

'Ik heb ook geen bij gezien, maar ik zag zijn reactie.'

Knight hoorde dat achter hen Lancer met gespannen stem via zijn portofoon met de beveiliging in en buiten de arena praatte om af te stemmen hoe ze de medaille-uitreiking gingen aanpakken.

Knight voelde zich onbehaaglijk. Hij hief zijn verrekijker en zag hoe de Chinese coach nog drie vrouwen toejuichte na hun paardsprong. Toen de laatste turnster een aanloop nam, sprong en huppelde Ping als een voodoobeoefenaar. Zelfs zijn zwijgzame assistente, An Wu, verloor zich in het ogenblik. Ze stond rechtop, met haar hand voor haar mond terwijl het laatste meisje met een schroef haar paardsprong deed.

Plotseling sloeg An Wu tegen haar nek, alsof ze gestoken was.

De turnster maakte een perfecte landing.

Het publiek ging uit z'n dak. De Chinezen hadden goud gewonnen en de Britten zilver, het hoogste wat een Brits turnteam ooit had behaald. De coaches en sporters van beide landen vierden feest. Net als de Amerikanen, die de bronzen medaille hadden gewonnen. Knight nam dit allemaal in zich op terwijl hij door zijn verrekijker de zich schor juichende menigte bestudeerde. Er werden camera's op de Chinezen gericht. Terwijl Ping een uitbundig dansje deed en zijn meisjes het feestje met hem mee vierden, was de aandacht van bijna iedereen in dat deel van de arena gericht op het gouden Chinese team.

Behalve die van een zwaargebouwde platinablonde Game Master. Ze haastte zich met haar rug naar de festiviteiten met hinkende tred de trap op, weg van de turnvloer. Ze verdween in de tunnel, richting de zalen die aan de buitenkant van het gebouw lagen.

Knight hapte plotseling naar adem. Hij liet zijn verrekijker zakken en zei tegen Jack en Lancer: 'Er is iets mis.'

'Hoezo?' wilde Lancer weten.

'De Chinese coaches. Ik zag dat ze allebei tegen hun nek sloegen, alsof ze gestoken waren. Eerst Ping en toen Wu. Kort nadat de assistent-coach zo op haar eigen nek sloeg, zag ik een dikke platinablonde vrouwelijke Game Master snel naar buiten lopen terwijl iedereen naar de Chinezen keek, die juichten omdat ze goud hebben.'

Jack sloot één oog, alsof hij op een verafgelegen doel richtte.

Lancer kneep zijn lippen samen: 'Twee klappen en een corpulente plaatsaanwijzer die naar haar plek gaat? Is dat alles?'

'Nee. Het leek niet te kloppen met... Het leek niet te kloppen, dat is alles.'

Jack vroeg: 'Waar ging die vrijwilligster naartoe?'

Knight wees naar de overkant van de arena. 'Ze ging de bovenste uitgang uit, tussen sectie 115 en 116. Vijftien seconden geleden. Ze liep ook een beetje raar.'

Lancer pakte zijn radio en blafte: 'Centrale, hebben jullie een Game Master, vrouwelijk, platinablond haar, zwaargebouwd, in beeld daar in de gangen achter 115?'

Een paar gespannen ogenblikken verstreken terwijl Olympische medewerkers het medaillepodium de arena in rolden.

Eindelijk kwam er geschreeuw uit Lancers portofoon: 'Nee!'

Knight fronste zijn voorhoofd. 'Dat kan niet, ze moet ergens zijn. Ze is net weg.'

Lancer keek hem nogmaals aan en riep in zijn portofoon: 'Zeg de beveiligers dat als ze een Game Master in dat gebied zien, een gezette vrouw met platinablond haar, ze moet worden vastgehouden voor ondervraging.'

'Misschien moeten we die coaches door een arts laten nakijken,' zei Knight.

Lancer antwoordde: 'Sporters worden niet graag door vreemden behandeld, maar ik zal de Chinese medische teams inlichten. Is dat voldoende?'

Knight knikte bijna, maar zei toen: 'Waar worden de beveiligingscamera's bemand?'

Lancer gebaarde naar een hokje met een spiegelwand op het balkon boven hen.

'Ik ga daarheen,' zei Knight. 'Zorg je dat ik binnen mag?'

HOOFDSTUK 60

Petra deed haar uiterste best niet te gaan hyperventileren toen ze de deur sloot van het middelste hokje van de damestoiletten net ten westen van de noordelijke ingang van de arena. Ze haalde diep adem en wilde schreeuwen om uiting te geven aan het gevoel van macht dat door haar heen stroomde, een macht die ze lang niet had ervaren.

Zie je wel? Ik ben een superieur wezen. Ik heb monsters vernietigd. Ik heb wraak genomen. Ik ben een Furie. En monsters pakken Furiën niet. Lees de mythen maar!

Trillend van de adrenaline rukte Petra haar platinablonde pruik af, zodat haar rossige haar zichtbaar werd, dat met haarspelden plat op haar hoofd was vastgemaakt. Ze trok de plastic speldjes eruit en liet haar korte lokken los hangen. Daarna pakte ze de buitenste metalen rand van de wc-brildekjeshouder. Ze trok eraan en het kastje kwam los. Ze zette hem op de wc-bril en stak toen haar hand diep in de donkere holte die ze had blootgelegd. Ze pakte een rugzak van donkerblauw rubber, een waterdichte tas met andere kleren erin.

Ze zette de tas boven op de houder, trok haar vrijwilligersuniform uit en hing het aan het haakje op de deur. Toen trok ze de rubberen protheses los die ze op haar heupen, buik en benen had gelijmd om mollig te lijken. Ze keek naar de rugzak en bedacht dat deze veel zwaarder en lastiger te hanteren zou zijn gezien hun geplande ontsnappingsroute en stopte toen de rubberen protheses en de pruik in het gat in de muur.

Vier minuten later, met de brildekjeshouder weer op z'n plek en alleen haar uniform in de rugzak, verliet Petra het hokje.

Ze waste haar handen en bekeek haar outfit: lage blauwlinnen gympen, een nauwsluitende witte broek, een mouwloze witte katoenen trui, een eenvoudige gouden ketting en een blauw linnen blazer. Ze zette een designbril met vensterglas op en glimlachte. Ze kon zo doorgaan voor een bekakte dame.

De deur van het hokje rechts van haar ging open.

'Klaar?' vroeg Petra zonder op te kijken.

'Ik wachtte op jou, zus,' zei Teagan, die naast Petra voor de spiegel kwam staan. Haar donkere pruik was verdwenen, zodat haar eigen blonde haar weer te zien was. Ze had informele kleding aan en had een soortgelijke rugtas bij zich. 'Gelukt?'

'Twee,' zei Petra.

Teagan hield waarderend haar hoofd schuin. 'Er zullen mythen over je worden geschreven.'

'Dat klopt,' zei Petra grinnikend, en samen liepen de Furiën naar de deur van de toiletten.

Door de luidsprekers in de hal hoorden ze de omroeper zeggen: '*Mesdames et messieurs*, dames en heren, neemt u plaats. De medaille-uitreiking gaat zo beginnen.'

HOOFDSTUK 61

Knights blik zwierf over verschillende splitscreenbeelden op de beveiligingsmonitoren voor zich, allemaal van de bovenste gang achter sectie 115 en 116, waar de fans zich de arena in haastten.

Twee vrouwen, een slanke met modieus blond haar en een andere, even dun met kort rossig haar, kwamen het damestoilet uit en mengden zich in de menigte die terug naar de arena ging. Knight bekeek hen maar heel even, want hij was nog steeds op zoek naar een ordinaire, dikke vrouw met platinablond haar en een Game Master-uniform.

Maar iets aan de manier waarop de vrouw met het rode haar liep toen ze het toilet uit kwam bleef aan Knight knagen en hij keek nogmaals naar de camera waarop hij ze had gezien. Ze waren verdwenen. Had ze mank gelopen? Het had wel zo geleken, maar ze was slank, niet dik, en had rood haar, niet blond.

De uitreiking begon met de bronzen medailles. Knight richtte zijn verrekijker ten noorden van het beveiligingshokje, op de fans die zich nog steeds terughaastten naar hun plaats. Hij was op zoek naar de roodharige en haar metgezel.

Knights pogingen werden gestoord door de aankondiging van de uitreiking van het zilver aan Groot-Brittannië. De Britten stonden op, klappend, fluitend en joelend. Een paar mannen aan het noordelijke eind van de arena ontvouwden grote Union Jacks en zwaaiden die wild heen en weer, zodat Knights zicht nog verder belemmerd werd.

Er werd nog steeds met vlaggen gezwaaid toen het Chinese team naar de hoogste tree van het podium werd geroepen. Knight staakte zijn zoektocht en richtte zich op de Chinese coaches.

Ping en Wu stonden bij de mat voor de vloeroefening, naast een korte, stevige Chinese vrouw van in de vijftig.

'Wie is dat?' vroeg Knight aan een van de mannen die het videostation bemanden. Die keek en antwoordde: 'Win Bo Lee. Voorzitter van de Chinese gymnastiekassociatie. Een echte bobo.'

Knight bleef door zijn verrekijker naar Ping en Wu kijken terwijl het Chinese volkslied begon en de vlag van het land werd gehesen. Hij verwachtte een emotionele uitbarsting van de Chinese hoofdcoach.

Maar tot zijn verbazing gedroeg Ping zich vreemd somber voor een man wiens team zojuist Olympisch goud had gewonnen. Ping had zijn blik op de grond gericht en wreef over zijn nek, in plaats van omhoog naar de Chinese vlag te kijken toen die de dakspanten van de arena bereikte.

Knight wilde net zijn verrekijker weer naar het noorden draaien, om de twee vrouwen te zoeken, toen Win Bo Lee plotseling op haar benen begon te zwaaien alsof ze duizelig werd. De assistent-coach, Wu, pakte haar bij de elleboog en ondersteunde haar.

De oudere vrouw wreef onder haar neus en keek naar haar vinger. Ze zag er geschrokken uit en zei iets tegen An Wu.

En toen werd Knights aandacht getrokken door een krampachtige beweging naast de oudere vrouw. Terwijl de laatste paar maten van het Chinese volkslied klonken, strompelde Ping de mat op. De zegevierende hoofdcoach wankelde over de vloer naar het podium. Met zijn linkerhand greep hij naar zijn keel en hij stak zijn rechterhand uit naar zijn overwinnende team, alsof hij verdronk en zij de reddingsboei waren.

Het volkslied was afgelopen. De Chinese meisjes wendden hun blik af van de vlag, met tranen op hun wangen, en zagen toen hun coach struikelen en languit op de mat voor hen vallen.

Verschillende meisjes schreeuwden.

Zelfs van halverwege de arena zag Knight het bloed uit Pings mond en neus druipen.

HOOFDSTUK 62

Voordat hulpverleners de gevallen coach konden bereiken, klaagde Win Bo Lee hysterisch dat ze plotseling niets meer zag, waarna ze in elkaar zakte. Er kwam bloed uit haar mond, ogen, neus en oren.

De fans begonnen in de gaten te krijgen wat er aan de hand was en er klonken kreten van ongeloof en angst door de arena. Veel mensen grepen hun spullen bij elkaar en begaven zich naar de uitgang.

Boven in de beveiligingsruimte van de arena wist Knight dat An Wu, de assistent-coach, in dodelijk gevaar verkeerde, maar hij dwong zichzelf zijn aandacht af te wenden van het drama dat zich afspeelde op de arenavloer en de camerabeelden te bekijken van de gang waardoorheen de twee vrouwen naar de arena waren gelopen. De mannen in het videostation werden overstelpt door radioverkeer.

Een van hen brulde plotseling: 'Er is een explosie geweest, direct ten zuidoosten van hier, op de rivieroever! De waterpolitie is al ter plaatse!'

Godzijdank had niemand in de arena de ontploffing gehoord, want met nog meer fans op weg naar de uitgang zou er een stormloop zijn ontstaan. An Wu viel plotseling op de vloer, ook bloedend, wat de angst vergrootte.

En toen zag Knight op het dichtstbijzijnde scherm de blondine en de roodharige vrouw in een gestage stroom andere zenuwachtige fans de arena aan de noordkant verlaten.

Hij kon hun gezicht niet zien, maar de roodharige liep inderdaad mank. 'Daar is ze!' riep Knight.

De mannen in het videostation keken amper naar hem terwijl ze uit alle macht probeerden de vragen te beantwoorden die uit portofoons in de hele arena op hen werden afgevuurd. Knight besefte dat de snelheid van de ontwikkelingen hun overviel en stormde naar de deur. Hij rukte hem open en begon zich een weg te banen tussen de geschokte fans door, in de hoop de vrouwen te onderscheppen.

Maar welke kant waren ze op gegaan? Naar het oosten of naar het westen?

Knight kwam tot de conclusie dat ze de richting zouden kiezen waar verder vervoer het dichtstbij was en rende dus door de westelijke gang. Hij keek speurend alle mensen langs die naar hem toe kwamen totdat hij Jack hoorde roepen: 'Knight!'

Hij keek naar rechts en zag dat de eigenaar van Private zich de arena uit haastte.

'Ik heb ze!' riep Knight. 'Twee vrouwen, een blonde en een met rossig haar. Ze loopt mank! Bel Lancer. Laat hem de omgeving afzetten.'

Jack rende met hem mee en probeerde te bellen terwijl hij zich door de vertrekkende menigte manoeuvreerde.

'Verdomme!' gromde Jack. 'Ze hebben het netwerk platgelegd!'

'Dan is het aan ons,' zei Knight. Hij ging sneller rennen, vastbesloten de twee vrouwen niet te laten ontkomen. Na een paar ogenblikken hadden ze het gedeelte van de noordelijke gang bereikt dat hij op de camerabeelden had gezien. De vrouwen waren absoluut niet langs hem gekomen, dacht Knight, vloekend op zichzelf dat hij de oostelijke gang niet had genomen. Maar plotseling ving hij een glimp van hen op, zo'n honderd meter verder, twee vrouwen die het gebouw via een nooduitgang verlieten.

'Daar zijn ze!' brulde Knight. Hij zwaaide met zijn badge en trok zijn Beretta. Hij schoot twee keer in het plafond en brulde: 'Iedereen liggen!'

Het was alsof Mozes de Rode Zee had gescheiden. Olympische fans lieten zich op de betonnen vloer vallen en probeerden zich tegen Knight en Jack te beschermen, die naar de nooduitgang sprintten. En toen begreep Knight het.

'Ze gaan naar de rivier!' riep hij. 'Ze hebben een bom laten ontploffen als afleiding, zodat de waterpolitie de arena zou verlaten!'

Toen flakkerden de lampen tot ze uitgingen en het hele gebouw werd in duister gehuld.

HOOFDSTUK 63

Knight kwam slippend in het donker tot stilstand. Hij had het gevoel dat hij langs de rand van een steile rots wankelde en werd duizelig. Overal om hem heen schreeuwden mensen terwijl hij een zaklampje opdiepte dat altijd aan zijn sleutelbos hing. Op het moment dat hij het aanzette gloeide de rode accunoodverlichting op.

Jack en hij trokken de laatste 25 meter een sprintje naar de nooduitgang en probeerden die open te duwen. Op slot. Knight schoot op het slot, wat nieuwe paniek veroorzaakte onder de doodsbange fans, maar de deur vloog nu open toen ze ertegenaan schopten.

Ze denderden de trap af en kwamen uit boven de laadruimte van de arena, waar het wemelde van de mediatrucks en andere technische zaken voor het evenement. Hier brandden ook rode lampen, maar in eerste instantie zag Knight de ontsnappende vrouwen niet omdat er beneden hen zoveel mensen rondliepen, die schreeuwden en wilden weten wat er was gebeurd.

Toen zag hij ze. Ze verdwenen door een open deur aan het noordoostelijke uiteinde van de arena. Knight stormde de trap af, ontweek woedende televisiemedewerkers en zag een bewaker die bij de uitgang stond.

Hij liet zijn badge zien en vroeg hijgend: 'Die twee vrouwen. Waar zijn ze heen gegaan?'

De bewaker keek hem verbaasd aan. 'Welke vrouwen? Ik...'

Knight duwde hem opzij en rende naar buiten. Er brandde

geen enkel licht op de noordpunt van het schiereiland, maar het onweerde en door de bliksemflitsen had hij af en toe heel goed zicht.

Er wervelden ongebruikelijke mistflarden rond. De regen kletterde neer. Knight moest met zijn onderarm zijn ogen afschermen. Bij de volgende lichtflitsen tuurde hij door het drie meter hoge hekwerk dat de arena scheidde van een pad langs de Theems dat naar het oosten en zuiden liep, naar de aanlegplaats van de rivierbus.

De blonde Furie zat gehurkt op de grond aan de andere kant van het hek. De vrouw met het rossige haar klom net aan die kant naar beneden.

Knight richtte zijn pistool, maar het werd weer donker en zijn zaklampje kon niet op tegen het onweer.

'Ik heb ze gezien,' gromde Jack.

'Ik ook,' zei Knight.

Maar in plaats van direct achter de twee vrouwen aan te gaan, rende Knight naar het punt waar het hek het dichtstbij stond, terwijl hij het lampje in zijn zak stopte en het pistool achter zijn broeksband stak. Hij beklom het hek en sprong er aan de andere kant af.

Het was nu vijf dagen geleden dat hij was aangereden, maar door zijn zere ribben siste hij van de pijn toen hij op het bestrate pad landde. Links zag hij de volgende rivierbus aankomen, maar die was nog een flink eind weg.

Jack landde naast Knight en samen renden ze naar de steiger, die verlicht werd door de lichtrode noodverlichting. Op minder dan twintig meter van de helling die afliep naar de steiger vertraagden ze hun pas. Twee Gurkha's lagen dood op de grond, hun keel van oor tot oor opengesneden.

Regen kletterde op de steiger. De motoren van de rivierbus bromden luider toen hij dichterbij kwam. Maar toen zou Knight zweren dat hij een andere motor hoorde starten.

Jack hoorde het ook. 'Ze hebben een boot!'

Knight sprong over de ketting die voor de toegang tot de helling was gespannen en rende naar de kade beneden, met zijn pistool in de aanslag. Hij zwaaide zijn zaklamp heen en weer op zoek naar bewegende figuren.

Een agent van de Metropolitan Police, de vrouw die de jetski had bestuurd, lag dood op de steiger, met uitpuilende ogen en haar nek in een onnatuurlijke hoek. Knight rende langs haar naar de rand van de kade en hoorde een buitenboordmotor starten, die in de mist en regen accelereerde.

Hij zag de jetski van de politie vastgebonden aan de steiger liggen, rende ernaartoe, zag dat de sleutel in het slot zat, sprong erin en startte hem. Jack pakte de portofoon van de agente en sprong achter Knight op het vaartuig terwijl hij riep: 'Dit is Jack Morgan van Private. Er ligt een agente van de waterpolitie dood op de Queen Elizabeth ii-steiger. We achtervolgen de moordenaars op de rivier. Herhaal: we achtervolgen de moordenaars op de rivier.'

Knight trok aan de gashendel. De jetski sprong bijna geluidloos weg van de steiger en een paar seconden later zaten ze al diep in de mist. De nevel was dik en verminderde het zicht tot nog geen tien meter, en het water was ruw met een sterke stroming oostwaarts doordat het eb was. Uit Jacks portofoon kwam allerlei gekraak in antwoord op zijn melding.

Maar hij reageerde niet en zette hem zachter zodat ze de buitenboordmotor ergens voor hen in de mist beter konden horen. Knight zag een digitaal kompas op het dashboard van de jetski.

Het geluid van de buitenboordmotor verplaatste zich naar het noordnoordoosten, naar het midden van de Theems, langzaam waarschijnlijk vanwege het slechte zicht. Knight had er nu het volste vertrouwen in dat ze hen konden pakken, dus hij trok hard aan de gashendel en hoopte dat ze niets zouden raken. Waren hier markeringsboeien? Vast wel. Een stukje verderop zag hij aan de overkant de knipperende vuurtoren op Trinity Buoy Wharf.

'Ze gaan naar de rivier de Lea,' riep Knight achterom. 'Die loopt terug door het Olympisch park.'

'De moordenaars zijn op weg naar de monding van de Lea,' blafte Jack in de portofoon.

Ze hoorden jankende sirenes op beide oevers van de Theems en de buitenboordmotor die nu op volle kracht ging. De mist trok iets op en op minder dan honderd meter voor hen op de rivier zag Knight de schaduw van een speedboot die met gedimde lichten wegscheurde. Hij hoorde de motor brullen.

Knight zette het gas helemaal open om het gat te dichten en besefte op hetzelfde moment dat de vluchtende boot helemaal niet naar de monding van de Lea ging; de koers week een paar graden af en de boot joeg recht af op de hoge betonnen muur aan de oostkant van de samenvloeiing van de Theems en de Lea.

'Ze knallen ertegenaan!' riep Jack.

Knight liet de gashendel van de jetski los, een milliseconde voordat de speedboot frontaal tegen de muur knalde en explodeerde. De schokgolven van de explosie werden vuurballen en steekvlammen die de regen en mist likten en schroeiden.

Het regende brokstukken en scherven, zodat Knight en Jack zich moesten terugtrekken en de zachte geluiden van de drie zwemmers die met de ebstroom mee naar het oosten crawlden niet hoorden.

HOOFDSTUK 64

Woensdag 1 augustus 2012

De storm was gaan liggen toen Knight om vier uur 's nachts in een taxi stapte en de chauffeur zijn huisadres in Chelsea gaf.

Hij was versuft, klam en liep op zijn tandvlees, maar hij bleef malen over wat er allemaal was gebeurd sinds de Furiën met hun boot tegen de muur naast de rivier waren geknald.

Binnen een halfuur na het ongeluk waren er duikers in het water naar lijken aan het zoeken, hoewel ze in hun werk gehinderd werden door de extreme getijdenstroom.

Elaine Pottersfield was weggeroepen van de doorzoeking van James Darings kantoor en appartement en kwam naar de O$_2$ samen met een enorm Scotland Yard-team dat na de drievoudige moord arriveerde.

Ze ondervroeg Knight en Jack en sprak vervolgens met Lancer, die zich naar de vloer van de arena had gehaast toen de lichten uitgingen en de paniek uitbrak. De voormalige tienkamper had de tegenwoordigheid van geest gehad om de omgeving van de arena af te laten zetten nadat hij Knight in de gang had horen schieten, maar dat bevel was niet op tijd gekomen om de Furiën te grijpen.

Lancer gaf electriciens de opdracht de lampen te repareren. Die vonden een eenvoudige timer met onderbreker bevestigd aan de hoofdelektriciteitsleiding van het gebouw en ontdekten dat het relais dat de reservegeneratoren moest inschakelen onklaar gemaakt was. De elektriciteit was binnen een halfuur hersteld, zodat Knight en Pottersfield aandachtig de beveiligingsbeelden konden bekijken terwijl Lancer en Jack gingen helpen bij de screening van de letterlijk duizenden getuigen van de drievoudige moord.

Tot hun wanhoop was er op de beelden maar weinig van het gezicht van de twee Furiën te zien. De vrouwen leken precies te weten wanneer ze zich een bepaalde kant op moesten draaien, afhankelijk van de stand van de camera. Knight herinnerde zich dat hij de twee het damestoilet had zien uitkomen nadat de dikke Game Master was verdwenen, net voordat de medaille-uitreiking was begonnen, en zei: 'Ze moeten zich daarbinnen hebben omgekleed.'

Pottersfield en hij gingen de wc's doorzoeken. Op weg ernaartoe zei zijn schoonzus dat ze de fluitmuziek op Darings thuiscomputer had gevonden, evenals verhandelingen, tirades eigenlijk, waarin hij van leer trok tegen de commerciële en bedrijfsmatige aspecten van de moderne Olympische Spelen. Minstens twee keer merkte de televisiester en museumcurator op dat men tijdens de oude Spelen snel een einde zou hebben gemaakt aan de corrupte en bedrieglijke praktijken die tijdens de moderne versie plaatsvonden.

'Hij schreef dat de goden op de Olympus hen een voor een zouden hebben geveld,' zei Pottersfield terwijl ze het toilet in gingen. 'Hij zei dat hun overlijden een "rechtvaardig offer" zou zijn.'

Een rechtvaardig offer? dacht Knight verbitterd. Weer drie mensen dood. En waarvoor?

Terwijl Pottersfield en hij de toiletten doorzochten, vroeg hij zich af waarom Pope hem niet had gebeld. Ze had intussen nog een brief moeten krijgen.

Na twintig minuten zoeken vond Knight de losse dekjeshouder en trok hem van de muur. Even later viste hij een platinablonde pruik uit het gat, gaf hem aan Pottersfield en zei: 'Dit is een grote fout. Daar móét DNA op zitten.'

Ze stopte de pruik onwillig in een bewijszak. 'Goed gedaan, Peter, maar ik heb liever dat niemand hiervan weet, in elk geval niet voordat ik hem heb laten onderzoeken. En al helemaal niet jouw klant, Karen Pope.'

'Ik vertel het niemand,' beloofde hij.

En inderdaad, toen hij rond drie uur die nacht kort voordat hij de O$_2$ verliet Jack terugvond, zei hij niets over de pruik. De eigenaar van Private vertelde hem dat een bewaker bij de poort waar alle vrijwilligers gecontroleerd worden zich de twee gezette nichtjes heel goed herinnerde. Ze waren al vroeg door de scanner gegaan, eentje had diabetes en ze hadden allebei dezelfde ring gedragen.

Het computersysteem identificeerde de twee als Caroline en Anita Thorson, nichtjes, die ten noorden van Liverpool Street woonden. Agenten die naar de flat werden gestuurd, troffen Caroline en Anita Thorson slapend aan. Ze zeiden dat ze niet eens in de buurt van de O$_2$ waren geweest en al helemaal geen Game Master bij de Olympische Spelen waren. Ze werden naar New Scotland Yard gebracht voor verder verhoor, hoewel Knight niet veel hoop had dat dat iets zou opleveren. De Thorsons waren gebruikt, hun identiteit was gestolen.

Net voor zonsopgang stopte de taxi voor Knights huis. Hij overdacht dat Cronus of een van zijn Furiën een uitstekende hacker was die op een bepaald moment toegang moest hebben gehad tot de elektrische bedrading van de arena.

Toch?

Hij was zo verschrikkelijk moe dat hij zijn eigen vraag niet eens kon beantwoorden. Hij betaalde de chauffeur en zei dat hij moest wachten. Knight sjokte naar de deur, ging naar binnen en deed het ganglicht aan. Hij hoorde iets kraken en keek in de speelkamer. Marta lag op de bank. Ze gaapte en liet de deken van haar schouders glijden.

'Het spijt me verschrikkelijk,' zei Knight zachtjes. 'Ik was in de turnarena en ze hadden het mobiele netwerk platgelegd. Ik kon je niet bellen.'

Haar hand ging naar haar mond. 'Ik zag het op televisie. Was u erbij? Zijn ze gepakt?'

'Nee,' zei hij vol afschuw. 'We weten niet eens of ze nog leven. Maar ze hebben een grote fout gemaakt. Als ze nog leven, zullen we ze krijgen.'

Ze gaapte nog een keer, dieper, en vroeg: 'Wat voor fout?'

'Daar kan ik niet op ingaan,' antwoordde Knight. 'Er staat een taxi op je te wachten. Ik heb al betaald.'

Marta glimlachte slaperig. 'Heel vriendelijk van u, meneer Knight.'

'Noem me maar Peter. Wanneer kun je terug zijn?'

'Om één uur?'

Knight knikte. Over negen uur. Met een beetje mazzel kon hij nog vier uur slapen voordat de kinderen wakker werden, maar dat was beter dan niets.

Alsof ze zijn gedachten las, zei Marta terwijl ze naar de deur liep: 'Isabel en Luke waren vanavond echt heel moe. Ik denk dat u kunt uitslapen.'

HOOFDSTUK 65

Iets na het ochtendgloren, gefolterd door een hoofdpijn die aanvoelt alsof mijn schedel in tweeën wordt gekliefd, brul ik tegen Marta: 'Wat voor fout?'

Uit haar ogen straalt dezelfde doodsheid die ik voor het eerst zag op die avond dat ik haar redde in Bosnië. 'Ik weet het niet, Cronus,' zegt ze. 'Dat wilde hij me niet vertellen.'

Ik kijk woest naar de andere twee zusters. 'Wat voor fout?'

Teagan schudt haar hoofd. 'Er is geen fout gemaakt. Alles verliep precies volgens plan. Petra heeft zelfs een tweede keer kunnen schieten, en Wu neergehaald.'

'Inderdaad,' zegt Petra, en ze kijkt me aan met een uitdrukking op haar gezicht die grensde aan waanzin. 'Ik was superieur, Cronus. Een kampioen. Niemand had die executies beter kunnen uitvoeren. En op de rivier zijn we ruim voor die muur uit de boot gesprongen en hebben we de getijden tot op de seconde getimed. In alle opzichten was dit een dikke tien.'

Marta knikt. 'Ik was bijna twee uur voordat Knight thuiskwam weer terug. We hebben gewonnen, Cronus. Nu zullen ze de Olympische Spelen zeker stopzetten.'

Ik schud mijn hoofd. 'Nee hoor. De sponsors en die medialui zullen dat verhinderen, tot het te laat is.'

Maar wat voor fout hebben we gemaakt?

Ik kijk naar Teagan. 'Hoe zit het met de fabriek?'

'Die heb ik afgesloten.'

'Ga het controleren,' zeg ik. 'Vergewis je ervan.' Dan loop ik naar de stoel bij het raam en vraag me weer af wat voor fout we gemaakt hebben. Er gaan talloze mogelijkheden door mijn hoofd, maar de informatie is eenvoudigweg niet compleet. Ik kan geen tegenmaatregelen beramen als ik de aard van de vermeende fout niet ken.

Uiteindelijk kijk ik dreigend naar Marta. 'Zoek het uit. Maakt niet uit hoe. Zoek uit wat voor fout we hebben gemaakt.'

HOOFDSTUK 66

Om tien over halfelf diezelfde woensdag liet Knight Isabel schommelen in de speeltuin van het Royal Hospital. Luke was erachter gekomen hoe hij zelf kon schommelen en zwaaide wild met zijn voeten en handen heen en weer om steeds hoger te komen. Knight bleef hem rustig afremmen.

'Papa!' riep Luke gefrustreerd. 'Lukey gaat hoog!'

'Niet zo hoog,' zei Knight. 'Dan val je een gat in je hoofd.'

'Nee hoor, papa,' mopperde Luke.

Isabel lachte. 'Lukey heeft al een gaatje in zijn hoofd!'

Dat viel niet in goede aarde. Knight moest ze van de schommel halen en van elkaar scheiden. Isabel ging naar de zandbak en Luke klauterde het klimrek op. Toen ze uiteindelijk in hun spel verdiept waren, gaapte hij, keek op zijn horloge – nog vijf kwartier tot Marta er weer was – en ging naar het bankje waar hij met zijn iPad het nieuws volgde.

Het hele land, de hele wereld zelfs, was in rep en roer door de moord op Gao Ping, An Wu en Win Bo Lee. Staatshoofden overal ter wereld veroordeelden Cronus, de Furiën en hun wrede handelwijze. En dat deden de sporters ook.

Knight klikte op een link die hem naar een nieuwsitem van de BBC bracht. Dat begon met een reactie op de moorden op de Chinese coaches en toonde ouders van sporters uit Spanje, Rusland en de Oekraïne, die zich zorgen maakten over de veiligheid en zich afvroegen of ze de droom van hun kinderen moesten vernietigen door hen hier weg te halen. De Chinezen hadden heftig geprotesteerd bij het Internationaal Olympisch Comité en een persbericht laten uitgaan waarin ze hun frustratie uitten over het feit dat het gastland niet in staat leek de Spelen een veilige omgeving te bieden, wat vier jaar geleden in Beijing wel was gelukt.

Maar toen ging het BBC-item over tot beschuldigingen in verband met de falende beveiliging. Er waren zat doelwitten, waaronder F7, het bedrijf dat was ingehuurd om de beveiligingsapparatuur op alle locaties te bedienen. Een woordvoerder van F7 verdedigde het bedrijf vol vuur. Hij noemde het 'geavanceerd' en geleid door 'de best gekwalificeerde mensen uit de branche'. Ook werd in het BBC-filmpje gezegd dat het computerbeveiligingssysteem ontworpen was door mensen van Scotland Yard en MI5 en voor het begin van de Spelen was aangeprezen als 'ondoordringbaar' en 'onverslaanbaar'. Maar beide instanties reageerden niet op vragen over wat duidelijk ernstige lekken in de beveiliging waren.

Daardoor werd de aandacht gericht op 'Mike Lancer, die voortdurend in moeilijkheden verkeerde'. Hij verscheen voor de camera nadat verschillende parlementsleden hadden verklaard dat hij moest opstappen of zijn ontslag moest krijgen.

'Ik ben niet iemand die z'n verantwoordelijkheid ontloopt als die terecht op zijn bordje ligt,' zei Lancer, die boos en verdrietig klonk. 'Deze terroristen hebben lekken in ons systeem gevonden die wij niet hadden gezien. Ik wil het publiek ervan verzekeren dat we alles doen wat in onze macht ligt om die lekken te dichten, en ik weet dat Scotland Yard, MI5, F7 en Private al het mogelijke doen om de moordenaars te vinden en tegen te houden, voordat er weer een tragedie kan plaatsvinden tijdens wat terecht een wereldwijd feest van jeugd en vernieuwing zou moeten zijn.'

In reactie op de roep om Lancers hoofd gedroeg de voorzitter van het LOCOG, Marcus Morris, zich als de Engelsman met de *stiff upper lip*. Hij wilde pertinent niet wijken voor Cronus en was er zeker van dat Lancer en alle Britse veiligheidsdiensten verdere aanslagen zouden voorkomen, de moordenaars zouden vinden en hen voor de rechter zouden brengen.

Ondanks de sombere toon van het item volgde er toen een licht positief beeld. De plaats van handeling was het Olympisch dorp, waar kort na zonsopgang honderden sporters over de gazons en trottoirs uitwaaierden. Ze brandden kaarsen om de vermoorde mensen te herdenken. De Amerikaanse schoonspringster Hunter Pierce, Kameroense hardloper Filatri Mundaho en de meisjes van het Chinese turnteam hadden toespraken gehouden, waarin ze de moorden afkeurden en 'gestoord, ongerechtvaardigd en een rechtstreekse aanslag op de structuur van de Spelen' noemden.

Het item eindigde met de opmerkingen van de journalist dat politieduikers in de donkere, diepe Theems bij de samenvloeiing met de Lea bleven zoeken. Ze hadden bewijs gevonden dat er in de speedboot die tegen de rivierwand was geknald explosieven gezeten hadden. Er waren geen lijken gevonden.

'Deze feiten voorspellen niet veel goeds voor de Spelen in Londen, waar al zoveel opschudding over is,' droeg hij monotoon voor, waarna het item eindigde.

'Knight?'

The Sun-journaliste Karen Pope kwam door de poort de speeltuin in. Ze zag er angstig en gedeprimeerd uit.

Knight fronste zijn voorhoofd. 'Hoe wist je dat ik hier was?'

'Hooligan zei dat je hier graag met je kinderen komt,' antwoordde ze en haar ongerustheid werd nog duidelijker. 'Ik ben eerst bij je thuis geweest en toen hiernaartoe gekomen.'

'Wat is er aan de hand?' vroeg Knight. 'Gaat het wel?'

'Nee, niet echt, eigenlijk,' zei de journaliste met een trilling in haar stem, en ze ging naast hem op het bankje zitten. Er welden tranen op in haar ogen. 'Ik heb het gevoel dat ik gebruikt word.'

'Door Cronus?'

'En de Furiën,' zei ze, en ze veegde boos haar tranen weg. 'Zonder dat ik erom gevraagd heb, ben ik deel gaan uitmaken van hun krankzinnige terreuracties. Ik moet toegeven dat ik eerst blij was met het verhaal. Geweldig goed voor mijn carrière en zo, maar nu...'

Popes stem stokte en ze keek weg.

'Heeft hij je weer een brief geschreven?'

Ze knikte en zei een beetje verloren: 'Ik heb het gevoel dat ik mijn ziel aan de duivel heb verkocht, Knight.'

Daardoor zag hij de journaliste ineens in een nieuw licht. Ja, ze was van tijd tot tijd irritant en niet bepaald tactvol, maar diep vanbinnen was ze toch menselijk. Ze had een ziel en principes en deze zaak deed een aanslag op beide. Hij waardeerde Pope ineens veel meer.

'Zo moet je niet denken,' zei Knight. 'Je steunt Cronus toch niet?'

'Natuurlijk niet,' zei ze sniffend.

'Dan doe je gewoon je werk: moeilijk, maar noodzakelijk. Heb je de brief bij je?'

Pope schudde haar hoofd. 'Ik heb hem vanochtend bij Hooligan afgegeven.' Ze zweeg even. 'Een stonede koerier heeft hem gisteravond bij mijn flat bezorgd. Hij zei dat twee dikke vrouwen hem voor King's College opwachtten en hem de brief gaven die hij moest afleveren. Ze droegen het officiële uniform van de Olympische vrijwilligers.'

'Dat past helemaal in het plaatje,' zei Knight. 'Wat voor reden gaf Cronus voor de moord op die Chinezen?'

'Volgens hem zijn ze schuldig aan door de staat gesponsorde kindslavernij.'

Cronus beweerde dat China stelselmatig de Olympische leeftijdsregels ontdook en geboorteaktes vervalste om kinderen te dwingen tot wat in wezen sportslavernij was. Ping en Wu wisten dat zestig procent van de vrouwen in het Chinese turnteam minderjarig was. En Bo Win Lee had volgens Cronus het hele plan bedacht.

'Er zijn allerlei documenten die dit ondersteunen,' zei Pope.

'Cronus onderbouwt de zaak goed. In de brief staat dat de Chinezen "minderjarige kinderen tot slaven maken ter meerdere eer en glorie van de staat" en dat daar de doodstraf op stond.'

Ze keek naar Knight en moest weer huilen. 'Ik had het gisteravond allemaal kunnen publiceren. Ik had mijn redacteur kunnen bellen en de deadline van vandaag kunnen halen. Maar dat kon ik niet, Knight. Ik... Ze weten waar ik woon.'

'Lukey wil melk, papa,' zei Luke.

Knight wendde zich van de angstige journaliste af en zag dat zijn zoon hem verwachtingsvol aankeek.

Toen verscheen Isabel. 'Ik wil ook melk!'

'Shit,' mompelde Knight, en zei toen verontschuldigend: 'Ik ben de melk vergeten, maar die ga ik nu halen. Dit is Karen. Ze werkt voor de krant. Ze is een vriendin van me. Ze blijft bij jullie tot ik terug ben.'

Pope fronste haar voorhoofd. 'Ik denk niet...'

'Tien minuten,' zei Knight. 'Hooguit een kwartier.'

De journaliste wierp een blik op Luke en Isabel, en zei met tegenzin: 'Goed dan.'

'Ik ben zo terug,' beloofde Knight.

Hij rende het veld over en het ziekenhuisterrein af naar zijn huis. Dat kostte hem precies zes minuten en hij arriveerde zwetend en zwaar ademend.

Knight stopte de sleutel in het slot en merkte tot zijn ontsteltenis dat de deur niet afgesloten was. Was hij dat vergeten? Dat was helemaal niets voor hem, maar hij had de laatste tijd ook erg weinig en slecht geslapen.

Hij stapte de gang in. Ergens boven hem kraakte een vloerplank. En toen klikte er een deur dicht.

HOOFDSTUK 67

Knight nam vier lichtvoetige passen naar de gangkast en pakte zijn reserve-Beretta van een hoge plank.

Hij hoorde een geluid alsof er met meubels werd gesleept en hij deed zijn schoenen uit terwijl hij zich afvroeg: is dat in mijn kamer of in die van de kinderen?

Knight sloop heel zachtjes de trap op. Hij spiedde in het rond en hoorde voor zich een geluid. Het kwam uit zijn kamer. Hij glipte de hal door met getrokken pistool en keek schuin zijn kamer in, waar hij zijn bureau zag staan met de dichtgeklapte laptop erop.

Hij bleef staan en luisterde aandachtig. Even hoorde hij niets.

Toen werd de wc doorgetrokken. Dieven gaan vaak naar de wc in het huis van hun slachtoffers. Dat wist Knight al jaren en hij ging ervan uit dat hij met een inbreker van doen had. Hij stapte over de drempel zijn slaapkamer binnen en richtte het pistool op de gesloten badkamerdeur. De deurklink bewoog. Knight haalde de veiligheidspal eraf.

De deur zwaaide open.

Marta stapte naar buiten. Ze zag Knight en toen het pistool.

Ze snakte naar adem, bracht haar hand naar haar borst en schreeuwde: 'Niet schieten!'

Knight fronste zijn voorhoofd, maar liet zijn pistool een paar centimeter zakken. 'Marta?'

Het kindermeisje snakte weer naar adem. 'U laat me schrikken, meneer Knight! Mijn hemel, mijn hart bonst in mijn keel.'

'Sorry,' zei hij en hij liet zijn pistool met gestrekte arm naast zich hangen. 'Wat doe jij hier? Ik had je pas over een uur verwacht.'

'Ik ben eerder gekomen zodat u vroeg naar uw werk kon,' antwoordde ze. 'U hebt me immers de sleutel gegeven. Toen ik binnenkwam, zag ik dat de buggy weg was, en ik dacht dat u wel naar het park zou zijn. Dus ik ben maar begonnen de keuken op te ruimen en wilde toen de kinderkamer doen.'

'Maar je bent nu in mijn slaapkamer,' zei hij.

'Sorry,' antwoordde Marta klaaglijk, en voegde daar gegeneerd aan toe: 'Ik moest plassen. Heel nodig.'

Na een ogenblik stilte, waarin hij speurde naar tekenen van bedrog bij het kindermeisje, stopte hij zijn pistool weg. 'Ik moet me verontschuldigen, Marta. Ik sta onder grote druk. Ik heb te heftig gereageerd.'

'Dan was het de fout van ons allebei,' zei Marta net voordat Knights telefoon overging.

Hij nam snel op en hoorde meteen Isabel en Luke hysterisch huilen.

'Pope?' vroeg hij.

'Waar blijf je?' wilde de journaliste weten met een gekwelde klank in haar stem. 'Je zei dat je direct zou terugkomen, en nu gaan je kinderen door het lint.'

'Twee minuten,' beloofde hij en hing op. Hij keek naar Marta, die er bezorgd uitzag. 'Een vriendin,' zei hij. 'Ze is niet zo goed met kinderen.'

Marta glimlachte. 'Dan is het maar goed dat ik er al ben, hè?'

'Heel goed,' zei Knight. 'Maar we moeten rennen.'

Hij snelde de trap af, de keuken in en zag dat de ontbijtborden waren afgewassen en opgeruimd. Hij pakte de melk en stopte die samen met koekjes en twee plastic bekertjes in een tas.

Hij sloot af en samen haastten ze zich terug naar het park, waar Luke in zijn eentje in het gras zat en de grond met zijn schepje bewerkte, terwijl Isabel in de zandbak voorovergebogen zat en huilend een struisvogel nadeed.

Pope stond erbij. Hier kon ze niet mee omgaan, ze had geen idee wat ze moest doen.

Marta schoot erop af en pakte Luke op. Ze kietelde zijn buik, waardoor hij moest giechelen en uitriep: 'Marta!'

Dat hoorde Isabel. Ze hield op met huilen en trok haar haar uit het zand. Ze zag dat Knight naar haar toe kwam en er verscheen een brede glimlach op haar gezicht. 'Papa!'

Knight tilde zijn dochter op, veegde het zand uit haar haren en gaf haar een kus. 'Papa is er. En Marta ook.'

'Ik wil melk!' zei Isabel met een pruillip.

'Vergeet de koekjes niet,' zei Knight, die zijn dochter en de tas met melk aan het bezorgde kindermeisje gaf. Ze bracht de kinderen naar een picknicktafel en gaf hun te eten.

'Wat is er gebeurd?' vroeg Knight aan Pope.

Zenuwachtig zei de journaliste: 'Ik weet het eigenlijk niet. Het was net of er een bom aan het tikken was die ik pas hoorde toen hij afging.'

'Dat gebeurt wel vaker,' zei Knight met een glimlach.

Pope bekeek Marta aandachtig. 'Heb je dat kindermeisje al lang?'

'Nog geen week,' antwoordde Knight. 'Maar ze is geweldig. De beste die ik ooit–'

Popes mobiel ging. Ze nam op en luisterde. Na een paar ogenblikken riep ze: 'Fok, nee toch! We zijn er over twintig minuten!'

De journaliste hing op en zei zacht maar dringend: 'Dat was Hooligan. Hij heeft een vingerafdruk van het pakketje gehaald dat Cronus me gisteravond heeft gestuurd. Hij heeft die door het systeem gehaald en wil dat we zo snel mogelijk naar Private komen.'

HOOFDSTUK 68

Omlijst door een oranje baard van vier dagen deed de enorme grijns op Hooligans gezicht Knight denken aan een gestoorde Ierse dwerg. Die indruk werd nog versterkt toen de wetenschapper van Private de horlepiep danste en zei: 'We hebben een derde naam en, zoals Jack zou zeggen, het is een knoeperd die alarmbellen doet rinkelen. Ik heb het afgelopen uur al twee telefoontjes uit Den Haag gekregen.'

'Den Haag?' vroeg Knight beduusd.

'Van het hoofdkantoor van het oorlogstribunaal dat zich bezighoudt met de Balkan,' zei Hooligan terwijl Jack binnen kwam stormen, met een bleek en afgetrokken gezicht. 'De vingerafdruk is van een vrouw die gezocht wordt wegens genocide.'

Alles gebeurde zo snel dat Knights hersens knetterden van de onsamenhangende gedachten. Daring en Farrell hadden toch allebei aan het einde van de Balkanoorlog in een of andere hoedanigheid voor de NAVO gewerkt? Maar oorlogsmisdaden? Genocide?

'Vertel op,' zei Jack.

Hooligan ging naar een laptop en toetste wat commando's in. Op een groot scherm aan het ene eind van het lab verscheen een korrelige zwart-witfoto van een tienermeisje. Haar haren waren kortgeknipt in een bloempotkapsel en ze droeg een witte blouse met kraag. Knight kon er niet veel meer uit opmaken omdat de foto zo vaag was.

'Ze heet Andjela Brazlic,' zei Hooligan. 'Deze foto is volgens de aanklager van het tribunaal ongeveer zeventien jaar geleden genomen, zodat ze nu achter in de twintig moet zijn.'

'Wat heeft ze gedaan?' vroeg Knight, die het vage gezicht van het meisje in verband probeerde te brengen met de aanklacht wegens genocide.

Hooligan toetste nog een commando in en het scherm versprong naar een overbelichte foto van drie meisjes in witte blouse en donkere rok, samen met een man en vrouw, wier hoofd niet op de foto stond. Knight herkende het bloempotkapsel van een van de meisjes en besefte dat hij net een vergrote uitsnede van deze foto had gezien. Door het felle zonlicht was het gezicht van de andere twee meisjes, die langer haar hadden en groter waren, onzichtbaar. Hij schatte hen ongeveer veertien en vijftien.

Hooligan schraapte zijn keel en zei: 'Andjela en haar twee zussen, Senka, de oudste, en Nada, de middelste, zijn aangeklaagd wegens deelname aan genocidehandelingen in en rond de stad Srebrenica eind 1994 en begin 1995, tegen het einde van de burgeroorlog die leidde tot het uiteenvallen van het voormalige Joegoslavië. Naar verluidt maakten de zussen deel uit van de moordbrigades van Ratko Mladić, die achtduizend Bosnische moslimmannen en -jongens ombrachten.'

'Jezus,' zei Pope. 'Wat maakt dat drie jonge meisjes bij een moordbrigade gaan?'

'Groepsverkrachting en moord,' antwoordde Hooligan. 'Volgens de speciale aanklager zijn Andjela en haar zussen, niet lang nadat deze foto in april 1994 was genomen, gedurende drie dagen herhaaldelijk verkracht door leden van een Bosnische militie die ook hun ouders voor hun ogen hebben gemarteld en vermoord.'

'Dat is wel een reden, ja,' zei Jack.

Hooligan knikte met een verbeten gezicht. 'De zussen worden ervan verdacht als vergelding meer dan honderd Bosnische moslims te hebben geëxecuteerd. Sommigen zijn neergeschoten, maar bij de meesten werd de schedel ingeslagen met een pikhouweel, waarmee post mortem ook de genitaliën werden doorboord. Met een zelfde wapen waren hun vader en moeder vermoord.

En het wordt nog erger,' benadrukte de wetenschapper van Private. 'De aanklager vertelde me dat ooggetuigen hebben verklaard dat de zussen er een sadistisch genoegen in schepten de Bosnische jongens te vermoorden en hun lichamen te onteren. De doodsbange moeders van Srebrenica verzonnen zelfs een bijnaam voor hen.'

'Welke dan?' vroeg Knight.

'De Furiën.'

'Jezus,' zei Jack. 'Zíj zijn het.'

Er viel even een stilte, waarna Jack tegen de journaliste zei: 'Karen, wil je ons een ogenblik excuseren? We moeten iets bespreken wat niets met deze zaak te maken heeft.'

Pope aarzelde en knikte toen opgelaten. 'O, natuurlijk.' Toen ze weg was, keek Jack weer naar Knight en Hooligan. 'Ik moet jullie iets heel ergs vertellen.'

'Zijn we ontslagen uit het Olympische beveiligingsteam?' vroeg Knight.

Jack schudde zijn hoofd. Hij werd bleek. 'Verre van dat. Nee, ik heb net een vergadering gehad met mensen van de Onderzoeksraad voor vliegtuigongevallen.'

'En?' vroeg Hooligan.

Jack slikte moeizaam. 'Ze hebben bewijs gevonden dat er een bom aan boord van het vliegtuig was. Het was geen technisch mankement. Kirsty, Wendy, Suzy en Dan zijn vermoord.'

HOOFDSTUK 69

'Je moet wel echt iets te melden hebben, Peter,' mopperde Elaine Pottersfield. 'Ik sta onder waanzinnige druk en ben niet zo in de stemming voor een lekker etentje.'

'We staan allebei onder waanzinnige druk,' antwoordde Knight kwaad. 'Maar ik moet met je praten. En ik moet eten en jij ook. Het leek me een goed idee elkaar hier te treffen en drie vliegen in één klap te slaan.'

'Hier' was een restaurant in de buurt van Tottenham Court Road dat Hakkasan heette. Dat was Kates favoriete Chinese restaurant in Londen geweest. Het was ook Elaines favoriete Chinese restaurant in Londen.

'Maar het is hier bomvol,' zei Pottersfield, die met enige tegenzin plaatsnam. 'Het zal waarschijnlijk een uur duren voordat...'

'Ik heb al besteld,' zei Knight. 'Kates favoriete gerecht.'

Zijn schoonzus keek naar de tafel. Zo zag je heel goed dat ze Kates oudere zus was. 'Goed,' zei ze uiteindelijk. 'Waarom ben ik hier, Peter?'

Knight deed verslag van de zussen Brazlic, de Furiën en hun vermeende oorlogsmisdaden. Toen hij klaar was met zijn samenvatting kwam hun eten, voor allebei Szechuan Wagyu-rundvlees.

Pottersfield wachtte tot de ober weg was en vroeg toen: 'En wanneer is er voor het laatst iets van die zussen gehoord?'

'In juli 1995, niet lang nadat het staakt-het-vuren waar de NAVO toezicht op hield afliep,' antwoordde Knight. 'Ze waren vermoedelijk aangehouden door Bosnische politiemensen nadat de moeder van twee van hun slachtoffers de Furiën had herkend toen ze inkopen wilden doen bij een plaatselijke groenteboer. Volgens die moeder zijn de meisjes 's nachts naar een politiebureau in een dorpje ten zuidwesten van Srebrenica gebracht, waar ze zouden worden overgedragen aan de NAVO-mensen die de wreedheden onderzochten.'

'En toen? Zijn ze ontsnapt?'

Knight knikte. 'Dorpelingen hoorden in het holst van de nacht schoten van automatische wapens uit het bureau komen. Ze waren te bang om op onderzoek uit te gaan. De volgende ochtend werden de lijken van zeven Bosniërs gevonden, onder wie de twee politiemensen. Ze waren vermoord. Sinds die tijd is er jacht gemaakt op de Brazlics, maar tot vandaag is geen van hen ergens opgedoken.'

'Hoe zijn ze dat politiebureau uit gekomen?' vroeg Pottersfield. 'Ik neem aan dat ze geboeid waren.'

'Dat lijkt mij ook,' stemde Knight in. 'Maar er is nog iets vreemds. Mladić' moordbrigades gebruikten meestal munitie met een koperen mantel uit het Sovjettijdperk. Net als de Bosnische politie. Het waren overschotten van het Rode Leger en die munitie is in al hun niet-afgevuurde wapens aangetroffen. De zeven Bosnische mannen in het politiebureau zijn echter vermoord met een .56-millimeter kogel van een heel ander soort. Het soort dat mensen van de NAVO-vredesmissie gebruikten.'

Pottersfield prikte nadenkend met haar stokjes in haar eten. Na een paar happen zei ze: 'Dus misschien had een van de mannen die die nacht vermoord werden een NAVO-wapen, dat de zussen te pakken hebben gekregen, waarna ze zich een weg naar buiten hebben gevochten?'

'Dat is één aannemelijk scenario. Of ze zijn geholpen door een derde, iemand die deel uitmaakte van de NAVO-troepen. Ik neig meer naar die verklaring.'

'Bewijs?'

'Voornamelijk de kogels,' zei Knight. 'Maar ook omdat James Daring en Selena Farrell halverwege de jaren negentig met die NAVO-missie in de Balkan waren. Daring had als taak oudheden te beschermen tegen plunderaars. Maar afgezien van de foto waarop Farrell voor een NAVO-vrachtwagen staat met een automatisch wapen in haar handen weet ik niet wat haar rol bij die operatie was.'

'Dat zal niet lang meer duren. Ik vraag de NAVO om haar dossier.'

'De aanklager voor oorlogsmisdaden is er al mee bezig,' zei Knight.

Pottersfield knikte, maar haar gedachten waren heel ergens anders. 'Wat is jouw theorie... dat die derde persoon bij die ontsnapping – Daring of Farrell of beiden – Cronus zou kunnen zijn?'

'Misschien. Dat lijkt mij in elk geval logisch.'

'In sommige opzichten,' gaf ze toe terwijl ze nog steeds sceptisch klonk.

Ze aten een paar minuten in stilte, waarna Pottersfield zei: 'Er zit me één ding dwars aan die theorie van jou, Peter.'

'Wat dan?'

Zijn schoonzus kneep haar ogen samen en zwaaide met haar eetstokjes naar hem. 'Stel dat je gelijk hebt en dat Cronus degene is die de zussen heeft helpen ontsnappen, en stel dat het Cronus is gelukt die oorlogsmisdadigsters in anarchisten te veranderen, vrouwen die de Olympische Spelen haten, hoe je ze ook noemen wilt. Het bewijs tot nu toe toont aan dat ze niet alleen wreed zijn, maar ook ongelooflijk effectief. Het is ze gelukt de zwaarste beveiliging ter wereld te omzeilen, te moorden én te ontsnappen, twee keer.'

Knight snapte waar ze heen wilde. 'Je bedoelt dat ze zich richten op details, alles uitentreuren hebben gepland en dan toch in de fout gaan met die brieven.'

Pottersfield knikte. 'Haar, huid en nu een vingerafdruk?'

'En vergeet die pruik niet,' zei Knight. 'Is daar al iets over bekend?'

'Nog niet, hoewel we met die oorlogsmisdaden een eind moeten komen als er ooit DNA van de zussen is afgenomen.'

Knight nam weer een paar happen en zei toen: 'Het is ook nog de vraag of Farrell, Daring of beiden de financiële middelen hadden om dodelijke aanslagen tijdens de Olympische Spelen te beramen. Dat moet bakken met geld kosten.'

'Daar heb ik ook aan gedacht,' antwoordde Pottersfield. 'Vanochtend hebben we Darings bankrekening en creditcardafschriften onder de loep genomen. Hij is rijk geworden met dat televisieprogramma. En hij heeft de laatste tijd een paar grote bedragen opgenomen. Selena Farrell daarentegen, leeft bescheidener. Afgezien van grote aankopen in dure modeboetieks hier en in Parijs, en maandelijkse knipbeurten bij trendy salons leidt ze een redelijk sober leven.'

Knight herinnerde zich de kaptafel en de dure kleren in de slaapkamer van de hoogleraar en probeerde dat weer te rijmen met de slonzige vrouw die hij in King's College had ontmoet. Het lukte hem niet. Dofte ze zich op om Daring te ontmoeten? Was er iets tussen hen wat niemand anders wist?

Hij keek op zijn horloge. 'Ik betaal en dan ga ik. Het nieuwe kindermeisje maakt overuren.'

Pottersfield wendde haar blik af toen hij zijn servet op tafel legde en gebaarde of hij de rekening mocht. 'Hoe gaat het met ze? Met de tweeling?'

'Goed,' zei Knight, en hij keek zijn schoonzus toen ernstig aan. 'Ik weet dat ze het geweldig zouden vinden om hun tante Elaine te ontmoeten. Vind je niet dat ze het verdienen om een band met de zus van hun moeder te hebben?'

Het was net alsof Elaine een onzichtbaar pantser aantrok. Ze verkrampte en zei: 'Daar ben ik gewoon nog niet aan toe. Ik weet niet of ik ertegen zou kunnen.'

'Volgende week zaterdag worden ze drie.'

'Denk je nou echt dat ik die dag ooit zou vergeten?' vroeg Pottersfield terwijl ze opstond.

'Nee, Elaine. En ik ook niet. Nooit. Maar ik hoop dat ik die dag op een bepaald moment kan vergeven. En ik hoop dat jou dat ook lukt.'

'Betaal jij?'

Knight knikte. Ze draaide zich om om weg te gaan. Hij riep haar na: 'Elaine, ik ga waarschijnlijk een verjaardagsfeestje voor ze organiseren. Ik zou het fijn vinden als je kwam.'

Pottersfield keek om. Haar stem was schor toen ze antwoordde: 'Zoals ik al zei, Peter, ik weet niet of ik daar al aan toe ben.'

HOOFDSTUK 70

In de taxi op weg naar huis vroeg Knight zich af of zijn schoonzus hem ooit zou vergeven. Was dat belangrijk? Ja. Het deprimeerde hem als hij bedacht dat zijn kinderen het laatst levende familielid van hun moeder misschien nooit zouden leren kennen.

Maar in plaats van in die depressie te verzinken, dwong hij zich aan andere dingen te denken.

Was Selena Farrell een fashionista? Die vraag zat hem zo dwars dat hij Pope belde. Ze nam geïrriteerd op. Eerder die dag hadden ze in Hooligans lab ruzie gehad over wanneer en hoe ze de informatie over het feit dat de Furiën oorlogsmisdadigsters waren moest gebruiken. Ze had alles onmiddellijk willen publiceren, maar Knight en Jack hadden haar overgehaald te wachten op onafhankelijke bevestiging uit Den Haag en van Scotland Yard. Ze wilden niet dat duidelijk was dat de informatie van Private kwam.

Pope vroeg: 'En, heeft je schoonzus bevestigd dat de vingerafdruk overeenkomt?'

'Dat gebeurt waarschijnlijk op z'n vroegst pas morgen.'

'Geweldig,' klaagde de journaliste. 'En de aanklager in Den Haag belt me niet terug. Dus ik heb niets voor morgen.'

'Je zou nog iets anders kunnen onderzoeken,' zei Knight terwijl de taxi voor zijn huis stopte. Hij betaalde de chauffeur en vertelde haar op de stoep over de kaptafel en de kleren in Selena Farrells huis.

'Dure, modieuze kleding?' vroeg ze ongelovig. 'Zíj?'

'Zo reageerde ik ook,' zei Knight. 'Wat een aantal dingen betekent, volgens mij. Ze moet geldbronnen buiten de universiteit om hebben. Wat inhoudt dat ze een geheim leven leidt. Als je dat vindt, vind je haar misschien ook.'

'Dat is gemakkelijker gezegd dan gedaan,' begon Pope.

God, wat was ze toch irritant. 'Meer heb ik niet,' snauwde hij. 'Hoor eens, Pope, ik moet mijn kinderen in bed stoppen. Ik spreek je morgen.'

Hij hing op met het gevoel dat de zaak hem net zo verslond als de mythische Cronus zijn eigen kinderen had verorberd. Dat frustreerde hem mateloos. Als hij zich niet met de Olympische Spelen had moeten bezighouden, had hij zich nu fulltime kunnen richten op het onderzoek naar de moord op zijn vier collega's en de reden daarvoor. Als dit voorbij was, zei hij tegen zichzelf, zou hij doorgaan tot hij die misdaad had opgelost.

Knight ging naar binnen en liep de trap op. Hij hoorde een deur over het tapijt schuiven waarna voetstappen klonken. Marta kwam de kinderkamer uit. Ze zag Knight en hield haar wijsvinger tegen haar lippen.

'Kan ik ze nog welterusten wensen?' fluisterde hij.

'Ze slapen al,' zei Marta.

Knight keek op zijn horloge. Het was pas acht uur. 'Hoe dóé je dat? Ik krijg ze niet voor tienen in bed.'

'Een oude techniek uit Estland.'

'Die moet je me een keer leren,' zei Knight. 'Acht uur morgenochtend?'

Ze knikte. 'Ik zal er zijn.' Ze aarzelde even voordat ze langs hem heen liep en de trap af ging. Knight liep achter haar aan. Hij nam nog een biertje en ging dan vroeg naar bed.

Marta deed haar jack aan en liep de voordeur uit, waarna ze zich omdraaide. 'Hebt u die slechte mensen al gepakt?'

'Nee,' zei Knight. 'Maar ik heb het gevoel dat we heel dichtbij komen.'

'Goed zo,' zei ze. 'Dat is heel goed.'

HOOFDSTUK 71

Later die avond zat Pope aan haar bureau op de nieuwsredactie van *The Sun*. Ze keek met een half oog naar de hoogtepunten van Engelands opmerkelijke overwinning op Ghana in de laatste wedstrijd van de voorrondes van het voetbal en baalde weer stevig van het feit dat ze het verband tussen Cronus en de Furiën en de oorlogsmisdaden op de Balkan niet kon onthullen.

Zelfs haar redacteur, Finch, had haar gezegd dat ze, hoe verbazingwekkend het verhaal ook was, niet genoeg informatie had om te publiceren. Het zou nog wel twee, misschien drie dagen duren, in elk geval totdat de aanklager uit Den Haag officieel met haar wilde praten.

Drie dagen! Ze kreunde in zichzelf. Dat is zaterdag pas. Een dergelijk verhaal plaatsen ze nooit op zaterdag, dus dat betekende dat ze tot zondag moest wachten. Nog vier dagen! Elke hardnieuwsjournalist in Londen was nu met de zaak-Cronus bezig en ze zaten Pope op de hielen in hun poging haar verhalen te evenaren of te overtreffen. Tot vandaag had ze ver vooropgelopen. Maar nu vreesde ze dat de invalshoek van de oorlogsmisdaden zou uitlekken voordat zij ermee kon pronken.

En wat moest ze in de tussentijd doen? Hier blijven zitten? Wachten tot de aanklager zou bellen? Wachten totdat Scotland Yard de vingerafdruk door de database had gehaald en de match publiekelijk zou bevestigen?

Ze werd er gek van. Ze zou naar huis moeten gaan. Om uit te rusten. Maar ze was nerveus en bang omdat Cronus wist waar ze woonde. Ze begon te peinzen over alle invalshoeken van het verhaal, om erachter te komen waarmee ze het weer op stoom kon krijgen.

Uiteindelijk dacht ze onwillig aan Knights advies dat ze meer onderzoek moest doen naar Selena Farrell. Maar het was al vier dagen geleden dat de haar van de hoogleraar aan die in de eerste brief van Cronus was gekoppeld en drie dagen sinds MI5 en Scotland Yard naar haar op zoek waren gegaan, zonder resultaat. Ze was verdwenen. Wat zou ik kunnen doen als zij haar al niet kunnen vinden? dacht Pope, voordat haar vechtlust naar boven kwam: en waarom zou ik het niet kunnen?

De journaliste kauwde op haar lip. Ze dacht aan Knights onthulling dat Farrell een modefreak was en herinnerde zich toen de lijst met bewijsstukken uit het huis en kantoor van de professor, die hij haar de vorige dag bij het watersportcentrum had gestuurd. Ze had de lijst natuurlijk doorgekeken, op zoek naar enig bewijs van anti-Olympisch sentiment, de verhandelingen waarin de Spelen werden bekritiseerd en de opname van de fluitmuziek.

Maar ze had niet naar de kleren gekeken.

Pope opende de lijst en scrolde erdoorheen. Het duurde niet lang voordat ze een opsomming zag van cocktailjurken van Liberty tot rokken en blouses van Alice by Temperley. Dure kleding. Van wel honderden ponden.

Knight zei dat ze een geheim leven had geleid. Misschien had hij gelijk.

Pope werd opgewonden en spitte door haar notitieboekje, op zoek naar het telefoonnummer van Farrells onderzoeksassistente, Nina Langor. Pope had de afgelopen vier dagen een paar keer met de assistente gepraat, maar Langor bleef volhouden dat ze stomverbaasd was door de plotselinge verdwijning van haar baas en geen idee had hoe het kon dat Farrells DNA was opgedoken in het Cronus-onderzoek.

De onderzoeksassistente nam op haar hoede op en klonk geschokt toen Pope haar over Farrells peperdure kleding vertelde.

'Wat?' vroeg Langor. 'Nee hoor. Dat kan niet. Ze spotte altijd met mode en ingewikkelde kapsels. Maar ze droeg wel vaak een sjaal om haar hoofd.'

'Had ze weleens een vriendje?' vroeg Pope. 'Iemand voor wie ze zich zou opdoffen?'

Langor reageerde afwerend. 'Dat vroeg de politie ook al. Ik zal jou zeggen wat ik hun heb verteld. Ik weet het niet zeker, maar volgens mij was ze lesbisch. Ze was erg op zichzelf.'

De assistente zei dat ze moest ophangen. Pope was om elf uur die woensdagavond uitgeput, alsof ze de afgelopen zes dagen een aantal marathons had gelopen Maar ze dwong zichzelf haar aandacht weer te richten op de lijst met bewijsstukken en las verder. Pas helemaal aan het einde vond ze iets, een beschrijving van een gescheurd roze luciferdoosje met de letters 'PINK' erop.

Ze probeerde zich een roze luciferdoosje voor te stellen met de letters 'PINK'. Had het iets met Pink Ribbon te maken? Borstkanker? Spullen van die organisatie zijn toch altijd roze? Iets anders? Gefrustreerd door haar onvermogen om het bewijs te snappen, deed Pope rond middernacht een laatste poging met een techniek die ze een paar jaar eerder bij toeval had ontdekt toen ze allerlei losse feiten had die nergens op sloegen.

Ze typte allerlei woorden in bij Google om te kijken wat dat opleverde.

'PINK LONDON' leverde niets van belang op. 'PINK LONDON OLYMPISCHE SPELEN' bracht haar ook niet verder.

Toen typte ze: 'LONDEN PINK LESBISCH MODE-ONTWERP LIBERTY ALICE'.

Google verwerkte die info en kwam met de resultaten.

'Aha,' zei Pope met een glimlach. 'Dus u bent een lipsticklesbo, mevrouw de hoogleraar.'

HOOFDSTUK 72

Donderdag 2 augustus 2012

Om tien uur de volgende avond liep Pope Carlisle Street in Soho in.

Het was een waanzinnig ergerlijke en nutteloze dag geweest. Ze had de aanklager voor oorlogsmisdaden tien keer gebeld en kreeg elke keer van een suikerzoete, irritant beleefde secretaresse te horen dat hij haar heel snel zou terugbellen.

Nog vervelender was dat ze een verhaal in de *Mirror* had moeten lezen waarin de intensieve wereldwijde zoektocht naar Selena Farrell en James Daring werd beschreven. En nog erger was dat er een stuk in *The Times* had gestaan over de eerste autopsie en toxicologische rapporten van de dode Chinese coaches. Ze hadden allebei een gaatje ter grootte van een bijensteek in hun nek, maar ze waren niet overleden aan een anafylactische shock. Ze waren bezweken aan een dodelijk neurotoxine genaamd calciseptine, dat gewonnen en gemaakt wordt van het gif van zwarte mambaslangen.

De zwarte mamba? dacht Pope voor de honderdste keer die dag. Elke krant in de wereld stortte zich op dat feit en zij had het gemist.

Dat maakte haar alleen maar vastberadener toen ze op de deuren van de Pink Candy af liep, haar tas liet doorzoeken door een heel lange Maori-vrouw en naar binnen ging. Het was verrassend druk in de club voor een donderdagavond en de journaliste voelde zich onmiddellijk ongemakkelijk met al die glamoureuze vrouwen die haar bekeken, haar opnamen.

Maar Pope liep rechtstreeks naar hen toe, stelde zich voor en liet ze een foto van Selena Farrell zien. Ze hadden haar niet gezien, en de volgende zes vrouwen aan wie Pope het vroeg evenmin.

Toen ging ze naar de bar, omdat ze een roze luciferdoosje zag liggen dat leek op de beschrijving op de lijst met bewijsstukken. Een van de barkeepsters kwam naar haar toe en Pope vroeg wat voor cocktail ze kon aanraden.

'Een botertepel?' zei de barkeepster. 'Butterscotchlikeur met Baileys?'

De journaliste trok haar neus op. 'Te zoet.'

'Pimm's meloenen dan,' zei een vrouw op de barkruk naast Pope. De vrouw, klein, blond, achter in de dertig en heel aantrekkelijk, hield een longdrinkglas omhoog waaruit een takje munt stak. 'Altijd verfrissend op een warme zomeravond.'

'Perfect,' antwoordde Pope, die zwakjes naar de vrouw glimlachte.

Pope had Farrells foto aan de barkeepster willen laten zien, maar die was al weggelopen om haar Pimm's-cocktail te maken. Pope legde de foto op de bar en wendde zich tot de vrouw die het drankje had aanbevolen. Ze keek de journaliste licht geamuseerd aan.

'Is dit je eerste keer hier?' vroeg de vrouw.

Pope bloosde. 'Is het zo duidelijk?'

'Voor het getrainde oog,' zei de vrouw, en er gleed een geile uitdrukking over haar gezicht terwijl ze een goed gemanicuurde hand uitstak. 'Ik ben Nell.'

'Karen Pope. Ik schrijf voor *The Sun*.'

Nell trok een wenkbrauw op. 'Ik geniet altijd erg van pagina 3.'

Pope lachte nerveus. 'Ik helaas niet.'

'Jammer,' zei Nell, die teleurgesteld keek. 'Zelfs niet een klein beetje?'

'Nee, sorry,' antwoordde Pope en ze liet Nell de foto zien.

Nell zuchtte en leunde dichter naar Pope toe om de foto van Farrell te bekijken, zonder make-up en met een strokenrok en een bijpassende sjaal om haar hoofd.

'Nee,' zei Nell, met een laatdunkend gebaar. 'Die heb ik hier nooit gezien. Ze is er ook niet echt het type voor. Maar jij past hier heel goed, moet ik zeggen.'

Pope lachte weer en gebaarde naar de foto terwijl ze zei: 'Stel je haar eens voor in een strakke cocktailjurk van Liberty of Alice by Temperley, haar haar gedaan door Hair by Fairy, en, dat zie je niet goed op deze foto, ze heeft een kleine moedervlek op haar wang.'

'Een moedervlek?' vroeg Nell misprijzend. 'Zo een met haar erop?'

'Nee, eerder een schoonheidsvlek. Zoiets als Elizabeth Taylor had.'

Nell keek beduusd en keek toen weer naar de foto.

Even later zei ze stomverbaasd: 'Mijn hemel, dat is Syren!'

HOOFDSTUK 73

Vrijdag 3 augustus 2012

Rond halfzeven de volgende ochtend hoorde Knight trippelende voetjes. Hij knipperde met zijn ogen en zag Isabel staan met haar Winnie de Poeh-deken.

'Papa,' vroeg ze uiterst serieus, 'wanneer ben ik drie?'

'Op 11 augustus,' gromde Knight en keek naar de foto van Kate op de heide in Schotland. 'Morgen over een week, liefje.'

'Wat is het vandaag?'

'Vrijdag.'

Daar dacht Isabel over na. 'Dus nog een zaterdag en nog een vrijdag, en dan de dag erna?'

Knight glimlachte. Het verbaasde hem altijd hoe onorthodox zijn dochter dacht. 'Ja,' antwoordde hij. 'Geef me eens een kus.'

Isabel kuste hem. Toen sperde ze haar ogen open. 'Krijgen we cadeautjes?'

'Natuurlijk, Bella,' antwoordde Knight. 'Dan is het toch je verjaardag.'

Ze werd helemaal opgewonden, en klappend in haar handjes danste ze een rondje, waarna ze ineens stokstijf bleef staan. 'Wat voor cadeautjes?'

'Wat voor cadeautjes?' vroeg Luke in de deuropening. Hij gaapte terwijl hij de kamer binnenkwam.

'Dat kan ik jullie niet vertellen. Dan is het geen verrassing meer.'

'O,' zei Isabel teleurgesteld.

'Lukey drie?' vroeg zijn zoon.

'Volgende week,' verzekerde Knight hem, en toen hoorde hij de voordeur opengaan. Marta. Ze was weer te vroeg. Het eerste perfecte kindermeisje in de hele wereld.

Knight trok een joggingbroek en een t-shirt aan en droeg de tweeling de trap af. Marta glimlachte naar hen. 'Hebben jullie honger?'

'Over twee vrijdagen en een zaterdag ben ik jarig,' verkondigde Isabel.

'En Lukey ook,' zei haar broer. 'Ik ben drie.'

'Dan word je drie,' verbeterde Knight.

'Dan moeten we een feestje organiseren,' zei Marta, toen Knight de kinderen neerzette.

'Een feestje!' riep Isabel en klapte in haar handen.

Luke gilde van plezier, draaide rondjes en riep: 'Feestje! Feestje!'

Ze hadden nog nooit een verjaardagsfeest gehad, in elk geval niet precies op hun geboortedag. Op die dag had Knight zulke dubbele gevoelens dat hij hun verjaardag een dag of twee later vierde met taart en ijs en het dan opzettelijk rustig hield. Hij wist nu niet goed hoe hij op Marta's voorstel moest reageren.

Luke hield op met ronddraaien en vroeg: 'Ballonnen?'

'Meneer Knight?' vroeg Marta. 'Wat vindt u ervan? Ballonnen?'

Voordat Knight antwoord kon geven, ging de bel, en nog een keer, en weer, en nogmaals, waarna iemand de klopper zo hard liet neerkomen dat het leek alsof een metselaar de bakstenen muur afbikte.

'Wie is dat in godsnaam?' kreunde Knight terwijl hij naar de deur liep. 'Kun jij ze ontbijt geven, Marta?'

'Natuurlijk,' zei ze.

Het gebeuk met de klopper begon weer, waarna hij door het kijkgaatje keek en een geïrriteerde Karen Pope op de stoep zag staan.

'Karen,' riep hij haar toe. 'Ik heb geen tijd om–'

'Dan maak je maar tijd,' blafte ze. 'Ik heb een doorbraak in de zaak bereikt.'

Knight haalde zijn vingers door zijn slaapkapsel en opende de deur. Pope zag eruit alsof ze de hele nacht had doorgehaald. Ze stormde naar binnen terwijl Marta met Luke en Isabel naar de keuken ging.

'Lukey wil pannenkoeken met worstjes,' zei Luke.

'Dan krijg je pannenkoeken met worstjes,' antwoordde Marta terwijl ze verdwenen.

'Wat voor doorbraak?' vroeg Knight aan Pope terwijl hij naar de woonkamer liep en speelgoed van de bank afhaalde zodat ze kon gaan zitten.

'Je had gelijk,' zei de journaliste. 'Selena Farrell had een geheim leven.'

Ze vertelde Knight dat de professor een alter ego had, Syren St. James, dat ze gebruikte als ze naar de Pink Candy ging om vrouwen op te pikken. Als Syren was Farrell alles wat ze als hoogleraar niet was: flamboyant, grappig, promiscue, een partygirl van het zuiverste water.

'Selena Farrell?' vroeg Knight, die zijn hoofd schudde.

'Het is makkelijker als je dat deel van haar als Syren St. James ziet.'

'En hoe ben je dat allemaal te weten gekomen?' vroeg hij terwijl hij rook dat er worstjes werden gebakken en het gekletter van potten en pannen in de keuken hoorde.

'Van een vrouw in de Pink Candy die Nell heet en de afgelopen jaren een paar keer een onenightstand met Syren heeft gehad. Ze herkende haar door de moedervlek op haar rechterwang.'

Knight herinnerde zich dat hij had gedacht dat de professor onder de juiste omstandigheden aantrekkelijk zou zijn geweest. Hij had naar zijn intuïtie moeten luisteren.

'Wanneer heeft ze, eh... Syren voor het laatst gezien?' vroeg hij.

'Afgelopen vrijdag, de middag voordat de Spelen begonnen.

Ze kwam helemaal opgetut naar de Pink Candy, maar poeierde Nell af, want ze had al een date. Later zag Nell Syren weggaan met een onbekende, een vrouw met een pillbox-hoedje en een zwartkanten sluier die het bovenste deel van haar gezicht aan het oog onttrok. Ik denk dat die vrouw een van de zussen Brazlic zou kunnen zijn, jij niet?'

In Knights keuken viel iets breekbaars op de grond, dat uiteen-spatte.

HOOFDSTUK 74

Het Olympisch dorp is in rep en roer. Australische zwemmers zijn op weg naar het watersportcentrum, waar de series van de 1500 meter voor de mannen zullen plaatsvinden. Wielrenners uit Spanje gaan naar het Velodrome voor een oefenritje vóór de teamachtervolging van de mannen later vandaag. De Moldavische handbalploeg liep net langs me. Net als die Amerikaanse basketballer wiens naam ik altijd vergeet.

Dat maakt ook niet uit. Wat wel belangrijk is, is dat we aan het eind van de eerste week zijn en dat elke sporter in het dorp probeert niet aan mij en mijn zusters te denken, probeert zich niet af te vragen of hij de volgende is. En toch kunnen ze alles behalve niet aan ons denken, toch?

Zoals ik had voorspeld, zijn de media op ons verhaal gedoken. Voor elk tranentrekkend televisie-item over een sporter die kanker of de dood van een geliefde heeft overwonnen en een gouden medaille heeft gewonnen, zijn er drie verhalen over het effect dat wij op de Spelen hebben. Tumoren, hebben ze ons genoemd. Kwellingen. De zwarte schandvlekken van de Olympische Spelen.

Ha! De enige tumoren en schandvlekken zijn ontstaan door de Spelen zelf. Ik onthul ze alleen.

En nu ik hier zo tussen de olympiërs loop, anoniem, enthousiast en in vermomming, een andere ik, heb ik het gevoel dat afgezien van een paar kleine uitglijers alles opmerkelijk goed is verlopen. Petra en Teagan hebben wraak genomen op de Chinezen en hun ontsnapping perfect uitgevoerd. Marta heeft zich in Knights leven genesteld en houdt toezicht op zijn virtuele wereld, zodat ik als een insider meekijk naar de onderzoeken die zijn opgezet en waarom. En eerder vanochtend heb ik de tweede tas met magnesiumschilfers opgehaald, de tas die ik bijna twee jaar geleden tijdens de bouw in het Velodrome heb verstopt. Precies waar ik hem had neergelegd.

Het enige wat me dwarszit is...

Mijn prepaid mobieltje gaat. Ik trek een grimas. Petra en Teagan hadden duidelijke bevelen gekregen voordat ze gisteren halverwege de dag voor hun laatste opdracht vertrokken, en een daarvan was dat ze me absoluut niet mochten bellen. Dan is het Marta.

Ik neem op en snauw tegen haar voordat ze iets kan zeggen: 'Geen namen en gooi die telefoon weg als we klaar zijn. Weet je wat de fout was?'

'Niet precies,' zegt Marta, met een zweem van paniek in haar stem die heel ongewoon is en dus zorgwekkend.

'Wat is er dan aan de hand?' wil ik weten.

'Ze weten het,' fluisterde ze. Op de achtergrond hoor ik een monstertje huilen.

Het gehuil en Marta's gefluister slaan in als een bom, waardoor er een storm in mijn hoofd opsteekt die mijn evenwicht verstoort. Ik hurk neer op één knie uit angst dat ik omval. Al het licht om me heen lijkt ultraviolet, behalve een felgroene halo die pulseert op de maat van het splijtende gevoel in mijn hoofd.

'Gaat het?' vraagt een man.

Ik hoor het gehuil uit de telefoon, die nu in mijn hand langs mijn zij hangt. Ik kijk omhoog door de groene halo heen en zie een meter verder een plantsoenwerker staan.

'Ja, hoor,' breng ik uit. Ik vecht om de woede die zich in me opbouwt in bedwang te houden en niet uit wrevel zijn hoofd eraf te hakken. 'Ik ben alleen een beetje duizelig.'

'Moet ik iemand bellen?'

'Nee, hoor,' zeg ik terwijl ik overeind krabbel. Hoewel de groene halo nog steeds pulseert en het splijten in mijn hoofd doorgaat, flakkert de lucht om me heen iets minder.

Terwijl ik wegloop van de plantsoenwerker snauw ik in de telefoon: 'Snoer dat rotkind de mond.'

'Geloof me, als ik het zou kunnen, zou ik het doen,' antwoordt Marta vinnig. 'Wacht, ik ga even naar buiten.'

Ik hoor een deur dichtslaan en dan geclaxonneer. 'Is dit beter?'

Een beetje maar. Mijn maag draait zich om als ik vraag: 'Wat weten ze precies?'

Haperend vertelt Marta me dat ze van de zussen Brazlic weten, en het begint allemaal opnieuw, het splijten, de felgroene halo en de ultraviolette woede die me nu zo volledig in zijn greep heeft dat ik het gevoel heb dat ik een in de hoek gedreven dier ben, een monster, klaar om de keel door te bijten van iedereen die me benadert.

Voor me op het pad staat een bankje, en ik ga zitten. 'Hoe?'

'Dat weet ik niet,' antwoordt Marta, en dan vertelt ze dat ze Pope 'de zussen Brazlic' hoorde zeggen, wat haar zo aan het schrikken had gemaakt dat ze een mengkom had laten vallen, die op de keukenvloer uiteen was gespat.

Ik kan haar wel wurgen, maar vraag: 'Koestert Knight verdenkingen?'

'Jegens mij? Nee. Ik zei heel verlegen en verontschuldigend tegen hem dat de kom nat was. Hij zei dat het niet erg was, maar dat ik wel al het glas heel zorgvuldig moest oprapen voordat zijn kleine blagen daar weer mochten lopen.'

'Waar zijn Knight en Pope nu? Wat weten ze nog meer?'

'Hij is tien minuten geleden samen met haar weggegaan en zei dat hij pas laat terug zou zijn,' antwoordde Marta. 'Ik weet niets meer dan wat ik je verteld heb. Maar als ze van de zussen weten, dan weten ze ook wat de zussen in Bosnië hebben gedaan en dan weet de aanklager voor oorlogsmisdaden dat we in Londen zijn.'

'Waarschijnlijk wel,' stem ik uiteindelijk met haar in. 'Maar dat is alles. Als ze iets meer wisten, zouden ze je aan de hand van een van je huidige namen hebben opgespoord. Dan stonden ze al voor de deur.'

Na een ogenblik stilte vraagt Marta: 'En nu, wat ga ik doen?'

Omdat ik er steeds zekerder van ben dat de kloof tussen wie de Furiën waren en wie ze geworden zijn zo groot is dat er geen verband zal worden gelegd, antwoord ik: 'Blijf bij de kinderen in de buurt. Die hebben we de komende dagen misschien nog nodig.'

HOOFDSTUK 75

Zondag 5 augustus 2012

Om zeven uur 's avonds was de sfeer in het Olympisch stadion meer dan extatisch, dacht Knight op zijn plek op de westelijke tribune, hoog boven de finishlijn beneden. Hij voelde de verwachting door de tachtigduizend mensen golven die de mazzel hadden gehad een kaartje te kunnen bemachtigen om te zien wie de snelste man op aarde was. Ook zag en hoorde hij dat die verwachting vermengd was met angst. Mensen vroegen zich af of Cronus hier zou toeslaan.

Het evenement trok in ieder geval genoeg aandacht. De sprintcompetitie was tot nu toe verlopen zoals verwacht. Zowel Shaw als Mundaho had geweldig gepresteerd in de 100 meter-series de dag ervoor, ze hadden allebei gedomineerd en makkelijk gewonnen. Maar terwijl de Jamaicaan tussen de wedstrijden door kon uitrusten, had de man uit Kameroen de kwalificatierondes voor de 400 meter moeten lopen.

Mundaho had een bijna bovenmenselijke prestatie geleverd door een tijd van 43,22 seconden neer te zetten, slechts vierhonderdste langzamer dan Henry Iveys wereldrecordtijd van 43,18 op de WK in Sevilla in 1999.

Vanavond hadden Mundaho en Shaw beiden de halve finale van de 100 meter gewonnen, waarbij de Kameroener slechts tweehonderdste langzamer was geweest dan Shaws wereldrecord van 9,58 seconden. De mannen waren zich aan het voorbereiden om tegen elkaar uit te komen in de finale van de 100 meter sprint. Daarna zou Shaw uitrusten en moest Mundaho de halve finale van de 400 lopen.

Slopend, dacht Knight terwijl hij door zijn verrekijker de menigte bekeek. Zou het Mundaho lukken? Op een en dezelfde Olympische Spelen de 100, 200 en 400 meter winnen?

Maakte het uiteindelijk iets uit? Zou het de mensen echt kunnen schelen na alles wat er op deze Spelen was gebeurd? Afgezien van de blijdschap die de Londenaars eerder die dag hadden getoond toen de Britse hardloopster Mary Duckworth de vrouwenmarathon won, was de angst rondom de Spelen de afgelopen achtenveertig uur enorm toegenomen. Op zaterdag had *The Sun* uiteindelijk Popes verhaal gepubliceerd waarin het verband tussen de moorden en de gezochte oorlogsmisdadigsters, de Servische zussen Brazlic, uit de doeken werd gedaan. Ook meldde ze dat James Daring en Selena Farrell allebei op de Balkan hadden gediend, ongeveer in dezelfde periode dat de Brazlics lukraak onschuldige mannen en jongens in en rond Srebrenica executeerden.

Het was gebleken dat Farrell een vrijwillige VN-waarneemster was in tijdelijke NAVO-dienst in het door oorlog verscheurde gebied. Er waren nog steeds niet veel details bekend over wat ze tijdens die missie precies had moeten doen, maar Pope had ontdekt dat Farrell in de zomer van 1995 ernstig gewond was geraakt bij een ongeval met een of ander voertuig en naar huis was gestuurd. Na een korte herstelperiode had ze haar doctoraalstudie weer opgepakt en was ze doorgegaan met haar leven.

Het verhaal had nogal wat tumult veroorzaakt, dat aanzwol toen zaterdagavond laat het lichaam van Emanuel Flores, een Braziliaanse judoscheidsrechter, werd ontdekt bij een vuilcontainer in de Docklands, een paar kilometer van de ExCeL Arena waar hij had gewerkt, een locatie die zich niet op Olympisch terrein bevond. Ondanks het feit dat Flores een expert was in man-tot-mangevechten was hij gewurgd met een stuk kabel.

In een brief naar Pope waarop geen enkel forensisch bewijs werd aangetroffen, beweerde Cronus dat Flores zich had laten omkopen ten gunste van bepaalde judoka's. De documentatie staafde de beweringen in sommige opzichten wel, maar in andere niet.

Als reactie eisten radio- en televisiemensen en journalisten overal ter wereld dat de Britse regering actie zou ondernemen en gaven uiting aan hun woede over het feit dat Cronus en zijn Furiën konden doen wat ze wilden. Vanochtend hadden Uruguay, Noord-Korea, Tanzania en Nieuw-Zeeland besloten hun teams terug te trekken uit de laatste wedstrijdweek. Parlementsleden en de gemeenteraad van Londen hadden gereageerd door weer fel te roepen dat Mike Lancer ontslag moest nemen of krijgen en dat de zoektocht naar Daring en Farrell geïntensiveerd moest worden.

Een zichtbaar aangeslagen Lancer op zijn beurt had de hele dag voor de camera zijn inspanningen verdedigd. Rond het middaguur had hij meegedeeld dat hij F7 onthief van de beveiligingstaak rond het Olympisch park en Jack Morgan van Private erbij haalde om de leiding over te nemen. Samen met Scotland Yard en MI5 besloten ze in alle gebouwen draconische maatregelen te treffen, waaronder een tweede screening, meer identiteitscontroles en fouillering.

Het was niet genoeg geweest om de rust tijdens de Spelen te laten weerkeren. Tien landen, waaronder Rusland, opperden de Olympische Spelen stil te leggen totdat men zeker was van de veiligheid.

Maar een onthutsend groot aantal sporters was onmiddellijk met een strijdlustig antwoord gekomen en had een digitale petitie ondertekend die was opgesteld en verspreid door de Amerikaanse schoonspringster Hunter Pierce. In de petitie werden niet alleen de moorden veroordeeld, maar werd ook uitdagend en op felle toon geëist dat het IOC en LOCOG niet moesten toegeven aan het idee om de Spelen op te schorten.

Het sierde de burgemeester van Londen, de premier en Marcus Morris dat ze naar de sporters luisterden en de oproepen om de Spelen stop te zetten van tafel veegden. Ze zeiden dat Engeland nooit had toegegeven aan terrorisme en dat ook niet van plan was.

Ondanks de gigantische toename van de beveiligingsmaatregelen waren sommige fans toch weggebleven van wat het grootste evenement van de Spelen had moeten zijn. Knight zag hier en daar lege stoelen, iets wat men voor de start van de Olympische Spelen voor onmogelijk zou hebben gehouden. Maar ja, bijna alles wat tot nu toe gebeurd was zou men voor de start van de Spelen voor onmogelijk hebben gehouden.

'Die klootzakken hebben het verpest, Knight,' zei Lancer bitter. Het hoofd beveiliging was naast Knight komen staan toen hij de menigte bekeek. Net als Knight had Lancer een oortje in dat was afgestemd op de frequentie van de stadionbeveiliging. 'Wat er ook vanaf nu gebeurt, 2012 zal altijd besmet blijven...'

De mensen om hen heen sprongen op en begonnen wild te juichen. De finalisten van de 100 meter sprint voor mannen kwamen de baan op. Shaw, de heersende Olympisch kampioen, kwam als eerste. Hij trok een paar korte sprintjes en schudde zijn handen los, zwaaide ermee alsof hij iets doormidden hakte.

Mundaho kwam als laatste de baan op joggen in een bijna slaperig tempo, waarna hij hurkte en met zoveel explosieve kracht als een kangoeroe over de baan sprong dat veel toeschouwers naar adem snakten en Knight dacht: kan dat wel? Heeft iemand dat ooit eerder gedaan?

'Die man is een freak,' merkte Lancer op. 'Een speling der natuur.'

HOOFDSTUK 76

De Olympische vlam boven op de Orbit brandde zonder te flakkeren kaarsrecht omhoog en de vlaggen rond het stadion hingen slap; de wind was gaan liggen, perfecte omstandigheden voor de sprint.

In Knights oortje knetterden de oproepen en antwoorden tussen Jack, de beveiligingsploeg en Lancer, die verderop was gaan staan om alles vanuit een andere hoek te bekijken. Knight blikte om zich heen. Hoog boven op het stadion lagen SAS-sluipschutters plat op hun buik achter hun geweer. Er vloog een helikopter boven hun hoofd. Helikopters hadden al de hele dag boven het park gecirkeld en het aantal gewapende bewakers rond de baan was verdubbeld.

Er gaat hier vanavond niets ergs gebeuren, hield Knight zichzelf voor. Een aanslag zou zelfmoord zijn.

De atleten gingen naar de startblokken die werkten met een zeer geavanceerd volledig automatisch timingsysteem, genaamd FAT. Elk blok was opgebouwd rond ultragevoelige drukplaten, verbonden met computers, om een valse start te registreren. Bij de finish, gekoppeld aan diezelfde computers, bevond zich een onzichtbare matrix van elkaar kriskras kruisende laserstralen die tot op een duizendste van een seconde waren geijkt.

De toeschouwers waren nu allemaal gaan staan en probeerden het beter te kunnen zien terwijl de omroeper de sprinters naar hun plaatsen riep. Shaw liep in baan drie en Mundaho in vijf. De Jamaicaan keek even naar de Kameroener, die voor zijn blok rondjes draaide. De hardlopers zetten hun hak op de druksensors en leunden met gebogen hoofd voorover, met hun vingertoppen op de baan.

Tien seconden, dacht Knight. Die mannen bereidden zich hun hele leven voor op tien seconden. Hij kon het zich niet voorstellen: de druk, de verwachtingen, de wilskracht en het lijden dat het streven om Olympisch kampioen te worden met zich meebracht.

'Klaar!' riep de starter en de sprinters brachten hun heupen omhoog.

Het pistool ging af met een knal, de menigte brulde en Mundaho en Shaw waren twee panters die op een prooi jaagden. De Jamaicaan was de eerste twintig meter sterker, hij ontvouwde zijn lange benen en armen sneller dan de Kameroener. Maar in de veertig meter erna rende de voormalig kindsoldaat alsof hij door kogels achtervolgd werd.

Mundaho raakte bij tachtig meter op dezelfde hoogte als Shaw, maar kon de Jamaicaan niet inhalen.

En Shaw kon de Kameroener niet achter zich laten.

Samen flitsten ze over de baan, in een poging geschiedenis te schrijven alsof de andere deelnemers er niet eens waren, en ze leken tegelijkertijd over de finish te stuiven met een tijd van 9,38; tweetiende seconde sneller dan Shaws ongelooflijke prestatie in Beijing.

Nieuw Olympisch record!

Nieuw wereldrecord!

HOOFDSTUK 77

Het stadion trilde op zijn grondvesten voor Mundaho en Shaw. Maar wie had er gewonnen?

Op de grote schermen stond het onofficiële resultaat: Shaw was eerste en Mundaho tweede, en toch waren de tijden exact gelijk. Door zijn verrekijker zag Knight dat beide mannen met hun handen op hun heupen naar adem hapten. Ze keken niet naar elkaar, maar naar de schermen waarop de race in slow motion werd getoond terwijl de juryleden de data van de lasers langs de finish beoordeelden.

Knight hoorde de omroeper vertellen dat er in het verleden bij Olympische jurysporten zoals turnen weleens mensen gelijk waren geëindigd, en dat bij de Spelen van 2000 twee Amerikaanse zwemmers allebei eerste waren geworden, maar sprint had bij de moderne Olympische Spelen nog nooit een gelijkspel opgeleverd. De omroeper zei dat de scheidsrechters de foto's en de tijd tot op een duizendste van een seconde zouden bekijken.

Knight zag ze bij de baan beraadslagen en de langste van de scheidsrechters zijn hoofd schudden. Even later flitste op de schermen 'EINDUITSLAG' op. Shaw en Mundaho waren precies gelijk geëindigd in een tijd van 9,382.

'Er komt geen rematch,' zei de hoofdscheidsrechter. 'Ik vind dit de grootste hardloopwedstrijd aller tijden en de tijd staat vast. Beide mannen hebben het wereldrecord nu in handen. Beide mannen winnen goud.'

Het stadion trilde weer op zijn grondvesten van het gejuich, de fluitconcerten en het geschreeuw.

Door zijn verrekijker zag Knight dat Shaw naar het resultaat keek en toen een sceptische en geïrriteerde blik op de wedstrijdleiding wierp. Maar toen veranderde de gezichtsuitdrukking van de Jamaicaan in een grijns die steeds breder werd. Hij jogde naar Mundaho, die naar hem glimlachte. Ze spraken met elkaar. Toen sloegen ze hun handen ineen, staken ze in de lucht en renden naar de juichende fans, die met Jamaicaanse en Kameroense vlaggen zwaaiden.

De mannen maakten samen een lange overwinningsronde door het stadion en voor Knight was het alsof een zachte zomerregen de smerige rook uit de lucht waste. Cronus en de Furiën leken de Londense Spelen niet meer zo te beheersen als nog maar een paar minuten geleden.

De sprinters die samen hun ereronde liepen in een grootse demonstratie van sportiviteit droegen op hun manier uit dat de moderne Spelen niet onderschat moesten worden, dat ze het beste in de mens naar boven brengen en een kracht vormen die de menselijkheid die ons bindt tegenover Cronus' wrede aanslagen zet.

Shaw zei zoiets dergelijks toen Mundaho en hij weer bij de finish waren en door journalisten werden geïnterviewd. Knight zag alles op de grote schermen.

'Toen ik zag dat we gelijk waren geëindigd, geloofde ik het eerst niet,' gaf de Jamaicaan toe. 'En om je de waarheid te zeggen, in eerste instantie was ik boos. Ik had mijn record verbroken, maar ik had niet iedereen verslagen zoals in Beijing. Maar toen besefte ik dat na alles wat er op deze Spelen is gebeurd, het juist prachtig was, goed voor de hardloopwereld, goed voor de atletiek en goed voor de Olympische Spelen.'

Mundaho viel hem bij: 'Het stemt mij nederig dat ik met de grote Zeke Shaw heb mogen lopen. Ik ben zeer vereerd dat mijn naam in dezelfde adem als die van hem wordt genoemd.'

Toen vroeg de journalist wie woensdagavond de 200 meter zou winnen. Ze tikten allebei op hun borst en zeiden: 'Ik.'

Daarna barstten ze in lachen uit en sloegen elkaar op de rug.

Knight slaakte een zucht van verlichting toen beide mannen het stadion verlieten. Cronus had hen in ieder geval niet tot doelwit gekozen.

In het uur dat daarop volgde, met de halve finales van de 1500 meter voor mannen en de finale van de 3000 meter steeplechase, moest Knight steeds aan zijn moeder denken. Amanda had beloofd dat ze niet verbitterd zou raken en zich niet in zichzelf zou terugtrekken zoals ze na zijn vaders dood had gedaan.

Maar uit Knights laatste twee gesprekken met Gary Boss bleek dat dat precies was wat ze deed. Ze nam niet op als hij belde. Ze nam helemaal de telefoon niet op, zelfs niet als er mensen belden die wilden helpen met een herdenkingsdienst voor Denton Marshall. Volgens haar assistent zat Amanda wanneer ze wakker was aan haar bureau honderden ontwerpen te tekenen.

Hij had haar gisteren en vanochtend willen bezoeken, maar Boss had gezegd dat hij beter niet kon komen. Boss had het gevoel dat Amanda hier alleen doorheen moest, althans nog een paar dagen.

Knights hart ging uit naar zijn moeder. Hij wist maar al te goed wat ze doormaakte. Hij had gedacht dat zijn eigen verdriet om Kate nooit zou ophouden. En in een bepaald opzicht zou dat ook nooit gebeuren. Maar hij had een manier gevonden om verder te leven, via zijn kinderen. Hij hoopte dat zijn moeder haar eigen manier zou vinden, anders dan via haar werk.

Toen dacht hij aan de tweeling. Hij wilde net naar huis bellen om Luke en Isabel welterusten te zeggen toen de omroeper de namen noemde van de halve finalisten van de 400 meter.

De mensen gingen weer staan toen Mundaho vanaf de oefenbaan in de tunnel verscheen. De Kameroener kwam op zijn losse manier aanjoggen, met evenveel zelfvertrouwen als hij voor de 100 meter had gehad.

Maar in plaats van zijn explosieve kangoeroesprongen te maken, begon de Kameroener nu te huppelen, waarna hij heel hoog opsprong en zijn voeten naar voren zwaaide alsof hij een hert of gazelle was.

Wie kan dat ook? dacht Knight vol ontzag. Waar kwam het idee überhaupt vandaan dat hij zoiets kon? Van de kogels die hem achtervolgden?

De Kameroener vertraagde toen hij bij het blok van baan één kwam, de baan waar hij als laatste stond opgesteld. Zou het Mundaho lukken? Een afstand lopen die vier keer zo lang was als die hij net in recordtijd had afgelegd?

Blijkbaar wilde Zeke Shaw dat ook weten, want de Jamaicaanse sprinter verscheen in de gang die de oefenbaan met het stadion verbond en bleef daar staan samen met drie Gurkha's, die allemaal naar het noorden keken, naar de atleten die klaar waren voor de wedstrijd.

'Op uw plaatsen,' riep de official.

Mundaho zette zijn hardloopschoen met de kleine spikes tegen het blok. Hij hurkte en spande zijn spieren toen de official riep: 'Klaar.'

Het pistool ging af in het vrijwel stille stadion.

De Kameroener sprong weg van het blok.

Een duizendste seconde later flitste er een verblindend zilverwit licht uit het blok toen het explodeerde en uiteenviel, waarna er vlak boven de grond een steekvlam ontstond die samen met gloeiendhete scherven metaal Mundaho's onderlichaam van achteren raakte.

Hij werd omvergeblazen en viel op de baan neer, waar hij ineenkromp en schreeuwend bleef liggen.

BOEK VIER

Marathon

HOOFDSTUK 78

Knight was zo geschokt dat hij zich een paar seconden niet kon bewegen. Net als bij velen in het stadion draaide zijn maag zich om en vol afschuw keek hij toe hoe Mundaho, die kronkelend op de baan lag, snikkend en kreunend van de pijn, naar zijn verbrande en bloedende benen greep.

De andere sprinters waren blijven staan en keken geschokt en ongelovig achterom naar de slachting in baan één. De intense metallicachtige vlam doofde. Het stuk waar het blok had gestaan was verschroeid en er hing een verbrande chemische geur die Knight deed denken aan noodfakkels en brandende autobanden.

Ambulancepersoneel haastte zich naar de Kameroense sprinter en naar een paar wedstrijdofficials die ook door de brandende scherven waren geraakt.

'Ik wil dat iedereen die iets met dat startblok te maken heeft wordt aangehouden voor verhoor,' brulde Lancer in de portofoon, bijna buiten zinnen. 'Zoek degenen die de tijd in de gaten houden, de scheidsrechters, iedereen. Vastzetten! Allemaal!'

Om Knight heen kwamen de fans bij van de eerste schok. Sommigen moesten huilen, anderen vervloekten Cronus. Veel mensen liepen al naar de uitgang terwijl vrijwilligers en beveiligingspersoneel hun best deden de kalmte te bewaren.

'Kun je me op de baan krijgen, Jack? Mike?' vroeg Knight.

'Nee,' zei Jack.

'Hier ook nee,' zei Lancer. 'Scotland Yard heeft al bevolen dat alles afgegrendeld wordt voor het explosieventeam.'

Knight was plotseling razend dat dit Mundaho en de Olympische Spelen was overkomen. Ze waren verstrikt geraakt in de rotte uithoeken van een gestoorde geest en moesten boeten. Het maakte hem niet uit wat de sprinter volgens Cronus zou hebben gedaan.

Ongeacht wat hij wel of niet had gedaan, Mundaho verdiende het niet om verbrand op de baan te liggen. Hij had de andere sprinters weg moeten blazen in zijn jacht naar sportieve onsterfelijkheid. In plaats daarvan werd hij op een brancard getild.

De mensen om Knight heen applaudisseerden terwijl de ziekenbroeders de Kameroense sprinter naar de wachtende wagen rolden. Er zat een infuus in zijn arm en ze hadden hem dus medicijnen gegeven, hoewel Knight door zijn verrekijker zag dat de voormalige kindsoldaat nog steeds verging van de pijn.

Knight hoorde mensen zeggen dat de Londense overheid nu echt een einde aan de Spelen moest maken en was witheet dat Cronus misschien zou winnen, dat alles nu misschien afgelopen zou zijn. Maar toen hoorde hij een cynische opmerking van iemand in de menigte: er was geen denken aan dat de Spelen zouden worden afgeblazen. De man had een artikel gelezen in *The Financial Times* waarin stond dat de zakelijke sponsors van Londen 2012 en de officiële televisiemensen in het openbaar wel ontzet waren door Cronus' acties, maar privé heimelijk opgetogen waren over het feit dat de Spelen 24 uur per dag aandacht kregen en dat het publiek blijkbaar smulde van alle facetten van het verhaal.

'De kijkcijfers van de Olympische Spelen zijn nog nooit zo hoog geweest,' zei hij. 'Ik zeg het je: geen denken aan dat ze worden stopgezet.'

Knight had geen tijd hier verder over na te denken, want plotseling kwam Shaw de ingang naar het stadion uit rennen, samen met de resterende concurrenten voor de 400 meter. Hij hield de Kameroense vlag vast. Ze renden naar de achterkant van de ambulance en riepen de menigte op om te scanderen: 'Mundaho! Mundaho!'

De mensen die in het stadion waren gebleven deden uit volle borst mee. Sommigen huilden en juichten terwijl anderen Cronus en de Furiën luidkeels veroordeelden.

Ondanks het medische personeel om hem heen, ondanks de pijn die zijn lichaam teisterde en ondanks de medicijnen hoorde en zag Mundaho wat zijn medesporters en fans voor hem deden. Voordat hij in de ambulance werd geschoven, hief de Kameroense sprinter zijn rechterarm en balde zijn vuist.

Knight en alle anderen in het stadion juichten het gebaar toe. Mundaho was gewond maar niet gebroken, verbrand maar nog steeds een door de strijd geharde soldaat. Misschien zou hij nooit meer hardlopen, maar zijn geest en de Olympische spirit waren sterk.

HOOFDSTUK 79

Karen Pope dacht dat ze moest overgeven. Ze nam een paar maagtabletten en staarde niet-begrijpend naar de televisie op de nieuwsredactie van *The Sun* terwijl de Kameroense sprinter, die niet van wijken wist, achter in de ambulance werd geschoven. Zij en redacteur Finch wachtten op Cronus' meest recente brief. Evenals de rechercheurs van de Metropolitan Police, die in de hal op de koerier stonden te wachten, in de hoop er snel achter te komen waar de brief was opgehaald.

Pope wilde niet lezen wat Cronus over Mundaho te zeggen had. Het kon haar niet schelen. Ze ging naar haar redacteur en zei: 'Ik neem ontslag, Finchy.'

'Dat kan echt niet,' zei Finch kwaad. 'Waar heb je het over? Je hebt het verhaal van je leven te pakken. Doe er wat mee, Pope. Je bent briljant.'

Ze barstte in tranen uit. 'Ik wil er helemaal niets mee doen. Ik wil geen deel uitmaken van die moorden en verminkingen van mensen. Hiervoor ben ik geen journaliste geworden.'

'Jij vermoordt of verminkt toch niemand?' zei Finch.

'Maar ik help ze wel!' riep ze uit. 'Wij zijn net als de mensen die het manifest van de Unabomber in de vs publiceerden toen ik klein was! Wij helpen de moordenaars, Finch! Ik help ze, en dat doe ik niet meer. Ik kan het gewoon niet.'

'Jij helpt die moordenaars helemaal niet,' zei Finch, met een zachtere klank in zijn stem. 'En ik ook niet. We doen verslag van de moorden, zoals journalisten voor ons verslag deden van Jack the Ripper. Je helpt helemaal niemand, je stelt iets aan de kaak. Dat is onze plicht, Pope. Dat is jouw plicht.'

Ze staarde hem aan, ze voelde zich klein en onbelangrijk. 'Waarom ik, Finch?'

'Ik heb geen idee. Misschien komen we daar op een dag nog achter. Ik heb geen idee.'

Pope had geen argumenten meer. Ze draaide zich om, ging naar haar bureau, liet zich in haar stoel vallen en legde haar hoofd neer. Toen piepte haar BlackBerry, er kwam een bericht binnen.

Pope ademde diep uit, pakte de telefoon en zag dat het een e-mail met bijlage was van Cronus. Ze wilde haar telefoon aan stukken smijten, maar bleef de woorden van haar redacteur horen, die zei dat het haar plicht was deze gestoorde mensen aan de kaak te stellen.

'Hier is-ie, Finch,' riep ze met trillende stem door de ruimte. 'Iemand moet die politielui maar even gaan vertellen dat er geen koerier komt.'

Finch knikte en zei: 'Dat doe ik wel. Je hebt een uur tot de deadline.'

Pope aarzelde, werd toen boos en opende de bijlage.

Cronus had verwacht dat Mundaho op de baan zou sterven.

In zijn brief rechtvaardigde hij de 'moord' als 'een gerechtvaardigde vergelding voor de misdaad van hybris', een van de grootste Oudgriekse zonden. Arrogantie, ijdelheid, trots en een uitdager van de goden, daarvan beschuldigde Cronus Mundaho.

Hij had kopieën bijgevoegd van e-mails, sms'jes en Facebookberichten tussen Mundaho en zijn agent in Los Angeles, Matthew Hitchens. Volgens Cronus gingen de gesprekken tussen de mannen niet over de strijd om grootsheid en de goedkeuring van de goden te bereiken, zoals tijdens de antieke Spelen.

Nee, Cronus schilderde de correspondentie af als gefixeerd op geld en materiële winst, met lange discussies over hoe waarschijnlijk het was dat Mundaho's winst op de sprint 'drie-eenheid' gedurende de komende twintig jaar honderden miljoenen dollars zou opleveren.

'Mundaho heeft de gave die de goden hem hebben geschonken uitgevent,' eindigde Cronus. 'Het eenvoudige idee dat hij de snelste man zou zijn, was voor hem niet glorieus genoeg. Hij zag alleen winst en derhalve straalde zijn arrogantie jegens de goden nog helderder. Mundaho zag zichzélf als een god, gerechtigd tot grote rijkdommen en onsterfelijkheid. Voor de misdaad van hybris moet de vergelding altijd snel en doeltreffend zijn.'

Maar Mundaho is niet dood, dacht Pope zeer vergenoegd.

Ze riep naar Finch: 'Hebben we het telefoonnummer van Mundaho's agent?'

De redacteur dacht even na en knikte toen. 'Die staat op de speciale lijst die we voor de Spelen hebben opgesteld.'

Hij gaf het nummer aan Pope door, die een sms naar de agent opstelde: weet dat u voor mundaho werkt. Cronus beschuldigt hem en u. Bel me.

Pope verstuurde de sms, legde de telefoon neer en begon aan een opzetje op haar computer terwijl ze zichzelf bleef voorhouden dat ze Cronus niet hielp. Ze bestreed hem door hem aan de kaak te stellen.

Tot haar verbazing ging binnen vijf minuten haar telefoon. Het was een hoorbaar verontruste Matthew Hitchens, die op weg was naar het ziekenhuis waar ze Mundaho naartoe hadden gebracht. Ze sprak haar medeleven uit en vertelde hem toen van Cronus' beschuldigingen.

'Cronus vertelt niet het hele verhaal,' klaagde Hitchens bitter toen ze klaar was. 'Hij vermeldt niet waarom Filatri op al dat geld uit was.'

'Vertelt u me dat maar,' zei Pope.

'Hij was van plan met dat geld kinderen uit oorlogsgebieden te helpen, vooral degenen die ontvoerd waren en gedwongen als kindsoldaat te strijden in conflicten die ze niet begrepen en waar ze niet in geloofden. We hadden de Mundaho Stichting voor oorlogsweeskinderen al opgezet, waarmee Filatri zijn droom na de Olympische Spelen zou kunnen verwezenlijken. Ik kan u de oprichtingsakte laten zien. Hij heeft die lang voor de wedstrijd in Berlijn ondertekend, lang voordat er sprake van was dat hij drie keer goud zou kunnen winnen.'

Toen Pope dat hoorde, wist ze hoe ze terug kon vechten. 'U wilt dus zeggen dat, naast het feit dat Cronus de dromen en het leven van één voormalig kindsoldaat heeft verwoest, hij ook de hoop en kansen van door de oorlog getekende kinderen overal ter wereld misschien de grond in heeft geboord?'

Hitchens kreeg een brok in zijn keel toen hij zei: 'Ik denk dat deze tragedie daar wel zo ongeveer op neerkomt.'

Pope dacht aan Mundaho, balde haar vrije hand tot een vuist en zei: 'Dan komt dat in mijn verhaal te staan, meneer Hitchens.'

HOOFDSTUK 80

Maandag 6 augustus 2012

Een storm raast met orkaankracht door mijn hoofd en strooit bliksemschichten rond die feller zijn dan ontbrandend magnesium. Alles om me heen lijkt verzadigd van felle blauwe en rode vlekken die niet zozeer flikkeren of sprankelen, maar eerder schroeien en bloeden.

Die stomme trut. Ze heeft ons verraden. En Mundaho is zijn gerechte straf ontlopen. Ik wil elk monster in Londen vernietigen.

Maar ik neem genoegen met een van hen. Ik ben me er maar al te zeer van bewust dat deze handeling de zorgvuldige balans die ik meer dan vijftien jaar heb gehanteerd kan verstoren. Als ik dit verkeerd aanpak, zou het me kunnen nekken.

De storm in mijn hoofd staat me echter niet toe deze gevolgen lang te overdenken. In plaats daarvan zie ik mezelf als in een flakkerende oude film een mes in mijn moeders dij steken, steeds maar weer, en ik herinner me in een stortbui van rauwe emotie hoe goed, hoe juist het voelde om wraak te nemen nadat mij onrecht was aangedaan.

Petra staat op me te wachten als ik rond vier uur 's nachts thuiskom. Haar diep weggezonken ogen zijn rood en staan angstig. We zijn samen. De andere zusters zijn met nieuwe opdrachten bezig.

'Alsjeblieft, Cronus,' begint ze. 'Die vingerafdruk was een fout.'

De orkaan tolt weer heftig rond in mijn hoofd en het lijkt alsof ze mij vanaf de andere kant van een wervelende, knetterende koker bekijkt.

'Een fout?' zeg ik met zachte stem. 'Besef je wel wat je hebt gedaan? Je hebt de honden op ons afgestuurd. Ze ruiken je, Andjela. Ze ruiken je zusters. Ze ruiken mij. De kooi en de galg staan al voor ons klaar.'

Petra's gezicht vertrekt van een woede die even groot is als de mijne. 'Ik geloof in je, Cronus. Ik heb je mijn leven gegeven. Ik heb beide Chinese coaches voor je vermoord. Maar inderdaad, ik heb een fout gemaakt. Eén fout!'

'Niet één,' antwoord ik met diezelfde zachte stem. 'Je hebt je pruik achtergelaten in de muur van de toiletten van de turnarena. Ze hebben je DNA nu ook. Dat was een impulsieve daad. Je hebt je niet aan het plan gehouden.'

Petra begint te trillen en te huilen. 'Wat wil je dat ik doe, Cronus? Wat kan ik doen om het goed te maken?'

Een paar tellen geef ik geen antwoord, maar dan zucht ik en loop met gespreide armen naar haar toe. 'Niets, zuster,' zeg ik. 'Je kunt niets doen. We vechten door.'

Petra aarzelt, maar komt dan in mijn armen en omhelst me zo stevig dat ik heel even niet weet wat te doen.

Maar dan zie ik het beeld voor me van een infuus in mijn arm, dat is verbonden aan een plastic zakje met vloeistof, en heel eventjes denk ik aan wat dat beeld voor me heeft betekend, hoe het me heeft verteerd, voortgedreven, me gemaakt tot wat ik ben. Ik ben veel langer dan Petra. Dus hoe ik haar ook omhels, mijn armen vallen als vanzelf om haar nek en ik druk haar wang stevig tegen mijn borst.

'Cronus,' begint ze, voordat ze voelt dat de druk zich opbouwt. Ze kan bijna geen adem meer halen.

'Nee!' kan ze nog net hees uitbrengen en dan begint ze wild om zich heen te meppen, ze probeert me te slaan en te schoppen.

Ik weet maar al te goed hoe gevaarlijk Petra is, hoe fel ze kan vechten als ze de kans krijgt. Maar mijn greep op haar nek is meedogenloos en wordt steeds strakker en steviger, waarna ik een grote stap terug doe en dan een felle draai met mijn heupen maak.

Hierdoor sleur ik Petra de lucht in en ze zwaait zo snel omhoog dat ik als ik mijn gewicht de andere kant op gooi, de wervels in haar nek hoor kraken en versplinteren alsof ze door de bliksem is getroffen.

HOOFDSTUK 81

Woensdag 8 augustus 2012

Kort na tienen die ochtend stond Marcus Morris op de stoep voor het parlement ongemakkelijk heen en weer te schuifelen, maar keek toen vol zelfvertrouwen naar de camera's, microfoons en de groep journalisten om hem heen. 'Hoewel hij onze gerespecteerde collega blijft, een man die meer dan tien jaar heeft gewerkt aan de totstandkoming van deze Spelen, is Michael Lancer voor de verdere duur van de Olympische Spelen ontheven van zijn taken.'

'Dat werd godverdomme weleens tijd!' riep iemand, en toen barstte de meute rond Karen Pope los in vragen voor de voorzitter van het Londense organisatiecomité, alsof het handelaren waren die geld verloren op de aandelenmarkt.

Op de meeste vragen wilde Pope zelf ook wel antwoord hebben. Zouden de Spelen gewoon doorgaan? Of werden ze opgeschort? Als ze doorgingen, wie zou Lancer dan vervangen als hoofd beveiliging? En hoe zat het met het groeiende aantal landen dat hun teams uit de competitie terugtrok? Zouden ze naar de sporters moeten luisteren, die onwrikbaar betoogden tegen het afgelasten of onderbreken van de Spelen?

'Wij luisteren naar de sporters,' volhardde Morris krachtig. 'De Spelen gaan verder. De Olympische idealen en spirit zullen voortbestaan. Wij zullen niet bezwijken onder deze druk. Vier topspecialisten van Scotland Yard, MI5, SAS en Private zullen de laatste vier dagen van de Spelen toezicht houden op de beveiliging. Ik vind het persoonlijk heel jammer dat sommige landen ervoor hebben gekozen om te vertrekken. Dat is een tragedie voor de Spelen en voor de sporters. Voor de rest gaan de Spelen door.'

Morris liep vervolgens achter agenten van de Metropolitan Police aan, die een opening in de menigte forceerden en hem naar een wachtende auto begeleidden. De grote meerderheid van de media stroomde als één man achter de voorzitter van het LOCOG aan, nog steeds allerlei vragen brullend.

Pope deed dat niet. Ze leunde tegen het smeedijzeren hek dat om het parlementsgebouw heen staat en herlas haar aantekeningen en verslagen van vanochtend en gisteravond.

Op een slimme manier had ze Elaine Pottersfield aan de lijn gekregen en niet alleen gehoord dat de zoektocht naar Selena Farrell en James Daring was verhevigd, maar ook dat men zich richtte op het ontplofte startblok, dat Filatri Mundaho had verminkt.

Mundaho lag in kritieke toestand in het London Bridge-ziekenhuis, maar men zei dat hij een enorme strijdlust toonde, na twee spoedoperaties om de scherven te verwijderen en zijn brandwonden te behandelen.

Het startblok was een ander verhaal. Het geëxplodeerde blok was gemaakt door Stackhouse Athletic Equipment en was gebaseerd op het befaamde TI008 International Best-systeem. In de dagen ervoor tijdens de kwalificaties was het al tien keer door tien verschillende sprinters gebruikt.

De blokken werden onder toezicht van IOC-baanofficials naar en van de baan gebracht en opgezet door een team specialisten dat zeiden dat er voor de explosie niets vreemds te zien was aan de blokken. Een aantal specialisten was zelfs tegelijk met Mundaho gewond geraakt.

Tussen de wedstrijden door werden de blokken opgeborgen in een speciale ruimte onder het stadion. De Olympische atletiekofficial die de startblokken zaterdagavond voor de explosie had opgeborgen was dezelfde die de bergruimte laat die zondagmiddag had geopend. Hij heette Javier Cruz, een Panamees, en was het zwaarst gewond geraakt van alle officials. Hij had een oog verloren door het rondvliegende metaal.

Bomexperts van Scotland Yard zeiden dat het apparaat een blok metaal was en een exacte replica van die van Stackhouse. Dit bewerkte blok was echter uitgehold, waarna er magnesiumschaafsel en een ontstekingsmechanisme in waren gelegd. Magnesium is een zeer licht ontvlambaar materiaal en explodeert en brandt met de intensiteit van acetyleen.

Pottersfield had gezegd: 'Een normale man zou zijn gedood. Maar Mundaho's bovenmenselijke reactietijd heeft zijn leven gered, zo niet zijn ledematen.'

Pope sloeg haar notitieboekje dicht en vond dat ze genoeg had om een stuk te schrijven. Ze dacht er even over om Peter Knight te bellen, om te zien of hij nog iets kon toevoegen aan wat ze al wist, maar toen zag ze een lange man via de bezoekerspoort uit het parlement vertrekken, met zijn schouders naar voren terwijl hij snel zuidwaarts over St. Margaret Street liep, in tegengestelde richting aan die van de journalisten die zich nu verspreidden.

Ze keek achterom naar hen, besefte dat niemand Michael Lancer had opgemerkt en rende achter hem aan. Ze bereikte Lancer toen hij de Victoria Tower Gardens in liep.

'Meneer Lancer?' riep ze en ze vertraagde haar pas toen ze bij hem was. 'Karen Pope, van *The Sun*.'

Het voormalige hoofd beveiliging zuchtte en keek haar zo vertwijfeld aan dat ze hem bijna geen vragen durfde te stellen. Maar in haar hoofd hoorde ze Finch al tegen haar schreeuwen dat ze door moest zetten.

'Uw ontslag,' zei ze. 'Vindt u het terecht?'

Lancer aarzelde, hij worstelde even met die vraag en liet toen zijn hoofd hangen. 'Ja. Ik wilde dat de Spelen in Londen de geweldigste en veiligste in de hele geschiedenis zouden zijn. Ik weet dat we tijdens de voorbereidingen in de loop der jaren met alle mogelijke scenario's rekening hebben proberen te houden. Maar het is nu eenmaal zo dat we niet hebben gedacht aan iemand als Cronus, een fanaticus met een klein groepje volgers. Kort en krachtig: ik heb gefaald. Ik zal verantwoordelijk worden gehouden voor de gebeurtenissen. Die verantwoordelijkheid zal ik moeten dragen, en niemand anders. En nu, als u me wilt verontschuldigen, moet ik een manier gaan vinden om daarmee in het reine te komen.'

HOOFDSTUK 82

Vrijdag 10 augustus 2012

Dit is de laatste keer dat ik deze afschuwelijke plek hoef te bezoeken, dacht Teagan toen ze een rugzak door een gat in een hekwerk duwde dat om een verlaten en verontreinigd fabrieksgebouw in de Docklands heen stond, een paar kilometer van het Olympisch park.

Ze wurmde zichzelf er na de rugzak doorheen, pakte hem op en keek naar de inktzwarte lucht. Ergens loeide een misthoorn. De zon zou al snel opkomen en ze had nog veel te doen voordat ze deze gruwelijke plek voor altijd kon verlaten.

De dauw intensiveerde de geur van onkruid terwijl ze snel naar de donkere schaduw van het verlaten gebouw liep. Ze dacht aan haar zus Petra, hoe ze haar nieuwe leven op Kreta aan het inrichten was. Teagan had het verhaal over de vingerafdruk gelezen en was bang geweest dat Cronus krankzinnig boos op haar zus zou zijn. In plaats daarvan was zijn reactie praktisch geweest, niet wraakzuchtig: haar zus was vooruitgestuurd naar Griekenland om het huis in orde te maken waar ze gingen wonen als dit allemaal voorbij was.

Terwijl ze door een raam dat ze maanden daarvoor had ingetrapt het gebouw binnenklom, stelde ze zich het huis voor waar Petra was, op een klif boven de Egeïsche Zee, wit afgetekend tegen een kobaltblauwe lucht, voorzien van alles wat ze ooit zouden willen of nodig hebben.

Ze knipte een dunne zaklamp met rood glas ervoor aan, klemde hem op de pet die ze droeg en zocht bij de zachte gloed haar weg door de voormalige productieruimte van de textielfabriek. Op haar hoede voor stukken afval liep ze naar een trap die afdaalde in een muffe kelder.

Het duurde niet lang of ze werd overvallen door een sterkere geur waar haar ogen zo van moesten tranen en die zo smerig was dat ze niet meer door haar neus kon ademen. Ze legde de rugzak op een bankje met drie poten. Terwijl ze met haar lijf het bankje stutte zodat het niet zou wiebelen, haalde ze acht infuuszakken uit de rugzak.

Teagan legde ze in de juiste volgorde en trok toen met een injectiespuit vloeistof uit een buisje, die ze in vier gelijke delen in vier zakjes spoot. Toen ze klaar was, pakte ze de sleutel die aan een ketting om haar nek hing en nam in elke hand vier infuuszakjes.

Toen ze de deur bereikte, waar de stank het hevigst was, zette ze de zakjes op de vloer en stak de sleutel in het hangslot. De beugel klikte open. Ze stopte het slot in haar zak en duwde de deur open. Ze wist dat als ze door haar neus zou inademen, ze zeker zou kokhalzen.

Uit het duister klonk een gekreun, dat nu gegrom werd.

'Etenstijd,' zei Teagan en sloot de deur achter zich.

Een kwartier later kwam ze de opslagruimte uit in de volle overtuiging dat ze de juiste stappen had ondernomen en haar taak goed had uitgevoerd. Nog vier dagen...

Boven zich op de oude productievloer hoorde ze kabaal. Ze hoorde mensen lachen en elkaar uitjouwen waarna er een geraas door de verlaten fabriek klonk. Ze verstarde en dacht na.

Teagan was het afgelopen jaar zeker tien keer in de fabriek geweest. Ze was nog nooit iemand anders tegengekomen en verwachtte dat ook niet. Het gebouw was vervuild met oplosmiddelen, zware metalen en andere kankerverwekkende stoffen en op het hek buiten hingen talloze waarschuwingsborden met het teken voor giftig afval.

Haar eerste reactie was in de aanval te gaan. Maar Cronus was heel duidelijk geweest. Geen confrontaties die vermeden kunnen worden.

Ze knipte haar zaklamp uit, draaide zich om, tastte naar de deur van de opslagruimte en deed hem dicht. Ze voelde in haar zak naar het hangslot, kreeg het eindelijk te pakken en haakte de beugel door de ijzeren ringen op de deur en de deurstijl. Er viel een fles van de trap achter haar, die op de keldervloer uiteenspatte. Ze hoorde naderende voetstappen en dronken mannenstemmen.

Teagan reikte in het donker naar het slot en voelde de beugel dichtklikken, waarna ze een paar passen wegrende en toen onzeker bleef staan. Zat het slot echt goed dicht?

De straal van een zaklamp gleed over de trap. Deze keer ging ze er zonder aarzeling vandoor, op haar tenen zoals een sprinter. Lang geleden had ze de plattegrond van de fabriek in haar geheugen geprent, dus ze dook een gang in die haar naar een stenen trap en een scheidingsdeur zou brengen.

Twee minuten later stond ze buiten. De dageraad strekte zijn eerste roze vingers van licht uit in de Londense lucht. Ze hoorde nog meer kabaal en geschreeuw in de fabriek en kwam tot de conclusie dat het waarschijnlijk een stelletje dronken kerels waren die iets wilden vernielen. Ze hield zichzelf voor dat als ze de geur in die kelder opsnoven, ze echt niet verder op onderzoek zouden gaan. Maar terwijl ze terugkroop door het gat in het hek was het enige waaraan Teagan kon denken het hangslot, en of het nou wel echt was dichtgeklikt.

HOOFDSTUK 83

Halverwege de middag van die tweede vrijdag van de Spelen, de twee na laatste competitiedag, kwam Peter Knight het lab van Private Londen binnen en liep snel maar voorzichtig naar Hooligan, met een doos die in bruin papier en plakband was verpakt.

'Is dit een bom?' vroeg Knight bloedserieus.

De hoofdwetenschapper van Private Londen rukte zich los van de sportpagina van *The Sun*, waarop men de kansen van Engeland tegen Brazilië in de Olympische voetbalfinale gunstig inschatte. Hij keek ongerust naar het pakketje. 'Hoezo?'

Knight tikte op het adres van de afzender.

Hooligan kneep zijn ogen samen. 'Dat kan ik niet lezen.'

'Omdat het Oudgrieks is,' zei Knight. 'Er staat "Cronus".'

'Fok.'

'Inderdaad,' zei Knight, die de doos op de tafel naast de wetenschapper zette. 'Ik heb hem net van de receptie meegenomen.'

'Hoor je iets binnenin?' vroeg Hooligan.

'Geen getik.'

'Het kan een digitale zijn. Of een met afstandsbediening.'

Knight keek alsof hij onpasselijk werd. 'Moeten we het gebouw ontruimen? De explosievenopruimingsdienst bellen?'

De wetenschapper krabde in zijn sjofele rode baard. 'Dat moet Jack beslissen.'

Twee minuten later stond Jack in het lab naar de doos te kijken. De Amerikaan zag er uitgeput uit. Hij genoot net van een van de zeer spaarzame onderbrekingen in de leiding over de beveiliging van het Olympisch park, sinds hij die maandag had overgenomen. Er waren geen aanslagen meer geweest na het incident met Mundaho en volgens Knight kwam dat voornamelijk door Jacks enorme inzet.

'Kun je hem door de röntgen halen zonder ons op te blazen?' vroeg Jack.

'Ik kan het altijd proberen, hè?' zei Hooligan, die de doos oppakte alsof die hem ieder moment kon bijten. Hij bracht de doos naar een werktafel aan het andere eind van het lab. Hij zette een draagbare scanner aan, zo een die ook bij alle toegangscontroles werd gebruikt, zette de doos ervoor en wachtte tot het apparaat klaar was.

Knight keek naar de doos alsof die zijn lot kon bezegelen en vocht tegen zijn aandrang het lab te verlaten. Hij had twee kinderen, die morgen drie jaar werden. In sommige opzichten had hij nog steeds een moeder. Kon hij het risico nemen om in een afgesloten ruimte te verblijven met een potentieel explosief apparaat? Om zijn gedachten op iets anders dan het gevaar te richten, keek hij naar het scherm met de hoogtepunten uit het nieuws: beeld na beeld van gouden medaillewinnaars van over de hele wereld die een overwinningsrondje liepen met de vlag van hun land en die van Kameroen.

Het was allemaal spontaan gebeurd, de sporters die hun respect voor Mundaho tot uiting brachten en Cronus tartten. Talloze mensen hadden met de Kameroense vlag gelopen, onder wie het Engelse voetbalteam na de winst in de halve finale tegen Duitsland drie avonden ervoor. De media vraten het en beschreven de actie als een universeel protest tegen de krankzinnige die de Spelen belaagde. De Amerikaanse Hunter Pierce bleef de leiding houden van het protest tegen Cronus. De schoonspringster was bijna elke dag geïnterviewd sinds de tragedie die Mundaho was overkomen en elke keer had ze vastberaden gesproken over de solidariteit van de sporters die weigerden de Spelen stop te laten zetten of te onderbreken.

Mundaho's toestand was verbeterd naar 'ernstig'. Hij had derdegraads brandwonden en andere wonden op zijn onderlichaam, maar men zei dat hij bij was, weet had van de protesten en dat hij levenslust kreeg van de wereldwijde steunbetuigingen.

Hoe hartverwarmend dat ook allemaal was, Knight wendde zijn aandacht toch weer van het scherm af, in de overtuiging dat de aanslagen niet zouden stoppen vanwege de protesten van de sporters. Cronus zou voor het einde van de Spelen nogmaals toeslaan. Daar was Knight van overtuigd.

Maar waar? En wanneer? De estafette morgenmiddag? De voetbalfinale tussen Engeland en Brazilië in het Wembleystadion zaterdagavond? De mannenmarathon op zondag? Of de slotceremonie die avond?

'Nou, daar gaan we,' zei Hooligan, en hij duwde de doos van Cronus op een kleine lopende band die door de scanner heen liep. Hij draaide het scherm van de scanner zodat ze het allemaal konden zien.

De doos kwam in zicht, net als de inhoud.

Knight kromp ineen.

'Jezus,' zei Jack. 'Zijn die echt?'

HOOFDSTUK 84

De doodsbleke handen van de vrouw waren bij de pols afgesneden met een mes en een zaag. Het vlees was glad en de uiteinden van de botten gerafeld en versplinterd.

Hooligan vroeg: 'Zal ik vingerafdrukken nemen?'

'Laat dat maar aan Scotland Yard over,' zei Jack.

'Het maakt niet uit,' zei Knight, 'ik wil wedden dat die handen van een oorlogsmisdadigster zijn.'

'Van Andjela Brazlic?' vroeg Jack.

Hooligan knikte. 'Die kans lijkt me aanzienlijk, toch?'

'Waarom zijn ze naar jou gestuurd?' vroeg Jack Knight.

'Dat weet ik niet.'

De vraag zat Knight nog steeds dwars toen hij later die avond naar huis ging. Waarom hij? Hij nam aan dat Cronus een boodschap afgaf met die handen. Maar wat voor boodschap? Over de vingerafdruk die ze op het pakketje had achtergelaten? Was dit Cronus' manier om te laten zien hoe meedogenloos hij was?

Knight belde Elaine Pottersfield. Hij vertelde haar dat Hooligan de handen naar Scotland Yard bracht en zei van wie ze dachten dat ze waren.

'Als het de handen van Andjela Brazlic zijn, is er onenigheid in Cronus' gelederen ontstaan,' speculeerde de inspecteur.

'Of Cronus wil gewoon zeggen dat het zinloos is om deze oorlogsmisdadigster nog langer te zoeken. Ze heeft een fout gemaakt. En nu is ze dood.'

'Was dat alles?' vroeg ze.

'We gaan morgenochtend naar Kates bos,' zei Knight. 'En het feestje is om halfzes.'

De stilte was kort. 'Het spijt me, Peter,' zei ze en ze hing op.

Knight kwam rond tienen thuis en vroeg zich af of zijn schoonzus ooit met hem, of met Kates dood in het reine zou komen. Pas toen hij bij de voordeur stond, mocht hij van zichzelf terugdenken aan ongeveer hetzelfde moment drie jaar geleden, waarop wijlen zijn vrouw ging bevallen.

Hij herinnerde zich opeens Kates gezicht toen haar vliezen waren gebroken, waarop geen angst te lezen was, alleen maar pure vreugde over het komende wonder. Daarna dacht hij aan de ambulance die haar meenam. Knight opende de deur en ging naar binnen, even perplex en overmand door verdriet als zesendertig maanden geleden.

Het huis rook naar chocolade en op de tafel in de gang lagen twee cadeaus in felgekleurd pakpapier. Hij trok een grimas, want hij besefte dat hij nog geen kans had gezien iets voor zijn kinderen te kopen. Zijn werk had hem helemaal opgeslokt. Of had hij zich helemaal láten opslokken zodat hij niet aan hun verjaardag en aan de sterfdag van hun moeder hoefde te denken?

Zonder daar echt een antwoord op te weten, bekeek Knight de cadeaus en zag verbaasd dat ze van zijn moeder waren. Op de kaartjes stond: 'Liefs, oma'.

Hij glimlachte en de tranen sprongen in zijn ogen. Als zijn moeder de tijd had genomen om gedurende haar afzondering, verdriet en verbittering cadeaus voor haar kleinkinderen te kopen, dan stond ze het zichzelf misschien toch niet toe zich zo volledig terug te trekken als ze na zijn vaders dood had gedaan.

'Ik ga naar huis, meneer Knight,' zei Marta, die de keuken uitkwam. 'Ze slapen. De keuken is schoon. We hebben toffee gemaakt. Luke heeft vergeefs geprobeerd op de grotemensenwc te gaan. Ik heb spullen voor het feestje gekocht en een taart besteld. Ik kan morgen de hele dag hier zijn voor het feestje. Maar zondag moet ik vrij hebben.'

Zondag. De mannenmarathon. De slotceremonie. Knight moest beschikbaar zijn. Misschien kon hij zijn moeder of Boss overhalen om nog een keer te komen oppassen.

'Zondag heb je vrij, en je hoeft hier morgen niet voor twaalven te zijn,' zei Knight. 'Ik ga altijd met ze naar Epping Forest en de High Beach-kerk op de ochtend van hun verjaardag.'

'Waarom daarheen?' vroeg ze.

'Wijlen mijn vrouw en ik zijn in die kerk getrouwd. Haar as is verstrooid daar in het bos. Ze kwam uit Waltham Abbey en het bos was een van haar favoriete plekken.'

'O, sorry,' zei Marta niet op haar gemak, en ze liep naar de deur. 'Tot twaalf uur, dan.'

'Dat is prima,' zei hij en hij sloot de deur achter haar.

Hij deed het licht uit, wierp nog een blik naar binnen bij zijn kinderen en ging naar zijn slaapkamer.

Knight zat op de rand van zijn bed te kijken naar Kate, die vanaf de foto naar hem keek. Hij herinnerde zich alle levendige details van hoe ze was gestorven.

Hij barstte in huilen uit.

HOOFDSTUK 85

Zaterdag 11 augustus 2012

'Ik ben drie!' gilde Isabel in haar vaders oor.

Hij schrok wakker uit een nachtmerrie waarin Kate gegijzeld werd door Cronus, niet de gek die de Olympische Spelen belaagde maar het antieke Griekse personage met de lange zeis die graag zijn kinderen wilde opslokken. Druipend van het zweet, zijn gezicht vertrokken van angst keek Knight verbaasd naar zijn dochter, die er ontdaan uitzag en een stap terugdeed van haar vader, met haar dekentje stevig tegen haar wang gedrukt.

Hij kwam weer tot zichzelf en dacht: er is niets met haar aan de hand! Er is niets met Luke aan de hand! Het was gewoon een afgrijselijke droom.

Knight ademde uit, glimlachte en zei: 'Moet je zien hoe groot je bent!'

'Drie,' zei Isabel en ze glimlachte weer.

'Lukey ook drie!' meldde zijn zoon in de deuropening.

'Dat meen je niet,' zei Knight, terwijl Luke op bed sprong en in zijn armen viel. Isabel klom achter Luke aan en ging tegen hem aan liggen.

Hun geur omringde hem en kalmeerde hem en deed hem weer beseffen wat een geluk hij had dat zij in zijn leven waren. Ze waren een deel van Kate dat zou voortleven en opgroeien.

'Cadeautjes?' vroeg Luke.

'Die zijn er nog niet,' zei Knight iets te snel. 'Pas op het feestje.'

'Nee, papa,' protesteerde Isabel. 'Die grappige man brengt gisteren cadeautjes. Ze liggen beneden.'

'Heeft meneer Boss ze gebracht?'

Zijn zoon knikte verbeten. 'Boss vindt Lukey niet aardig.'

'Dat is dan pech voor hem,' zei Knight. 'Ga de cadeautjes maar halen. Dan kunnen jullie ze hier openmaken.'

Ze klauterden wild van het bed af. Twintig seconden later waren ze terug in de kamer, naar adem snakkend en grijnzend als idioten.

'Ga je gang,' zei Knight.

Giechelend scheurden ze de verpakking aan flarden en in recordtempo hadden ze de cadeautjes van Amanda opengemaakt. Isabel kreeg een prachtig zilveren medaillon aan een ketting. In het medaillon zat een foto van Kate.

'Dat mama?' vroeg Isabel.

Knight was diepgeroerd door zijn moeders attente gebaar. 'Ja, zo kun je haar altijd met je meenemen,' zei hij schor.

'Wat dit?' vroeg Luke, die zijn cadeau achterdochtig bekeek. Knight pakte het aan, bekeek het en zei: 'Dit is een heel speciaal horloge, voor een heel grote jongen. Zie je, op de wijzerplaat staat Harry Potter, de beroemde tovenaar, en op de achterkant is je naam gegraveerd.'

'Grotejongenshorloge?' vroeg Luke.

'Ja,' zei Knight, en zei toen plagend: 'We leggen hem wel weg tot je groter bent.'

Woest stak zijn zoon zijn pols uit. 'Nee! Lukey grote jongen! Lukey drie!'

'Dat was ik helemaal vergeten,' zei Knight en hij deed het horloge om de pols van zijn zoon, waarbij hij blij verrast zag dat het bandje bijna perfect paste.

Terwijl Luke rondparadeerde en zijn horloge bewonderde, hing Knight het medaillon om Isabels hals, klikte de sluiting dicht en zei 'oe' en 'aa' toen ze zichzelf in de spiegel bekeek, het evenbeeld van Kate als jong meisje.

Hij verschoonde Luke, waste ze allebei en gaf hun te eten, waarna hij Isabel een jurk aantrok en zijn zoon een blauwe korte broek en een blouse met witte kraag. Met de vermaning dat ze hun kleren niet vies moesten maken, sprong Knight onder de douche en had zich in een recordtijd geschoren en aangekleed. Ze gingen om negen uur weg, naar de garage een paar straten verderop om de Range Rover op te halen, die ze zelden gebruikten.

Knight reed naar het noorden met Isabel en Luke in hun autostoeltjes achter hem en luisterde naar het radionieuws. Het was de laatste volle dag met Olympische wedstrijden, met diverse estafettefinales die avond.

De nieuwslezers praatten over de zware kritiek op Scotland Yard en MI5 omdat die er niet in slaagden een doorbraak te forceren in het onderzoek naar Cronus. Er werd echter niets gezegd over de handen van de oorlogsmisdadigster. Pottersfield had gevraagd of dat voorlopig onder de pet kon blijven.

Veel sporters die geen wedstrijden meer hadden, vertrokken al. De meeste anderen, onder wie Hunter Pierce, hadden gezegd dat ze tot het einde in het Olympisch park zouden blijven, wat Cronus en zijn Furiën ook zouden uithalen.

Knight reed naar Enfield, en toen richting het zuiden en oosten van Waltham Abbey naar High Beach en Epping Forest.

'Veel bomen,' zei Isabel toen ze het bos in reden.

'Je mama was dol op veel bomen.'

Het vlekkerige zonlicht scheen door de bladeren van de bomen rond de High Beach-kerk, die op een open plek een eindje het bos in stond. Verscheidene auto's waren er geparkeerd, maar Epping Forest was een populaire plek om te wandelen en Knight verwachtte niet dat iemand anders hier speciaal voor Kate was. Zijn moeder was weggezonken in haar eigen verdriet en Kates ouders waren allebei al jong overleden.

Ze gingen de lege kerk in, waar Knight de kinderen allebei een kaars liet aansteken ter herinnering aan hun moeder. Hij stak er ook een aan voor Kate en toen nog vier voor zijn collega's die bij het vliegtuigongeluk waren omgekomen. Hij pakte Isabel en Luke bij de hand en liep met ze de kerk uit, een pad op dat het bos in leidde.

Een zacht briesje ruiste door de blaadjes. Zes of zeven minuten later werd de begroeiing wat dunner en ze stapten over een ingestorte stenen muur een dunbegroeid bosje in met oude eiken, die groeiden in het lange wilde gras dat zuchtte in de zomerwind.

Knight stond hier even naar te kijken, met zijn kinderen dicht tegen zich aan. Hij deed zijn best om voor hen zijn emoties te beheersen.

'Jullie mama ging als meisje naar die kerk, en ze vond het ook heerlijk om hiernaartoe te gaan,' vertelde hij hun zachtjes. 'Ze zei dat de bomen zo oud waren dat dit een gezegende plaats was waar ze met God kon praten. Daarom heb ik haar as...'

Zijn stem stokte.

'Dat was een perfecte keus, Peter,' zei een vrouw emotioneel achter hen. 'Dit was Kates favoriete plek.'

Knight draaide zich om en veegde de tranen met zijn mouw weg.

Isabel hield zich stevig vast aan zijn broekspijp en vroeg: 'Wie is die mevrouw, papa?'

Knight glimlachte. 'Dat is je tante Elaine, liefje. De oudere zus van mama.'

HOOFDSTUK 86

'Ik wist dat ik het feestje niet zou redden,' legde Knights schoonzus zachtjes uit op de rit terug naar Londen terwijl de kinderen
sliepen op de achterbank. 'En ik dacht ook dat ik me beter zou
voelen als ik ze daar ontmoette.'

Ze kwamen in de buurt van de garage waar Knight de Range
Rover stalde.

'Was dat ook zo?' vroeg Knight.

Pottersfield knikte en haar ogen werden glazig. 'Het leek juist,
alsof ik haar daar kon voelen.' Ze aarzelde en zei toen: 'Sorry.
Voor hoe ik je heb behandeld. Ik weet dat het Kates beslissing
was om thuis te bevallen. Ik–'

'Daar hebben we het niet meer over,' zei Knight, die de auto
parkeerde. 'Dat hebben we achter ons gelaten. Mijn kinderen
hebben het geluk dat jij nu in hun leven bent. Ik heb het geluk
dat jij in mijn leven bent.'

Ze zuchtte en glimlachte verdrietig. 'Goed dan. Zal ik even
helpen?'

Knight keek achterom naar zijn slapende kinderen. 'Ja, ze
worden te groot om ze die hele afstand in mijn eentje te dragen.'

Pottersfield pakte Isabel en Knight Luke en ze liepen de twee
straten naar zijn huis. Hij hoorde dat de televisie aanstond.

'Het nieuwe kindermeisje,' zei hij, zoekend naar zijn sleutels.
'Ze is altijd te vroeg.'

'Dat hoor je niet vaak.'

'Ze is inderdaad geweldig,' vond Knight. 'Een wonder, de

enige die hen ooit heeft kunnen temmen. Ze hoeft maar met haar vingers te knippen en ze ruimen hun kamer op en gaan slapen.'

Hij opende de deur en Marta verscheen bijna onmiddellijk. Ze fronste haar voorhoofd toen ze Luke slapend over zijn vaders schouder zag hangen. 'Te veel opwinding, denk ik,' zei ze. Ze nam hem over van Knight en keek nieuwsgierig naar Pottersfield.

'Marta, dit is Elaine,' zei Knight. 'Mijn schoonzus.'

'O, hallo,' zei Pottersfield, die een blik op Marta wierp. 'Peter geeft hoog van u op.'

Marta lachte nerveus en boog haar hoofd. 'Wat aardig van meneer Knight.' Ze zweeg even en vroeg: 'Heb ik u niet op televisie gezien?'

'Misschien. Ik werk bij Scotland Yard.'

Marta leek net antwoord te willen geven toen Isabel chagrijnig wakker werd, naar haar tante keek en jammerde: 'Ik wil mijn papa.'

Knight pakte haar en zei: 'Papa moet een paar uur aan het werk, maar hij is op tijd terug voor het feestje.'

Marta zei: 'Zullen we zo de taart gaan halen? En ballonnen?'

Isabel vrolijkte op en Luke werd wakker. Pottersfields mobiel ging.

De hoofdinspecteur van Scotland Yard luisterde aandachtig, knikte en zei toen: 'Waar nemen ze haar mee naartoe?'

Marta nam Isabel van Knight over en bracht haar en Luke door de gang naar de keuken. 'Wie wil er appelsap?'

Pottersfield klapte haar telefoon dicht, keek naar Knight en zei: 'Een politieagent heeft zojuist Selena Farrell opgepikt, die verward, smerig en onder haar eigen uitwerpselen ergens in de restanten van de oude Beckton-gasfabriek rondzwierf. Ze brengen haar naar het London Bridge-ziekenhuis.'

Knight keek om naar Marta, die de hand van Isabel en Luke stevig vasthield.

'Ik ben om vijf uur terug om je te helpen de versieringen op te hangen,' beloofde hij.

'Dan is alles al gedaan en klaar,' antwoordde ze vol zelfvertrouwen. 'Laat alles maar aan mij over, meneer Knight.'

HOOFDSTUK 87

'Weet je het zeker?' wil ik weten. Ik doe alles wat in mijn macht ligt om niet in mijn mobiele telefoon te schreeuwen.

'Honderd procent,' sist Marta terug. 'Ze is gevonden terwijl ze over het Beckton-terrein rondzwierf, niet ver van de fabriek. Wie was daar het laatst?'

Eerst Petra en nu jij, Teagan, denk ik moordzuchtig terwijl ik naar Marta's zuster kijk, die naast me achter het stuur van haar auto zit. Mijn gedachten kolken weer. Maar ik antwoord Marta cryptisch: 'Maakt dat wat uit?'

'Ik zou de fabriek maar gaan schoonmaken als ik jou was,' zegt Marta. 'Ze zitten ons op de hielen.'

Dat klopt. Boven de moordzuchtige piep uit die ik in mijn oor heb, hoor ik de honden al bijna huilen.

Wat een blunder! Wat een kolossale blunder! Farrell had pas morgenochtend bevrijd moeten worden, als afleidingsmanoeuvre om de aandacht van de politie op haar te richten terwijl ik mijn wraak voltooide. Ik had Farrell moeten vermoorden toen ik de kans kreeg. Maar nee hoor, ik moest weer slim zijn. Ik moest list op list op list stapelen. Maar nu is het misgelopen.

Mijn vingers gaan naar het litteken op mijn achterhoofd en de haat ontbrandt.

Ik heb geen andere mogelijkheid. Mijn enige hoop is meedogenloos optreden.

'Neem de kinderen mee,' zeg ik. 'Nu. Je weet wat je moet doen.'

'Inderdaad,' antwoordde Marta. 'De schatjes zijn al diep in slaap.'

HOOFDSTUK 88

Wat Knight zag, hoorde en rook in het London Bridge-ziekenhuis bracht hem van zijn stuk, iets wat hij niet had verwacht. Hij was niet meer in een ziekenhuis geweest sinds Kates lichaam hiernaartoe was gebracht en hij was helemaal ondersteboven toen Pottersfield en hij bij de intensive care aankwamen.

'Zo zag ze eruit toen ze haar vonden,' zei de politieman die de kamer bewaakte terwijl hij hun een foto liet zien.

Farrell was gekleed als Syren St. James, ze was ontzettend smerig en keek erg duf uit haar ogen, alsof ze een lobotomie had ondergaan. Een infuus zat in haar hand.

'Kan ze praten?' vroeg Pottersfield.

'Ze brabbelt iets over een lijk zonder handen,' zei de agent.

'Zonder handen?' vroeg Knight, die een blik op Pottersfield wierp.

'Wat ze zei was niet erg samenhangend. Maar nu ze haar iets hebben gegeven om weer helder te worden lukt het misschien beter.'

'Was ze gedrogeerd?' vroeg Pottersfield. 'Weten we dat zeker?'

'Ze heeft hoge doses verdovende middelen en slaapmiddelen gekregen.'

Ze liepen de IC op. Selena Farrell lag in bed te slapen, omringd door apparatuur, haar huid lijkwit. Pottersfield ging naast haar staan en vroeg: 'Mevrouw Farrell?'

Farrells gezicht vertrok van boosheid. 'Ga weg. Hoofd. Doet

pijn. Heel erg.' Ze sprak onduidelijk en aan het eind van de woorden stierf haar stem weg.

'Mevrouw Farrell,' zei Pottersfield ferm. 'Ik ben hoofdinspecteur Elaine Pottersfield van de Metropolitan Police. Ik moet met u praten. Opent u alstublieft uw ogen.'

Farrell knipperde met haar ogen en ze kromp ineen. 'Licht uit. Migraine.'

Een verpleegster deed de gordijnen dicht. Farrell opende haar ogen weer. Ze keek de kamer rond, zag Knight, richtte haar blik weer op Pottersfield en vroeg verbaasd: 'Wat is er met me gebeurd?'

'We hoopten dat u dat ons kon vertellen,' zei Knight.

'Ik weet het niet.'

Pottersfield zei: 'Kunt u uitleggen waarom uw DNA, uw haar om precies te zijn, aangetroffen is in een van de brieven van Cronus aan Karen Pope?'

Die informatie drong maar langzaam tot Farrells verdoofde brein door. 'Pope? De journaliste?' vroeg ze aan Knight. 'Mijn DNA? Nee, dat weet ik niet.'

'Wat weet u nog wel?' drong Knight aan.

Farrell knipperde en kreunde en zei toen: 'Donkere kamer. Ik lig op een bed, alleen. Vastgebonden. Kan niet opstaan. Mijn hoofd barst uit elkaar en ze willen me er niets tegen geven.'

'Wie zijn "ze"?' wilde Knight weten.

'Vrouwen. Verschillende vrouwen.'

Pottersfield begon geïrriteerd te raken. Ze zei: 'Selena, begrijp je dat er door je DNA een verband is tussen jou en zeven moorden die in de afgelopen twee weken zijn gepleegd?'

Dat schokte de hoogleraar en ze werd wat alerter. 'Wat? Zeven...? Ik heb niemand vermoord. Ik heb nooit... Welke dag is het vandaag?'

'Zaterdag 11 augustus 2012,' antwoordde Knight.

Farrell kreunde: 'Nee. Ik dacht dat ik daar maar één nacht was.'

'In die donkere kamer met de vrouwen?' vroeg Pottersfield.

'Gelooft u me niet?'

'Nee,' zei Pottersfield.

Knight vroeg: 'Waarom deed u alsof u ziek werd en bent u uw kantoor uit gevlucht toen Karen Pope de fluitmuziek voor u afspeelde?'

Ze sperde haar ogen verder open. 'Ik werd er misselijk van, omdat... ik die eerder gehoord had.'

HOOFDSTUK 89

Ik hang op en kijk naar Teagan, met de aandrang nu meteen haar hoofd eraf te rukken. Maar ze zit achter het stuur en zo laat in de wedstrijd is een ongeluk uit den boze.

'Keer om,' zeg ik, mijn best doend om rustig te worden. 'We moeten naar de fabriek.'

'De fabriek?' antwoordt Teagan nerveus. 'Het is midden op de dag.'

'Farrell is ontsnapt. Ze is opgepakt bij de gasfabriek. Knight en die inspecteur van Scotland Yard, Pottersfield, zijn nu bij haar in het ziekenhuis.'

De kleur trekt weg uit Teagans gezicht.

'Hoe heeft dat kunnen gebeuren?' wil ik zachtjes weten. 'Ze had pas morgenochtend bevrijd moeten worden. Het was jouw verantwoordelijkheid om daarop toe te zien, zuster.'

In paniek zegt ze: 'Ik had het je moeten vertellen, maar ik wist onder hoeveel druk je stond. Er waren gisterochtend dronken kerels in de fabriek. Ik dacht dat de geur ze wel bij die ruimte vandaan zou houden. Ze hebben waarschijnlijk het slot kapotgemaakt en haar laten gaan. Ik weet het niet.'

'We moeten het daar schoonmaken,' zeg ik. 'Rij ernaartoe. Nu.'

Tijdens de rit praten we niet, evenmin als wanneer we het vergiftigde fabrieksterrein betreden of de kelder binnensluipen. Ik ben hier pas één keer geweest, dus Teagan gaat me voor. We hebben allebei vuilniszakken bij ons.

De geur die uit de open opslagruimte komt is walgelijk, maar Teagan gaat zonder aarzeling naar binnen. Ik kijk naar de ijzeren ringen op de deur en de deurlijst, ze zijn heel, en laat dan mijn blik over de vloer glijden.

Het slot ligt in de hoek, open, maar niet beschadigd.

Ik hurk, pak het op en haak de beugel om mijn middelvinger als een koperen knokkel, met het slot in mijn handpalm verborgen. Binnen heeft Teagan haar handschoenen al aan, ze stopt gebruikt infuusmateriaal in de vuilniszak.

'Aan de slag,' zeg ik en ik ga naar haar toe en zak door mijn knieën om met mijn linkerhand een gebruikte spuit op te pakken.

Ik sta op, voel me wraakzuchtig als een afgewezen geliefde, en terwijl ik als afleiding de naald naar de vuilniszak beweeg breng ik haar met de beugel een uppercut toe met rechts.

Teagan heeft geen enkele kans. Ze ziet de klap niet eens aankomen.

Door de kracht verbrijzelt haar strottenhoofd.

Ze wankelt naar adem snakkend achteruit, ze loopt paars aan. Haar ogen puilen uit haar hoofd en ze staart me ongelovig aan. Met de tweede klap breek ik haar neus, ze wordt tegen de muur gesmeten en begrijpt dat ik een oneindig superieur wezen ben. Mijn derde slag raakt haar slaap en ze zakt ineen in het vuil.

HOOFDSTUK 90

'Natuurlijk heb je die muziek eerder gehoord,' zei Pottersfield vinnig. 'Hij stond op je computer. Net als een programmaatje om de videoschermen van het Olympische stadion over te nemen, op de avond van de openingsceremonie.'

'Wat?' riep Farrell. Ze probeerde te gaan zitten maar kromp ineen van de pijn. 'Nee, nee! Ongeveer een jaar geleden is iemand me die muziek gaan toesturen, op mijn antwoordapparaat en als bijlage bij e-mails van anonieme accounts. Het was net alsof ik werd gestalkt. Na een tijdje werd ik elke keer als ik het hoorde misselijk.'

'Wat een boel toevallig van pas komende nonsens,' snauwde Pottersfield. 'En dat programma op je computer dan?'

'Ik heb geen idee over welk programma u het hebt. Iemand moet dat erop gezet hebben, misschien degene die me de muziek stuurde.'

Knight geloofde er niets van. 'Heb je die internetstalker ergens aangegeven?'

De classica knikte ferm. 'Twee keer zelfs, bij het politiebureau van Wapping. Maar de agenten zeiden dat het geen misdaad is om iemand fluitmuziek te sturen en ik had geen ander bewijs dat iemand me stalkte. Ik zei dat ik wel iemand verdacht, maar daar hadden ze geen oren naar. Ze adviseerden me mijn telefoonnummer en e-mailadres te veranderen en dat heb ik gedaan. Het hield op. En de hoofdpijn hield ook op, tot u die muziek in mijn kantoor afspeelde.'

Knight kneep zijn ogen tot spleetjes, hij probeerde iets zinnigs te ontdekken aan deze verklaring. Zou ze als een soort afleiding gebruikt kunnen zijn? Waarom was ze niet gewoon vermoord?

Pottersfield dacht blijkbaar in dezelfde richting, want ze vroeg: 'Wie denk je dat er achter die muziek zat?'

Farrell haalde haar schouders een beetje op. 'Ik ken maar één iemand die panfluit speelt.'

Knight en Pottersfield zeiden niets.

'Jim Daring,' zei de hoogleraar. 'U weet wel, die vent van het British Museum? Die van dat televisieprogramma?'

Dat veranderde de zaak, dacht Knight en hij herinnerde zich dat Daring hoog had opgegeven van Farrell en dat hij Pope en hem een paar keer had gezegd dat ze met haar moesten gaan praten. Maakte dat allemaal deel uit van een complot?

Pottersfield klonk nog steeds erg sceptisch. 'Hoe weet je dat hij panfluit speelt en waarom zou hij jou met die muziek lastigvallen?'

'Hij had een panfluit op de Balkan in de jaren negentig. Die bespeelde hij vaak voor me.'

'En?' zei Knight.

Farrell voelde zich niet op haar gemak. 'Hij, Daring, had romantische gevoelens voor mij. Ik zei hem dat ik geen interesse had, en hij werd boos en geobsedeerd. Hij heeft me gestalkt en toen heb ik hem aangegeven. Uiteindelijk maakte het allemaal niet uit. Ik raakte gewond bij een ongeluk met een vrachtauto en ben via een luchtbrug uit Sarajevo gehaald. Ik heb hem sindsdien nooit meer gezien.'

'Nooit meer, in hoeveel jaar?' vroeg Knight.

'Zestien? Zeventien?'

'En toch verdacht je hem?' vroeg Pottersfield.

De houding van de hoogleraar werd ijzig. 'Er was niemand anders die in aanmerking kwam.'

'Dat lijkt me ook niet,' zei de inspecteur van Scotland Yard. 'Want hij wordt ook vermist. Daring, bedoel ik.'

Verbazing tekende zich weer af op Farrells gezicht. 'Wat?'

Knight zei: 'Je zegt dat je in een donkere kamer werd vastgehouden waar je door vrouwen werd verzorgd. Hoe ben je eruit gekomen?'

Farrell moest daar even over nadenken, waarna ze zei: 'Jongens, maar ik ben niet... Nee, ik weet zeker dat ik jongensstemmen hoorde en toen weer flauwgevallen ben. Toen ik wakker werd kon ik mijn armen en benen bewegen. Dus ik stond op, ik vond een deur en...' Ze aarzelde en keek in de verte. 'Volgens mij was ik in een of andere oude fabriek. Met bakstenen muren.'

Pottersfield zei: 'Je hebt tegen die agent iets gezegd over een lijk zonder handen.'

Er lag een angstige uitdrukking op Farrells gezicht toen ze van Knight naar Pottersfield keek en terug. 'Ze was overdekt met vliegen. Honderden.'

'Waar lag dat lijk?'

'Dat weet ik niet,' zei ze, en ze trok een grimas en wreef over haar hoofd. 'Ergens in die fabriek, denk ik. Ik was duizelig. Ik viel steeds. Ik kon niet meer helder denken.'

Na een lange stilte leek Pottersfield een conclusie te trekken. Ze pakte haar telefoon, stond op en stapte bij Farrells ziekenhuisbed vandaan. Even later zei ze: 'Met Pottersfield. Zoek naar een verlaten fabriek in de buurt van het Beckto-terrein. Met bakstenen muren. Daar kan een lijk zonder handen liggen. En misschien wel meer.'

Intussen dacht Knight aan wat Karen Pope over Farrell had ontdekt en vroeg: 'Hoe ben je in die ruimte in die fabriek terechtgekomen?'

De hoogleraar schudde haar hoofd. 'Dat weet ik niet meer.'

'Wat is het laatste wat je je wel herinnert?' vroeg Pottersfield, die haar telefoon dichtklapte.

Farrell knipperde, verstrakte en antwoordde: 'Dat kan ik niet zeggen.'

Knight zei: 'Zou Syren St. James het weten?'

Door die naam raakte de hoogleraar duidelijk van slag. Ze vroeg zachtjes: 'Wie?'

'Je alter ego onder de chicste lesbiennes in Londen,' zei Pottersfield.

'Ik weet niet waar u–'

'Iedereen in Londen kent Syren St. James,' zei Knight, die haar onderbrak. 'Ze heeft in alle kranten gestaan.'

Farrell zag er verpletterd uit. 'Wat? Hoe?'

'Karen Pope,' antwoordde Knight. 'Ze is alles te weten gekomen over je geheime leven en heeft er een stuk over geschreven.'

Farrell huilde zachtjes. 'Waarom zou ze dat doen?'

'Omdat het DNA je in verband bracht met de moorden,' zei Pottersfield. 'Nog steeds, trouwens. Volgens het DNA ben je op de een of andere manier betrokken bij Cronus en zijn Furiën.'

Farrell werd hysterisch en riep: 'Ik ben Cronus niet! Ik ben geen Furie! Ik leid inderdaad een dubbelleven, maar dat zijn mijn eigen zaken. Ik heb nooit iets te maken gehad met moord!'

Een verpleegster stormde de kamer binnen en zei dat ze moesten vertrekken.

'Nog één minuut,' drong Pottersfield aan. 'De laatste keer dat iemand je heeft gezien, was gisteren twee weken geleden, op vrijdag 27 juli. Dat was in de Pink Candy.'

Dat leek de hoogleraar in verwarring te brengen.

'Je vriendin Nell zei dat ze je daar had gezien,' zei Knight. 'Ze vertelde Pope dat je samen was met een vrouw met een pillboxhoedje en een sluier die haar gezicht aan het oog onttrok.'

Farrell zocht haar geheugen af en knikte toen langzaam. 'Ja, ik ben met haar meegegaan naar haar auto. Ze had wijn in de auto, ze heeft me een glas ingeschonken en...' Ze keek Pottersfield aan. 'Ze heeft me gedrogeerd.'

'Wie is ze?' wilde Pottersfield weten.

Farrell, gegeneerd, zei: 'Haar echte naam? Die zou ik u niet kunnen zeggen. Ik neem aan dat ze net zoals ik was, en een valse naam had. Maar ze zei dat ik haar Marta moest noemen. En dat ze uit Estland kwam.'

HOOFDSTUK 91

Laat die zaterdagmiddag werd Londen gegeseld door heftige onweersbuien.

De bliksem voerde regen mee die op de voorruit plensde terwijl Pottersfields ongemarkeerde auto met gillende sirene naar Chelsea scheurde. De inspecteur bleef Knight woedende blikken toewerpen, terwijl Knight eruitzag alsof hij een geest had gezien en het nummer van Marta's mobiel weer intoetste.

'Neem op,' zei hij. 'Neem op, trut.'

Pottersfield schreeuwde: 'Hoe kan het nou dat je haar niet hebt nagetrokken, Peter?'

'Dat heb ik wel gedaan, Elaine!' schreeuwde Knight terug. 'Jij ook! Ze was gewoon precies wat ik nodig had.'

Ze kwamen met piepende remmen tot stilstand voor Knights huis, waar andere politieauto's met het zwaailicht aan al geparkeerd stonden. Ondanks de regen vormde zich een menigte. Geüniformeerde agenten zetten dranghekken op.

Knight sprong uit Pottersfields auto, met het gevoel alsof hij op de rand van een duistere, onpeilbare afgrond stond te wankelen.

Bella? Kleine Lukey? Ze zijn jarig vandaag. Scotland Yard-inspecteur Billy Casper kwam Knight met een somber gezicht bij de deur tegemoet. 'Het spijt me, Peter. We waren te laat.'

'Nee!' brulde hij terwijl hij naar binnen rende. 'Nee!'

Overal waar Knight keek zag hij de dingen die zijn kinderen omringden: speelgoed, babypoeder, pakjes met ballonnen, serpentines en kaarsen. Verdoofd door dit alles liep hij naar de keuken. Er zat nog melk in de kom waaruit Luke had ontbeten. Isabels dekentje lag op de vloer naast haar kinderstoel.

Knight pakte hem op en dacht: Bella weet zich geen raad zonder haar dekentje. De gruwelijke situatie leek hem plotseling bijna te verpletteren. Maar hij weigerde in te storten en vocht terug op de enige manier die hij kende: hij bleef in beweging.

Hij zocht Pottersfield en zei: 'Controleer haar appartement. Het adres staat op haar cv. En het moet hier wemelen van haar vingerafdrukken. Kun je haar mobiel traceren?'

'Als die aanstaat,' zei Pottersfield. 'Bel intussen die vriendin van je, die Pope, dan neem ik contact op met de persmensen die ik ken. We laten overal foto's van de kinderen zien. Iemand moet ze hebben gezien.'

Knight wilde knikken, maar zei toen: 'Stel dat dat precies is wat ze willen?'

'Wat? Hoezo?'

'Als een bijgebeurtenis. Een afleidingsmanoeuvre. Overdenk dit eens: als je hun foto overal verspreidt en het publiek laat weten dat ze gekidnapt zijn door een vrouw van wie men aanneemt dat ze samenwerkt met Cronus, gaat de aandacht van de politie en de media naar Isabel en Luke, zodat de Olympische Spelen een makkelijk doelwit worden voor een laatste aanslag.'

'We moeten toch iets doen, Peter.'

Knight kon bijna niet geloven dat hij dit zei, maar hij antwoordde: 'We kunnen wel een paar uur wachten, Elaine. Kijken of ze zenuwachtig worden. Of ze bellen. Als ze dat om, laten we zeggen, acht uur nog niet hebben gedaan, verspreid hun foto dan maar.'

Voordat ze kon antwoorden, pakte hij zijn mobiel en belde Hooligan.

Knight hoorde gejuich en Hooligan kraaide: 'Zag je dat, Peter? Het staat 1-1. Het is gelijk!'

'Kom naar me toe,' zei Knight. 'Nu.'

'Nu?' riep Hooligan, die aangeschoten klonk. 'Ben je helemaal van de pot gerukt? Het gaat hier om goud en ik zit vooraan bij de middenstip.'

'Cronus heeft mijn kinderen.'

Stilte, en toen: 'Nee! Fok! Ik kom eraan, Peter. Ik kom eraan.'

Knight hing op. Elaine stak haar hand uit. 'Die moet ik even hebben om iets aan te passen.'

Hij gaf haar de telefoon en ging naar boven. Hij pakte Kates foto en nam hem mee naar de kinderkamer terwijl het huis trilde van de donderslag. Hij ging op de slaapbank zitten, keek naar de lege bedjes en het behang dat Kate had uitgezocht en vroeg zich af of hij voorbestemd was voor tragedie en verlies.

Toen zag hij het flesje vloeibare antihistamine voor kinderen op de commode liggen. Hij legde Kates foto neer en liep ernaartoe. Het flesje was bijna leeg. Hij voelde zich bedrogen en was woedend. Ze had zijn kinderen pal onder zijn neus verdoofd.

Pottersfield klopte aan en kwam binnen. Ze keek naar de foto van Kate op de slaapbank en gaf hem zijn telefoon terug. 'Je bent nu verbonden met ons systeem. Elk telefoontje naar jouw nummer moeten we kunnen traceren. En ik kreeg net een melding. Er zijn twee lijken gevonden in een zwaar verontreinigde verlaten fabriek, niet ver van de gasfabriek. Het zijn allebei vrouwen, in de dertig. Eentje is ergens in de afgelopen uren doodgeslagen, ze had geen identiteitsbewijs. De andere is eerder deze week al overleden en had geen handen meer. We gaan ervan uit dat het Andjela Brazlic en haar oudere zus, Nada, zijn.'

'Twee Furiën dood. Dan zijn alleen Marta en Cronus nog over,' zei Knight mat. 'Zou Daring volgens jou Cronus kunnen zijn? Nu Farrell ons heeft verteld dat hij haar op de Balkan heeft gestalkt... en die panfluit?'

'Ik weet het niet.'

Knight had plotseling het sterke claustrofobische gevoel dat hij door twijfel werd omringd. 'Maakt het nog uit waar ik ben als ik word gebeld?'

'In principe niet,' antwoordde Pottersfield.

Hij keek naar Kates foto en zei: 'Ik kan hier niet gewoon blijven zitten, Elaine. Ik moet in beweging blijven. Ik ga een stuk wandelen. Oké?'

'Als je je telefoon maar aanlaat.'

'Zeg tegen Hooligan dat hij me moet bellen als hij er is. En Jack Morgan moet het weten. Hij is in het atletiekstadion voor de estafette.'

Ze knikte en zei: 'We vinden ze wel.'

'Dat weet ik,' zei hij, niet helemaal overtuigd.

Knight trok zijn regenjas aan en ging door de achterdeur naar buiten voor het geval de media zich al hadden verzameld aan de voorkant. Hij liep de steeg door en probeerde te beslissen of hij doelloos zou rondlopen of de auto zou ophalen om in de High Beach-kerk te bidden. Maar toen drong het tot hem door dat hij maar één plek had om naartoe te gaan, dat er slechts één persoon was met wie hij wilde praten.

Hij veranderde van richting en sjokte door de regenachtige stad. Hij kwam langs allerlei pubs, waaruit gejuich klonk. Blijkbaar was Engeland aan de winnende hand terwijl hij alles verloor wat hem lief was.

Zijn haar en broekspijpen waren drijfnat toen hij de deur aan Milner Street bereikte. Hij belde aan en liet de klopper neerkomen terwijl hij in de beveiligingscamera keek.

De deur ging open en daar stond Boss. 'Ze ontvangt niemand,' zei hij bars.

'Aan de kant, mannetje,' zei Knight zo dreigend dat zijn moeders assistent zonder een woord van protest opzij stapte.

Knight opende zonder te kloppen de deur van zijn moeders kantoor. Amanda stond over haar ontwerptafel gebogen stof te knippen. Wel tien of meer nieuwe originele creaties hingen om paspoppen die door de hele kamer stonden.

Zijn moeder keek op met een ijzige blik. 'Heb ik het niet overduidelijk gemaakt dat ik alleen wil worden gelaten, Peter?'

Terwijl hij op haar afliep, zei Knight: 'Mam–'

Maar ze kapte hem af: 'Laat me met rust, Peter. Wat doe je hier in godsnaam? Je kinderen zijn jarig. Je zou bij hen moeten zijn.'

Dat was de druppel. Knight werd duizelig en viel flauw.

HOOFDSTUK 92

Karen Pope haastte zich door de motregen en de schemering naar Knights huis in Chelsea. Ze had een tip gekregen van de misdaadverslaggever van *The Sun* dat er iets gaande was bij het huis van de medewerker van Private en was er onmiddellijk naartoe gegaan. Onderweg probeerde ze voortdurend Knights nummer.

Maar ze bleef een vreemde piep horen en toen een stem die zei dat er 'problemen waren met het netwerk'. Ze zag de politie-dranghekken en...

'Hé, heeft Peter jou ook laten komen?' vroeg Hooligan, die naast haar kwam lopen. Zijn ogen waren rood en zijn adem rook naar sigaretten, knoflook en bier. 'Ik kom verdomme van de voetbalfinale. Ik heb het winnende doelpunt gemist!'

'Hoezo heb je dat gemist?' wilde ze weten. 'Waarom is Scotland Yard hier?'

Hij vertelde het haar en Pope voelde tranen opwellen. 'Waarom? Waarom zijn kinderen?'

Dezelfde vraag stelde ze Pottersfield toen ze binnenkwamen.

'Peter denkt dat het een afleidingsmanoeuvre is,' zei de inspecteur.

Hooligan kon niet verhullen dat hij met dubbele tong sprak toen hij zei: 'Misschien. Die Marta was hier de laatste twee weken, toch?'

'Zo ongeveer, dacht ik,' zei Pope.

'Precies. Dus dan vraag ik me af waarom?' antwoordde Hooligan. 'Dan denk ik dat Cronus haar hiernaartoe heeft gestuurd om te spioneren. Hij kan niet iemand bij Scotland Yard binnenkrijgen, maar hij kan Marta wel Private in loodsen, toch?'

'Aha,' zei Pottersfield met half toegeknepen ogen.

'Waar zijn Peters computers? Zijn telefoons?'

'Hij heeft zijn mobiel bij zich,' zei Pottersfield. 'De huistelefoon staat in de keuken. Ik heb een computer boven in zijn kamer zien staan.'

Twintig minuten later zocht Hooligan Pottersfield, die samen met Pope stond te praten met Billy Casper. 'Ik dacht dat je dit wel wilde zien, inspecteur,' zei hij en hij hield twee bewijszakjes omhoog. 'Ik heb in de telefoon een afluisterapparaatje gevonden en op de ADSL-kabel apparatuur die toetsaanslagen vastlegt. Ik wil wedden dat zijn mobiel ook wordt afgeluisterd. Misschien is er nog wel meer.'

'Bel hem,' zei ze.

'Dat heb ik al geprobeerd,' zei hij. 'En ik heb hem ge-sms't. Hij neemt niet op, ik krijg alleen een melding over problemen met het netwerk.'

HOOFDSTUK 93

Het werd donker, zag Knight in Amanda's kantoor. Zijn mobiel lag op de salontafel. Hij zat op de bank en keek naar zijn telefoon. Zijn hersens voelden aan alsof ze verbrand waren en zijn maag was leger dan ooit.

Waarom hadden ze niet gebeld?

Zijn moeder zat naast hem en zei: 'Dit is meer dan iemand die zo goed is als jij zou moeten verdragen, Peter, maar je mag de hoop niet opgeven.'

'Absoluut niet,' zei Boss meelevend. 'Die twee barbaren van jou zijn vechtertjes. Jij moet ook vechten.'

Maar Knight voelde zich net zo verslagen als toen hij zijn pasgeboren kinderen in zijn armen had en toekeek hoe het lichaam van zijn vrouw met spoed naar de ambulance werd gebracht. 'Ze zijn jarig vandaag,' zei hij zachtjes. 'Ze verwachtten wat elke driejarige verwacht. Taart en ijs en...'

Amanda stak haar hand uit en streelde het haar van haar zoon. Het was zo'n ongewoon en onverwacht gebaar dat toen Knight naar haar opkeek hij een zwakke glimlach op zijn gezicht had. 'Ik weet hoe afgrijselijk het leven de afgelopen tijd voor je is geweest, mam, maar ik wilde je nog bedanken dat je aan ze hebt gedacht. De enige cadeautjes die ze hebben kunnen openmaken waren die van jou.'

Ze keek verbaasd. 'Echt waar? Ik dacht niet dat ze er al zouden zijn.'

'Ik heb ze gebracht,' zei Boss. 'Ik vond dat ze ze op tijd moesten krijgen.'

Knight zei: 'Dank je wel, Boss. Ze vonden het geweldig. En ik moet zeggen, mam, dat ik het ontzettend lief en attent van je vind dat je die foto van Kate in het medaillon hebt gedaan.'

Zijn moeder, normaal gesproken zo stoïcijns, kreeg tranen in haar ogen. 'Boss en ik maakten ons wat zorgen omdat het geen speelgoed was.'

'Nee, hoor, ze vonden het geweldig,' herhaalde Knight. 'Luke droeg dat horloge alsof het een gouden medaille was. En de ketting paste Isabel perfect. Volgens mij doet ze hem nooit meer af.'

Amanda knipperde een paar keer met haar ogen en keek toen even naar Boss, waarna ze zei: 'Denk je dat ze ze nu ook dragen, Peter? Het horloge en de ketting?'

'Ik denk van wel,' antwoordde Knight. 'Ik heb ze niet thuis zien liggen.'

Amanda keek naar Boss, die grijnsde. 'Heb je ze geactiveerd?'

Boss antwoordde: 'Zelfs nog voordat ik de garantiebewijzen heb geregistreerd!'

'Waar hebben jullie het over?' vroeg Knight.

'Heb je niet naar de doosjes gekeken waar ze in zaten, Peter?' riep Amanda. 'Die ketting en het horloge zijn gemaakt door Trace Angels, een bedrijf waarin ik heb geïnvesteerd. Er zitten kleine GPS-zendertjes in, zodat ouders weten waar hun kinderen zijn!'

HOOFDSTUK 94

Knight stormde zijn moeders huis uit terwijl hij naar het scherm van zijn iPhone keek, waarop twee kleine, hartvormige icoontjes knipperden en langzaam over een kaart bewogen. Volgens de kaart waren Luke en Isabel nog geen drie kilometer verderop!

Toen hij dat had gezien, was Knight er zonder aarzelen vandoor gegaan. Hij rende de straat op om een taxi aan te houden en te kijken waarom zijn telefoon binnen geen bereik had gehad.

Knight probeerde nogmaals Elaine te bellen, maar hoorde weer alleen de boodschap over netwerkproblemen. Hij wilde zich net omdraaien en Amanda's huis weer binnenstormen toen er een taxi aankwam.

Hij stak zijn hand op en sprong erin. 'Metrostation Lancaster Gate,' zei hij.

'Ja, man,' zei de chauffeur. 'Hé, ben jij het!'

Knight keek nog eens goed en zag dat het de chauffeur was die de taxi had achtervolgd die had geprobeerd Lancer en hem aan te rijden.

'Cronus heeft mijn kinderen.'

'Die gek die Mundaho heeft opgeblazen?' riep de Jamaicaan.

'Zo snel je kan, kerel!' zei Knight.

Ze scheurden naar het noordwesten richting Brompton Road terwijl Knight Pottersfield weer probeerde te bellen. Het lukte niet, maar hij hing nog niet op of de iPhone piepte, als teken dat er een sms'je was. Hij was van Hooligan: Bij je thuis. Computer en telefoon afgeluisterd. Neem aan mobiel ook. Bent misschien ook te volgen. Bel me.

Te volgen? dacht Knight. Hebben ze me de hele tijd getraceerd?

'Stoppen!' schreeuwde hij.

'Maar je kinderen dan, man!' zei de taxichauffeur.

'Stop,' zei Knight, die uit alle macht probeerde te kalmeren. Hij keek naar de kloppende hartjes op het schermpje. Ze waren een woning aan Porchester Terrace binnengegaan.

'Heb jij een mobieltje?'

'De telefoon van mijn meisje is vanochtend stukgegaan,' zei de chauffeur, die langs de stoep stilhield. 'Zij heeft die van mij terwijl die van haar wordt gemaakt.'

'Godver...' zei Knight. Hij keek nog een laatste keer op het schermpje en prentte het adres waar de tweeling werd vastgehouden in zijn geheugen.

Toen gaf hij de telefoon en twee briefjes van 50 pond aan de chauffeur. 'Luister goed. Ik laat deze telefoon bij je achter en dan rij jij ermee naar Heathrow.'

'Wat?'

'Ik heb geen tijd om het uit te leggen,' zei Knight, die nu iets op een visitekaartje schreef. 'Rij ermee naar Heathrow en ga dan terug naar dit adres in Chelsea. Daar is politie. Vraag naar inspecteur Pottersfield of Hooligan Crawford van Private. Geef ze de telefoon. Dan krijg je een beloning.'

'En je kinderen, man?'

Maar Knight was al weg. Hij rende over Brompton Road naar Montpelier Street en daarna naar het noorden, naar Hyde Park. Het laatste wat hij wilde was dat de politie daar in groten getale naartoe zou gaan en de woning zou omsingelen waardoor Marta, of Cronus, iets onbezonnens zou doen. Dat kon Luke en Isabel het leven kosten en dat zou Knight niet overleven. Hij zou naar het adres gaan en dan een telefoon zoeken om Elaine, Jack, Hooligan, Pope en de rest van Londen te alarmeren.

Knight snakte naar adem toen hij het pad bereikte dat evenwijdig aan de westoever van de vijver de Serpentine liep. Zijn longen stonden in brand toen hij tien minuten later het park uit rende en Bayswater Road overstak tegenover metrostation Lancaster Gate. Op Bayswater ging hij naar het westen, waarbij hij een menigte vrolijke klanten bij de Swan-pub passeerde die Engelands onverwachte overwinning op Brazilië vierden, en ging uiteindelijk rechtsaf, Porchester Terrace op. Het adres dat hij zocht lag aan de westkant van de straat, dicht bij Fulton Mews.

Knight bleef op de stoep aan de oostkant en liep methodisch naar het noorden totdat hij zo dicht bij het adres was gekomen als hij durfde. Hij wilde dat hij zijn verrekijker bij zich had, maar hij kon al wel zien dat het witte appartementengebouw vanaf de eerste verdieping balkons had en ijzeren tralies voor de ramen op de begane grond.

Aan weerszijden van het gebouw stonden identieke flats. Er brandde geen licht, behalve achter de openslaande deuren naar het balkon van één flat in de noordoosthoek, op de tweede verdieping. Hield Marta daar zijn kinderen vast?

Het begon weer te regenen, zo hard dat Knight dacht dat hij niet zou opvallen als hij de capuchon van zijn regenjas opzette en aan de oostkant van de straat langs het gebouw zou lopen. Waren Isabel en Luke binnen? Cronus? Was dit hun schuilplaats? Knight liep voorbij en wierp nonchalant een blik op de ingang terwijl hij zich afvroeg of hij het zou wagen over te steken om het beter te kunnen zien voordat hij naar een van de hotels aan Inverness Terrace zou gaan om Elaine te bellen.

Toen zag hij hoe dicht het balkon bij een ander balkon hing, onmiddellijk ten noorden ervan, van een ander gebouw. Knight schatte in dat je vanaf het aangrenzende balkon hoogstwaarschijnlijk wel in het appartement zou kunnen kijken waar Luke en Isabel volgens hem werden vastgehouden.

Hij kon waarschijnlijk zelfs van het ene balkon naar het andere springen.

Knight ging langzamer lopen en bekeek de voorkant van de appartementengebouwen om te bepalen hoe hij naar boven kon klimmen. Maar toen ging het licht aan achter de openslaande deuren van het balkon ernaast. Er was daar iemand thuis.

Er kwam een plan op bij Knight. Hij zou bij de flat ernaast aanbellen, uitleggen wat er aan de hand was en vragen of hij met hun telefoon Pottersfield mocht bellen en vanaf hun balkon mocht kijken. Maar toen bedacht hij dat hij aan de achterkant van de twee gebouwen kon kijken of er nog andere lichten aan waren. Dat kostte hem drie minuten. Geen andere verlichting. Hij kwam net terug op Porchester Terrace toen er een vrouw de voordeur van het appartementengebouw uit kwam waar hij naar binnen wilde.

Knight schoot langs haar heen, glimlachte tegen haar alsof ze oude vrienden waren, rende de trap op en kon nog net de binnendeur tegenhouden voordat die dichtsloeg. Dat was nog beter. Hij zou direct naar boven gaan en aankloppen bij de flat in de zuidoosthoek op de tweede verdieping. Als ze zijn badge van Private zagen, zouden ze hem zeker binnenlaten.

Hij rende twee trappen op en kwam uit in een centrale hal waar het naar gebakken worst rook. De tweede verdieping was verdeeld in vier flats. Knight ging naar het appartement dat uitkeek op het zuidwesten, nummer 2b, hoorde een televisie en klopte hard aan, waarna hij zijn Private-badge en identificatie voor het kijkgaatje hield.

Hij hoorde voetstappen en toen bleef het even stil, waarna de sloten eraf werden gehaald. De deur ging open en daar stond een verbaasde Michael Lancer, die vroeg: 'Knight? Wat doe jij hier?'

HOOFDSTUK 95

Lancer droeg een trainingspak en zag eruit alsof hij zich in geen dagen had geschoren. Zijn ogen lagen diep in hun kassen, hol alsof hij amper had geslapen sinds hij zijn werk bij het Londense organisatiecomité was kwijtgeraakt.

'Woon jij hier, Mike?' vroeg Knight ongelovig.

'Al tien jaar,' antwoordde Lancer. 'Wat is er aan de hand?'

Knight, verbaasd, vroeg: 'Mag ik binnenkomen?'

'Eh... tuurlijk,' zei Lancer en hij deed een stap opzij. 'Het is hier een zootje, maar... wat doe jij hier?'

Knight liep een gang door naar een mooi gemeubileerde woonkamer. De salontafel was bijna niet meer te zien door alle bierflesjes en oude bakjes met Chinees eten. De muur op het zuiden was van schoon metselwerk. Daartegen stond een grote open kast met een televisie waarop de BBC een overzicht van de laatste volledige dag met Olympische wedstrijden uitzond. Daarnaast stond een bureau met daarbovenop een laptop. Er kwam een blauwe kabel uit de zijkant van de computer, die in de muur was geplugd.

Toen Knight die kabel zag, leken de puzzelstukjes plotseling in elkaar te passen.

'Wat weet jij van je buren aan de andere kant van die muur?' vroeg hij terwijl hij de openslaande deuren zag naar het balkon.

'Je bedoelt in het andere gebouw?' vroeg Lancer verbluft.

'Precies.'

Lancer schudde zijn hoofd. 'Niets. Die flat staat volgens mij al bijna een jaar leeg. Ik heb in elk geval sinds een jaar niemand op het balkon gezien.'

'Er is daar nu iemand binnen,' zei Knight en daarna gebaarde hij naar de blauwe kabel. 'Is dat een CAT5E-kabel die is verbonden met het internet?'

Lancer leek niet goed te begrijpen waar Knight met al die vragen naartoe wilde. 'Ja, natuurlijk.'

'Geen wifi?'

'CAT is veel veiliger. Waarom ben je zo geïnteresseerd in de flat in het gebouw hiernaast?'

'Ik denk dat Cronus of een van zijn Furiën die heeft gehuurd zodat ze jouw computer konden hacken.'

Lancers mond zakte open. 'Wat?'

'Zo hebben ze het Olympische beveiligingssysteem gekraakt,' ging Knight verder. 'Ze hebben je lijn afgetapt, je wachtwoorden gestolen en toen konden ze zo naar binnen.'

De voormalige tienkamper keek knipperend met zijn ogen naar zijn computer. 'Hoe weet je dat allemaal? Hoe weet je dat ze hiernaast zitten?'

'Omdat mijn kinderen daar zijn.'

'Je kinderen?' vroeg Lancer geschokt.

Knight knikte, met zijn handen tot vuisten gebald. 'Een vrouw die Marta Brezenova heet, een kindermeisje dat ik net had aangenomen, heeft ze gekidnapt voor Cronus. Ze weet niet dat ze sieraden dragen met een GPS-zender erin. De signalen komen uit die flat.'

'Jezus,' zei Lancer perplex. 'Al die tijd zaten ze hiernaast... We moeten Scotland Yard bellen, MI5. Een arrestatieteam laten komen.'

'Als jij dat doet, dan ga ik zien of ik vanaf jouw balkon in dat appartement kan kijken. En zeg dat ze in stilte moeten komen. Zonder sirenes. Ik wil niet dat mijn kinderen in een reflex worden vermoord.'

Lancer knikte meelevend, pakte zijn mobiele telefoon en toetste een nummer in terwijl Knight door de openslaande deuren het doorweekte balkon op glipte. Hij liep langs het natte meubilair en probeerde in de buurflat te kijken.

Het andere balkon was nog geen twee meter verderop en had een ijzeren balustrade. Voor de openslaande deuren hing witte vitrage waardoorheen licht scheen, maar Knight kreeg geen duidelijk idee van de indeling. Rechts van hem hoorde Knight Lancer uitleggen wat er aan de hand was.

De wind stak op. De openslaande deuren op het andere balkon woeien bijna tien centimeter open. Hij zag een spierwit tapijt en een witte tafel in landelijke stijl waarop een paar computers stonden, allemaal verbonden met blauwe CAT5E-kabels.

Knight wilde net Lancers appartement weer in gaan om hem te vertellen wat hij had gezien toen hij zijn zoon ergens in de naastgelegen flat hoorde jammeren: 'Nee, Marta! Lukey wil naar huis voor feestje!'

'Kop dicht, verwend rotjong,' zei Marta woedend, waarna Knight een luide klap hoorde en Luke hysterisch werd. 'En leer eens hoe je naar de wc gaat!'

HOOFDSTUK 96

Knight werd overvallen door het oerinstinct van een vader die zijn kind wil beschermen. Zonder over de gevolgen na te denken klom hij op Lancers balustrade, negen meter boven de grond, hurkte en dook naar voren.

Toen hij zich afzette op het natte hek glipten zijn schoenen een beetje weg en wist hij direct dat hij het naastgelegen balkon niet zou halen. Hij zou de balustrade niet eens bereiken en wist bijna zeker dat hij naar beneden zou storten en elk bot in zijn lijf zou breken. Maar op de een of andere manier kon hij de onderkant van de ijzeren spijlen net vastgrijpen op het punt waar ze aan het balkon vastzaten. Hij hield zich uit alle macht vast en vroeg zich al bungelend af hoe lang hij dat zou volhouden.

'Kop dicht!' snauwde Marta en ze deelde weer een klap uit.

Luke begon heel zielig te snikken, waardoor er een stoot adrenaline vrijkwam in Knights lichaam. Hij zwaaide zijn lichaam van links naar rechts als een slinger. Het ijzer beet in zijn huid, maar dat maakte hem niet uit want bij de derde zwaai kreeg hij met de teen van zijn rechterschoen vat op de hoek van het balkon.

Een paar seconden later was hij over de balustrade geklommen en stond hij op het balkon, met trillende spieren en een chemische smaak in zijn mond. Lukes gehuil klonk nu gedempt en nasaal, alsof Marta hem had gekneveld.

Hij negeerde zijn prikkende handen, pakte zijn Beretta en sloop naar de open deuren. Hij gluurde naar binnen en zag dat de woonkamer dezelfde indeling had als bij Lancer. Het meubilair was echter totaal anders, met een veel koelere uitstraling. Alles in de kamer, behalve een goud met rood wandtapijt dat aan de noordmuur hing, was even spierwit als het tapijt. Lukes gedempte kreten kwamen uit een gang bij de keuken.

Knight duwde de deuren helemaal open en stapte naar binnen. Hij schopte zijn schoenen uit en sloop snel naar de gang. Hij maakte zich geen illusies over wat hij aan het doen was. Marta was medeplichtig aan de dood van Denton Marshall. Ze had meegeholpen zijn moeders geluk te verwoesten. Ze had geprobeerd de Olympische Spelen om zeep te helpen en ze had zijn kinderen ontvoerd. Hij zou niet aarzelen haar te doden om hen te redden.

Lukes kreten werden iets zachter, waardoor Knight ook Isabel hoorde huilen, en toen een dieper gekerm. Al die geluiden kwamen uit een kamer links. De deur stond open en het licht was aan. Knight drukte zich tegen de muur en kwam bij de deuropening. Hij keek de gang door en zag nog twee deuren; beide stonden open maar het licht in die kamers was uit.

Alles speelde zich af in de kamer pal naast hem. Hij ontgrendelde de veiligheidspal.

Met het pistool vooruitgestoken stapte Knight de deuropening in. Hij zwaaide het pistool van links naar rechts en zag Isabel met dichtgeplakte mond op haar zij op een kaal matras rechts van hem op de vloer liggen. Ze keek naar Marta. Het kindermeisje stond bijna vijf meter van Knight met haar rug naar de deur en was Lukes luier aan het verschonen op een tafel tegen de muur. Ze had geen idee dat hij in de deuropening achter haar stond en een vrij schootsveld zocht.

Maar James Daring zag hem wel.

De museumcurator en televisiester staarde Knight aan, die de hele situatie in één oogopslag begreep. Hij deed een stap naar voren, richtte en zei: 'Ga bij mijn zoon vandaan, oorlogsmisdadigster, anders schiet ik je door je kop. En daar zou ik nog van genieten ook.'

Het kindermeisje draaide zich ongelovig om naar Knight. Haar blik ging naar een zwart automatisch geweer dat een meter verderop in de hoek stond.

'Dat zou ik niet doen,' zei Knight, die een stap naar voren deed. 'Op je buik, met je handen achter je hoofd, anders ben je er geweest. Nu.'

De blik in Marta's ogen werd doods en leeg, maar ze deed langzaam wat hij zei. Ze liet zich door haar knieën zakken terwijl ze hem aankeek als een gekooide leeuwin.

Knight deed nog een stap naar haar toe. Hij hield de Beretta met twee handen stevig vast en keek naar haar door het vizier. 'Ik zei: op je buik!' gilde hij.

Marta ging liggen en deed haar handen achter haar hoofd.

Met een blik op Daring zei Knight: 'Ben jij Cronus?'

Darings ogen draaiden weg terwijl Knight dichtbij een bons hoorde en hij keihard op zijn hoofd werd geslagen.

Het was als de stormen die hij boven de droge vlaktes van Portugal had zien aankomen: de donder dreunde zo hard dat hij Knight verdoofde terwijl gloeiend hete bliksem flitste en er elektrische tentakels door zijn hersens schoten, zo fel dat ze hem verblindden totdat het donker werd.

HOOFDSTUK 97

Zondag 12 augustus 2012

Het geluid van schuifdeuren die opengingen en schoenen die op tegels tikten wekte Karen Pope uit een lichte slaap.

De journaliste van *The Sun* lag op een bank in het lab van Private Londen. Ze was op van de slaap en de zorgen. Niemand had nog iets van Knight gehoord sinds hij de achterdeur van zijn huis was uitgelopen. Pottersfield niet, Hooligan, Pope en Jack Morgan niet, noch iemand anders bij Scotland Yard of Private.

Ze hadden bij hem thuis op hem gewacht tot kort na zonsopkomst. Toen was Pottersfield vertrokken om de lijken te onderzoeken van de twee vrouwen die in de verlaten fabriek waren gevonden. Pope en Hooligan waren teruggegaan naar Private om de vingerafdrukken die hij bij Knight thuis had verzameld door de database met oorlogsmisdadigers uit de Balkanoorlog te halen.

Ze kregen bijna onmiddellijk een hit: Senka, de oudste van de zussen Brazlic, had haar vingerafdrukken overal achtergelaten. Terwijl Hooligan Pottersfield inlichtte, vertelde de inspecteur hem dat de voorlopige uitslag van de vingerafdrukken van de vrouw die het kortste dood was, aantoonde dat zij Nada was, de middelste zus.

Op dat moment, rond acht uur die zondagochtend, was de man met de hamer gekomen en was Pope op de bank gaan liggen met een labjas van Hooligan als deken. Hoe lang had ze geslapen?

'Hooligan, wakker worden,' hoorde ze Jack zeggen. 'Er vraagt een mishandelde rasta bij de receptie naar jou. Hij zegt dat hij van Knight iets persoonlijk bij je moest afleveren en wil het niet aan mij geven.'

Toen deed Pope een oog open en zag de Amerikaan bij Hooligans bureau staan terwijl hij hem probeerde te wekken. Boven hem hing een klok: 10.20.

Twee uur en twintig minuten? Slaapdronken ging ze zitten, waarna ze opstond en achter Hooligan en Jack aan naar de receptie strompelde, waar een Jamaicaan die duidelijk pijn had in een stoel bij de lift zat. Hij had een groot verband op zijn enorm gezwollen wang. Eén arm zat in het gips en hing in een mitella.

'Ik ben Hooligan,' zei de wetenschapper.

De rasta stond moeizaam op en stak zijn goede hand uit. 'Ketu Oladuwa. Ik ben taxichauffeur.'

Hooligan gebaarde naar het gips en verband. 'Ongeluk gehad?'

Oladuwa knikte. 'Mega, man. Op weg naar Heathrow. Van opzij aangereden door een bestelbussie. Ik ben de hele nacht in het ziekenhuis geweest.'

Pope vroeg: 'Wat was er met Knight?'

'Ja, man,' zei de rasta, die zijn hand in zijn zak stopte en een kapotte iPhone tevoorschijn haalde. 'Deze kreeg ik gisteravond van hem. Ik moest naar Heathrow rijden en dan terug naar zijn huis, waar jij of een of andere inspecteur zou zijn. Ik ben vanochtend toen ik uit het ziekenhuis kwam naar Knights huis gegaan. De politie vertelde me dat jullie weg waren, dus toen ben ik hiernaartoe gekomen.'

'Om ons een kapotte telefoon te geven?' vroeg Jack.

'Dat was nog niet zo vóór het ongeluk,' zei de rasta verontwaardigd. 'Hij zei dat je zijn kinderen kon vinden door iets op die telefoon.'

'Fok,' gromde Hooligan. Hij rukte de restanten van Knights telefoon uit Oladuwa's hand, draaide zich om en stormde naar het lab met Pope en Jack op zijn hielen.

'Hé!' riep Oladuwa hen na. 'Hij zei dat ik een beloning zou krijgen!'

HOOFDSTUK 98

Knight kwam langzaam bij. De geur van gebakken vlees drong diep in het instinctmatige deel van zijn hersens door en wekte hem. Eerst had hij geen idee wie of waar hij was, hij rook alleen die geur van gebakken vlees.

Toen begreep hij dat hij op zijn buik op iets hards lag. Daarna kwam zijn gehoor terug. Eerst hoorde hij een beukende branding, vervolgens geruis en toen stemmen, televisiestemmen. Op dat moment wist Knight weer wie hij was en herinnerde zich vaag dat hij met zijn kinderen en met Marta en Daring in een slaapkamer was geweest, waarna alles één zwart gat werd. Hij probeerde zich te bewegen. Dat lukte niet. Zijn polsen en handen waren vastgebonden.

De fluit begon, ijl en met veel trillers, en Knight dwong zichzelf zijn ogen te openen. Hij zag door een waas dat hij niet meer in de slaapkamer in het witte appartement was. De vloer onder hem was van hout en er lag geen tapijt. De muren om hem heen hadden een donkere lambrisering en bewogen naar hem toe en van hem af als een kolkende zee.

Knight was misselijk en sloot zijn ogen. Hij hoorde de fluitmuziek nog steeds en hoorde tv-presentatoren bekvechten, waarna hij zijn hoofd bewoog en een vreselijk gebons in zijn achterhoofd voelde. Na een paar tellen opende hij zijn ogen voor de tweede keer. Nu was zijn zicht beter. Hij zag Isabel en Luke vrij dichtbij bewusteloos op de vloer liggen, vastgebonden en gekneveld.

Toen hij zijn hoofd draaide in een poging de bron van de muziek te lokaliseren zag hij midden in de kamer een hemelbed staan. Daarop lag James Daring.

Hoe duf hij ook was, Knight begreep meteen in welke hachelijke situatie Daring verkeerde. Dezelfde situatie waarin hij de museumcurator had gezien voordat hij was weggezonken in de duisternis: de televisiester lag in een ziekenhuishemd met al zijn ledematen vastgebonden aan de stijlen van het bed. Zijn mond was dichtgeplakt. Aan een standaard bij het bed hing een infuus, dat in zijn pols verdween.

De fluitmuziek hield op en Knight zag iemand afgetekend tegen fel zonlicht door de kamer naar hem toe komen.

Mike Lancer had een zwart legergeweer losjes in zijn linkerhand en een glas sinaasappelsap in zijn rechter. Hij zette het glas op tafel en hurkte neer bij Knight. Geamuseerd keek hij hem aan en zei: 'Eindelijk, je bent wakker. Had je het gevoel dat alles opnieuw was ingericht?' Hij lachte en liet het wapen zien. 'Geweldig, die oude riotguns. Zelfs op luchtdruk delen die zakjes met ganzenhagel een flinke dreun uit, vooral als je van korte afstand op het hoofd richt.'

'Cronus?' vroeg Knight, nog steeds wazig. Hij rook de alcohol in Lancers adem.

'Weet je, ik had vanaf het begin een bepaald gevoel over jou, Knight, of in elk geval sinds Dan Carters voortijdige dood: een gevoel dat jij me weleens in de smiezen zou kunnen krijgen. Maar ik heb de noodzakelijke voorzorgsmaatregelen genomen, en hier zijn we dan.'

Totaal in de war zei Knight: 'De Olympische Spelen waren je lust en je leven. Waarom heb je het gedaan?'

Lancer liet het geweer tegen de binnenkant van zijn knie rusten en krabde aan zijn achterhoofd. Terwijl hij dat deed, zag Knight dat zijn gezicht rood werd van boosheid. Hij stond op, pakte het glas en nam een slok, waarna hij zei: 'De moderne Spelen zijn al sinds het begin corrupt. Omgekochte juryleden. Genetische wangedrochten. Door drugs opgepompte monsters. Ze moesten worden gezuiverd en ik was degene die–'

Zelfs in Knights nevelige toestand klonk dat onzinnig en hij zei: 'Gelul. Ik geloof je niet.'

Lancer keek naar hem en smeet zijn glas naar hem toe. Hij miste en het sloeg tegen de muur achter Knight aan scherven. 'Wie ben jij om mijn motieven in twijfel te trekken?' brulde Lancer.

Hersenschudding of niet, dreiging of niet, het werd allemaal duidelijker voor Knight, die zei: 'Je hebt dit niet alleen maar gedaan om dingen aan de kaak te stellen. Je hebt de slachtoffers gemaakt ten overstaan van een wereldpubliek. Daar moet een gestoord soort woede achter zitten.'

Lancer werd nog bozer. 'Ik ben een verlengstuk van de god van de tijd.' Hij keek naar de tweeling. 'Cronus. Verslinder van kinderen.'

De dreiging die daarin school verscheurde Knight. Hoe ver heen was die man?

'Nee, zo zit het niet,' zei Knight, die zijn troebele intuïtie volgde. 'Er is je iets overkomen. Iets waardoor je haat bent gaan koesteren en wat je ertoe aanzette dit allemaal te doen.'

Lancer verhief zijn stem. 'De Olympische Spelen behoren een religieus feest te zijn, waar eerbare mannen en vrouwen voor de ogen van de hemel tegen elkaar strijden. De moderne Spelen zijn precies het tegenovergestelde. De goden zijn beledigd door de arrogante mensen, de hybris van de mensheid.'

Knights zicht werd iets waziger en hij werd weer misselijk, maar zijn geest werkte met de seconde beter. Hij schudde zijn hoofd. 'De goden zijn niet beledigd. Jij bent beledigd. Wie zijn het? De arrogante mensen?'

'Degenen die de afgelopen twee weken zijn gestorven,' antwoordde Lancer verhit. Toen glimlachte hij. 'Onder wie Dan Carter en je andere geliefde collega's.'

Knight staarde hem aan, niet in staat te vatten hoe verdorven de man was. 'Heb jij dat vliegtuig opgeblazen?'

'Carter zat me een beetje te dicht op de hielen. De anderen waren een geval van bijkomende schade.'

'Bijkomende schade!' riep Knight, die de man voor hem wilde vermoorden, hem een voor een zijn ledematen wilde uittrekken. Maar toen hoorde hij een galmend geluid in zijn hoofd en hij bleef naar Lancer liggen kijken.

Na een paar tellen vroeg hij: 'Wie heeft je beledigd?'

Lancers gezichtsuitdrukking verhardde terwijl het verleden zich aan hem opdrong.

'Nou, wie?' wilde Knight weten.

De voormalig tienkamper keek razend naar Knight en zei: 'Artsen.'

HOOFDSTUK 99

In grote, bittere lijnen vertel ik Knight een verhaal dat niemand, behalve de zusters Brazlic, ooit in zijn geheel heeft gehoord. Ik begin met de haat waarmee ik ben geboren, vertel dat ik mijn moeder heb neergestoken en de monsters heb vermoord die me hadden gestenigd toen ik bij dominee Bob in Brixton was gaan wonen, de ruigste buurt van Londen.

Ik vertel Knight dat dominee Bob me na de steniging, in de lente waarin ik vijftien was, had laten meedoen met een tien-kamp omdat hij dacht dat ik sterker en sneller was dan de meeste jongens. Hij had geen idee waartoe ik in staat was. Ik ook niet.

Tijdens die eerste wedstrijd won ik zes onderdelen: de 100 en 400 meter, het speerwerpen, hoogspringen, verspringen en discuswerpen. Dat deed ik weer tijdens een regionale wedstrijd en een derde keer bij een nationale bijeenkomst voor junioren in Sheffield.

'Na Sheffield werd ik aangesproken door een man die Lionel Higgins heette,' vertel ik Knight. 'Higgins was een privécoach die tienkampers trainde. Hij zei dat ik het talent had om de grootste allround atleet ter wereld te worden en goud op de Olympische Spelen te winnen. Hij bood me aan me te helpen een manier te vinden om fulltime te trainen en vulde mijn hoofd met valse dromen over roem en een leven dat volgens de Olympische idealen werd geleefd, over eerlijke concurrentie, dat de beste moge winnen en al die onzin.'

Minachtend snuivend zeg ik: 'De monstermoordenaar in mij

viel volledig voor zijn gladde verkooppraatjes.'

Ik vertel Knight hoe ik de volgende vijftien jaar mijn leven volgens de Olympische idealen leidde. Ondanks de hoofdpijnen waardoor ik minstens één keer per maand uitgeschakeld was, regelde Higgins dat ik bij het Coldstream Regiment kwam, waar ik in ruil voor tien dienstjaren onbeperkt kon trainen. Dat deed ik, verwoed, doelbewust, volgens sommigen maniakaal, voor een kans op sportieve onsterfelijkheid, die ik uiteindelijk tijdens de Spelen van 1992 in Barcelona kreeg.

'De drukkende hitte en vochtigheid hadden we verwacht. Higgins stuurde me naar India om me erop voor te bereiden, want hij dacht dat het in Bombay erger zou zijn dan in Spanje. Hij had gelijk. Ik was het best voorbereid en geestelijk was ik er klaar voor om meer te lijden dan wie dan ook.'

Verteerd door de duisterste herinneringen schud ik mijn hoofd als een terriër die de ruggengraat van een rat breekt en zeg: 'Het maakte allemaal niets uit.'

Ik beschrijf hoe ik na dag één eerste stond, na de 100 meter, het hoogspringen, kogelstoten, verspringen en de 400 meter. 'Het was ruim 35 graden en de drukkende, verzadigde lucht eiste zijn tol: ik verkrampte en stortte in nadat ik op de 400 meter tweede was geworden.

Ze brachten me snel naar de verzorging. Maar ik maakte me niet druk. Higgins en ik hadden al bedacht dat ik na de eerste dag een elektrolytenboost nodig zou hebben. Die was ook toegestaan. Ik bleef roepen om mijn coach, maar het medisch personeel wilde hem niet binnenlaten. Ik zag dat ze me aan een infuus wilden leggen. Ik zei dat ik wilde dat mijn eigen coach de vloeistof en mineralen die ik had verloren zou aanvullen met een mengsel dat we precies op mijn stofwisseling hadden afgestemd. Maar ik had de kracht niet om tegen ze in te gaan toen ze de naald in mijn arm staken en de slang vastmaakten aan een zakje met god weet wat.'

Ik kijk Knight woest aan, ik beleef het helemaal opnieuw. 'De dag erna was ik een schim van mezelf. Het speerwerpen en pols-stokhoogspringen waren mijn beste onderdelen, maar beide werden een fiasco. Ik, de heersende wereldkampioen, eindigde niet eens bij de eerste tien.'

Boosheid overweldigt me bijna als ik zeg: 'Mijn droom kwam niet uit, Knight. Geen Olympische eer. Geen bewijs van mijn superioriteit. Gesaboteerd door wat de moderne Spelen zijn geworden.'

Knight kijkt me aan met dezelfde wantrouwige en angstige uitdrukking op zijn gezicht die Marta ook had toen ik in dat politiebureau in Bosnië aanbood haar en haar zusters te redden.

'Maar je was wereldkampioen,' zegt Knight. 'Twee keer.'

'De onsterfelijken winnen Olympisch goud. De superieure mens wint goud. Ik ben door monsters van mijn kans beroofd. Het was vooropgezette sabotage.'

Knight kijkt me nu ongelovig aan. 'En dus ben je toen al, twintig jaar geleden, plannen gaan beramen om wraak te nemen?'

'In de loop der tijd breidden mijn wraakgevoelens zich uit,' geef ik toe. 'Het begon met die Spaanse artsen die me hebben gedrogeerd. Die zijn in september 1993 een natuurlijke dood gestorven. De scheidsrechters van toen zijn in '94 en begin '95 bij afzonderlijke auto-ongelukken omgekomen.'

'En de Furiën?' vraagt Knight.

Ik ga op een stoel zitten op een meter afstand van hem. 'Bijna niemand weet dat we in de zomer van 1995, nadat mijn regiment de dienst bij de Queen's Guard had afgerond, naar Sarajevo werden gestuurd om een NAVO-vredesmissie af te lossen. Ik ben er nog geen vijf weken geweest, vanwege een bermbom waardoor ik voor de tweede keer in mijn leven een schedelbreuk opliep.'

Knight brabbelde nu iets minder en zijn ogen stonden minder glazig toen hij vroeg: 'Was dat voor of nadat je de zussen Brazlic hielp uit dat politiebureau bij Srebrenica te ontsnappen?'

Ik glimlach bitter. 'Ervoor. De Furiën kregen een nieuw paspoort en een nieuwe identiteit, waarna ik ze naar Londen bracht en ze in de flat naast me huisvestte. Er is zelfs een geheime deur achter mijn kast en hun wandtapijt zodat het leek alsof we gescheiden levens leidden.'

'Die in dienst stonden van de vernietiging van de Olympische Spelen?' vraagt Knight bijtend.

'Ja, dat klopt. Zoals ik al zei, de goden stonden erachter, ze stonden achter mij. Het was het lot. Hoe verklaar je anders dat ik al heel vroeg in dit hele proces ben gevraagd lid te worden van het organisatiecomité en dat toen Londen werd uitverkoren? Het lot heeft ervoor gezorgd dat ik er vanaf het begin bij was, dat ik dingen kon verstoppen waar ik ze nodig had, ze kon veranderen voor mijn doel, dat ik volledige toegang had tot elke centimeter van elk complex. En nu zorgt het lot ervoor, nu iedereen naar jou en je kinderen op zoek is, dat ik kan afmaken wat ik ben begonnen.'

Knights gezicht is verwrongen. 'Je bent gek.'

'Nee, hoor, Knight,' antwoord ik. 'Alleen superieur, in opzichten die jij niet kunt begrijpen.'

Ik sta op en loop weg. Hij roept me na: 'Dus je gaat alle Furiën uitschakelen voor je grote finale? Marta vermoorden en dan ontsnappen?'

'Helemaal niet,' zei ik grinnikend. 'Marta is nu op weg om je dochters ketting en je zoons horloge in een trein naar respectievelijk Schotland en Frankrijk te leggen. Als ze daarmee klaar is, komt ze terug, zal meneer Daring losmaken en dan je kinderen en jou vermoorden.'

HOOFDSTUK 100

Knight voelde het deinen en bonzen in zijn hoofd, alsof hij weer een klap had gekregen. Hij richtte met moeite zijn aandacht op zijn slapende kinderen. De ketting en het horloge waren weg. Ze konden nu op geen enkele manier meer worden opgespoord. Hoe zat het met die taxichauffeur? Waarom had hij de telefoon niet aan Hooligan of Pottersfield gegeven? Waarom waren ze hem niet komen zoeken? Zaten ze achter Marta aan, gingen ze naar de treinen?

Knight keek weer naar Lancer, die een tas en wat papieren pakte.

'Mijn kinderen hebben niets gedaan,' zei Knight. 'Ze zijn pas drie jaar oud. Ze zijn onschuldig.'

'Het zijn kleine monsters,' zei Lancer effen en hij draaide zich naar de deur. 'Dag, Knight. Het was leuk om tegen je te strijden, maar de betere man heeft gewonnen.'

'O nee!' riep Knight hem na. 'Dat heeft Mundaho bewezen. Je hebt helemaal niet gewonnen. De Olympische spirit leeft verder, wat jij ook doet.'

Dat was een gevoelige plek, want Lancer draaide zich om en beende terug naar Knight, maar hij kromp ineen en bleef staan door een geweerschot.

Het kwam van de televisie, en Lancer ontspande zich en grijnsde.

'De start van de mannenmarathon,' zei hij. 'De laatste wedstrijd is begonnen. En zal ik jou eens wat zeggen, Knight? Omdat ik de betere man ben, laat ik je leven tot het einde. Voordat Marta je vermoordt, zal ze jou er getuige van laten zijn hoe ik de Olympische spirit voor eens en voor altijd doof.'

HOOFDSTUK 101

Een halfuur later, precies om twaalf uur, keek Pope nerveus op van de uitzending van de mannenmarathon naar Hooligan, die nog steeds over de brokstukken van de iPhone gebogen stond in een poging Knights gangen na te gaan.

'Heb je al iets?' vroeg de journaliste, totaal verslagen.

'Die simkaart is fokking kapot,' antwoordde Hooligan zonder op te kijken. 'Maar volgens mij kom ik in de buurt.'

Jack was vertrokken om toezicht te houden op de beveiliging bij de finish van de marathon. Maar Elaine Pottersfield was in het lab. Ze was pas een paar ogenblikken daarvoor gearriveerd, opgewonden en uitgeput door de gebeurtenissen van de voorgaande vierentwintig uur.

'Waar heeft die taxichauffeur Peter opgepikt?' vroeg ze ongeduldig.

Pope zei: 'Ergens in Knightsbridge, volgens mij. Als Oladuwa een mobiel had, konden we hem bellen, maar hij zei dat zijn vrouw die heeft.'

Pottersfield dacht even na. 'Was het soms Milner Street?'

'Ja, inderdaad,' bromde Hooligan.

'Dan was Knight bij zijn moeder,' zei de inspecteur. 'Amanda moet iets weten.' Ze rukte haar telefoon tevoorschijn en zocht het nummer op.

'Daar hebben we hem,' zei Hooligan, die opkeek van twee sensors die aan een gered stukje van Knights simkaart waren vastgeklikt. Hij keek op zijn scherm, waarop allerlei codes verschenen.

Hij leunde voorover naar het toetsenbord en begon te typen terwijl Pope hoorde dat Pottersfield groette, zich voorstelde als inspecteur en de zus van wijlen Knights vrouw en vroeg of ze Amanda Knight kon spreken. Toen verliet ze het lab.

Twee minuten later veranderde het beeld op Hooligans scherm van elektronische hiërogliefen in een wazig shot van een website. Pope vroeg: 'Wat is dat?'

'Het lijkt wel een kaart of zo,' antwoordde Hooligan terwijl de inspecteur het lab weer binnen kwam stormen. 'Maar ik kan de URL niet lezen.'

'Trace Angels!' riep Pottersfield. 'Er staat Trace Angels!'

HOOFDSTUK 102

De menigte op Birdcage Walk tegenover St. James's Park is veel groter dan ik had verwacht. Maar ja, de mannenmarathon is natuurlijk een van de laatste wedstrijden van de Spelen.

Het is snikheet, halftwaalf en de eerste lopers komen eraan om aan de tweede van vier rondes te beginnen waaruit het parcours bestaat. Ik hoor gebrul en zie ze westwaarts lopen, naar Victoria Memorial en Buckingham Palace.

Met een kleine schoudertas om baan ik me een weg tot voor aan de menigte door mijn Olympische beveiligingspas op te houden, die ik niet heb hoeven inleveren. Het is van het grootste belang dat ik hier nu, op dit ogenblik, word gezien. Ik was van plan om welke agent dan ook aan te klampen, maar als ik het parcours langs kijk, zie ik een bekend gezicht. Ik duik onder het afzetlint door en loop naar hem toe, met mijn pas omhoog.

'Inspecteur Casper? Mike Lancer.'

De man van Scotland Yard knikt. 'Ik vind dat u niet eerlijk behandeld bent.'

'Dank u wel,' zeg ik en ik voeg eraan toe: 'Ik ben natuurlijk geen official meer, maar zou ik misschien mogen oversteken als er een gat valt in de lopers? Ik wil graag vanaf de noordkant kijken, als dat kan.'

Casper denkt over mijn vraag na, haalt zijn schouders op en zegt: 'Tuurlijk, waarom niet?'

Een halve minuut later sta ik aan de overkant en worstel me een weg door de menigte het park in. Dan loop ik naar het oosten. Ik werp een blik op mijn horloge en bedenk dat Marta over ongeveer anderhalf uur Daring zal losmaken, zo rond de finish van de marathon, wat veel politieaandacht zal trekken en me zoveel voorsprong zal geven dat ik niet verslagen zal kunnen worden.

Vandaag ga ik niet verliezen, denk ik. Vandaag niet. En nooit meer.

HOOFDSTUK 103

Het laatste halfuur had Knight in Lancers logeerkamer, met dichtgeplakte mond en een bonkend en ijl gevoel in het hoofd, afwisselend geprobeerd zich aan zijn boeien te ontworstelen, van frustratie naar lucht gehapt en verlangend naar zijn bewusteloze kinderen gekeken, zich vaag bewust van de uitzending van de marathon die uit de televisie klonk.

Het was 11.55 uur. Bij mijl 11, kilometer 17, bijna een uur na de start van de wedstrijd, hadden lopers uit Groot-Brittannië, Ethiopië, Kenia en Mexico zich losgemaakt uit de grote massa langs Victoria Embankment. In elkaars kielzog legden ze in de verzengende hitte in Olympisch recordtempo de kilometers af van het London Eye naar het parlement.

Knight vroeg zich grimmig af welke wreedheid Lancer ergens langs de route had gepland en weigerde te denken aan wat Marta voor hem en de tweeling in petto had na deze wedstrijd.

Hij sloot zijn ogen en bad tot God en Kate, smeekte of ze hem wilden helpen de kinderen te redden. Hij zei dat hij het niet erg zou vinden om te sterven, al was het maar om weer samen te zijn met Kate. Maar de kinderen verdienden het om...

Marta kwam de kamer in met de zwarte riotgun die Knight de vorige avond al had gezien en een plastic tas met drie literflessen cola. Ze had haar donkere haar afgeknipt en geverfd. Ze was nu blauwachtig blond met zilverkleurige highlights, wat vreemd genoeg goed paste bij haar zwartleren rok, tanktop en kuithoge laarzen. Als Knight de afgelopen twee weken niet zo vaak in haar buurt was geweest, had hij haar door de zware make-up misschien nooit herkend als het stugge kindermeisje dat hem voor het eerst in de speeltuin had benaderd.

Marta lette niet op Knight, alsof hij en ieder ander in de kamer bijzaken waren. Ze zette de colaflessen op een kast, pakte het geweer met twee handen vast en liep naar Daring. Ze zette het geweer neer, nam een injectienaald en spoot iets in het infuus in zijn arm.

'Wakker worden,' zei ze en ze pakte het geweer weer op.

Ze haalde een appel uit haar zak en nam een hap, met haar aandacht lui op de marathon gericht.

Luke bewoog en opende zijn ogen. Hij keek zijn vader recht aan en sperde zijn ogen wijd open. Toen fronste hij zijn voorhoofd, zijn gezicht werd rood en hij begon te jammeren, niet van angst, maar alsof hij zijn vader wanhopig graag iets wilde vertellen. Knight herkende dat rode gezicht en wist onmiddellijk wat de gedempte kreten betekenden.

Bij het geluid keek Marta met zo'n ijskoude blik om dat Knights bonzende hersens hem toeschreeuwden dat hij ervoor moest zorgen dat ze naar hem keek en niet naar zijn zoon.

Knight begon met dichtgeplakte mond te kreunen. Marta keek hem kauwend op haar appel aan en zei: 'Kop dicht. Ik wil je niet horen jammeren zoals dat zoontje van je.'

In plaats van te doen wat ze vroeg, kermde Knight nog luider en bonkte met zijn voeten op de vloer, niet alleen in een poging iemand in de flat beneden hen te waarschuwen, maar ook om Marta dwars te zitten. Hij wilde haar aan de praat krijgen. Hij wist genoeg over onderhandelen bij gijzelingen om te begrijpen hoe belangrijk het was de gijzelnemer aan het praten te krijgen, vooral als er al met de dood was gedreigd.

Isabel kwam bij en begon te huilen.

Marta stommelde met het geweer naar Knight toe en lachte. 'De flat hieronder is ook van ons. Dus ga je gang, maak maar herrie. Niemand kan je horen.'

En toen schopte ze hem in zijn buik. Knight klapte dubbel en rolde kreunend op zijn rug. Hij voelde scherven van het kapotgevallen glas sinaasappelsap onder hem knerpen en snijden. Luke begon te huilen. Marta keek naar de kinderen. Knight was er zeker van dat ze hun ook een schop zou geven. Maar toen ging ze op haar hurken zitten en trok het plakband van Knights mond. 'Zeg dat ze hun kop moeten houden of jullie gaan er allemaal meteen aan.'

'Luke wil naar de wc,' zei Knight. 'Haal het plakband van zijn mond en vraag het hem.'

Marta wierp hem een vuile blik toe, haastte zich naar zijn zoon en trok het plakband van zijn mond. 'Wat is er?'

Knights zoon deinsde terug voor Marta, maar keek zijn vader aan en zei: 'Lukey moet poepie doen. Grotemensenwc.'

'Schijt maar in je broek wat mij betreft.'

'Grotemensenwc, Marta,' hield de jongen vol. 'Lukey grote jongen. Geen luier.'

'Geef hem een kans,' zei Knight. 'Hij is pas drie.'

Marta's gezichtsuitdrukking veranderde in een grijns vol walging. Maar ze pakte een mes en sneed Lukes enkels los. Met het geweer in de ene hand trok ze Knights zoon omhoog en snauwde: 'Als dit weer vals alarm is, maak ik jou als eerste af.'

Ze liepen langs Daring en verdwenen de deur door en de gang in. Knight keek rond, rolde iets terug, hoorde het glas weer knarsen en voelde splinters in zijn armen en rug snijden.

Door de pijn werd hij alert en hij zag z'n kans. Hij kromde uit alle macht zijn rug en tastte in het rond. Zijn vingers probeerden wanhopig iets onder hem te pakken. Alsjeblieft, Kate. Alsjeblieft.

Met de wijsvinger van zijn rechterhand voelde hij de rand van een wat grotere scherf, misschien vijf centimeter lang, die hij probeerde te pakken. Maar hij liet hem weer vallen. Binnensmonds vloekend probeerde hij het nogmaals. Maar hij had hem nog niet gevonden toen hij Luke hoorde roepen: 'Zie je wel, Marta! Grote jongen!'

Een tel later hoorde hij dat er doorgetrokken werd en heftig tastte hij rond met zijn vingers. Niets. Hij hoorde voetstappen, kromde zijn rug nog één keer en duwde zich dichter naar de plek waar het glas was verbrijzeld. Toen kwam Luke binnen, met zijn polsen nog steeds aan elkaar getapet voor zijn lichaam, en keek met een stralend gezicht zijn vader aan.

'Lukey nu grote jongen, papa,' zei hij. 'Lukey drie. Geen luier meer.'

HOOFDSTUK 104

'Goed gedaan, knul,' zei Knight, die weer plat op zijn rug ging liggen. Hij glimlachte naar zijn zoon en wierp een blik op Marta, die het geweer nog steeds vasthield. Toen voelde hij een groot stuk van de bodem van het glas op de vloer onder zijn onderrug.

Hij sloot net de vingers van zijn rechterhand eromheen toen Marta tegen Luke zei: 'Ga naast je zus zitten en beweeg je niet.' Ze draaide zich om om te kijken hoe het met Daring ging, die zich nu op bed bewoog.

'Word eens wakker,' zei ze weer. 'We moeten over niet al te lange tijd gaan.'

Daring kreunde terwijl Knight het stuk glas zo draaide dat hij het tegen de grijze tape om zijn polsen kon zetten en begon te zagen. Luke kwam plichtsgetrouw naar zijn vader. Glimlachend zei hij: 'Lukey grote jongen.'

Met zijn aandacht op Marta gericht zei Knight: 'Heel goed van je. Ga nu maar zitten, zoals Marta zei.'

Maar zijn zoon bewoog niet. 'Naar huis, papa?' vroeg Luke, en Bella jammerde instemmend achter haar knevel. 'Feestje?'

'We gaan zo,' zei Knight, die voelde dat het tape begon los te raken. 'Het duurt niet lang meer.'

Maar toen pakte Marta een rol grijze tape en liep naar Luke toe. Zijn zoon wierp een blik op de tape en riep: 'Nee, Marta!'

Hij dook weg en begon te rennen. Marta werd woest. Ze richtte het geweer op Knights zoon en blafte: 'Zitten. Nu. Of je gaat eraan.'

Maar Luke was te jong om echt te begrijpen wat het betekende als er een geladen wapen op je werd gericht. 'Nee!' zei hij brutaal en hij sprong op het matras naast Isabel. Hij keek rond, zocht naar een manier om te ontsnappen.

'Wie niet horen wil...' zei Marta en ze liep kwaad naar Luke toe, met haar blik alleen op hem gericht en niet op Knight, die voelde dat zijn polsen vrij kwamen.

Terwijl ze langs hem liep en keek hoe ze zijn zoon in het nauw kon drijven, haalde hij uit met zijn vastgebonden voeten.

Hij raakte Marta's achillespees hard en ze slaakte een kreet terwijl ze door haar knieën zakte en zijwaarts tegen de vloer smakte. Het geweer viel kletterend een eindje verder neer.

Knight draaide zich om, pakte het stuk glas en probeerde ermee uit te halen. Maar Marta reageerde verbluffend snel. Ze hief haar onderarm en ving daarmee de klap op, waarna ze Knight tegen de borst trapte.

De lucht werd uit zijn longen geperst en hij liet het stuk glas los.

Razend van woede sprong Marta overeind en greep het geweer. Ze beende naar een van de colaflessen, opende hem en stopte de loop in de vloeistof, waarna ze zei: 'Het maakt me niet uit wat Cronus wil. Ik heb genoeg van jou en die rotkinderen van je.'

Ze wond behendig wat grijze tape om haar bloedende arm en toen om de geweerloop en de opening van de fles, waarna ze het geweer met de primitieve geluiddemper rondzwaaide. Haar ogen stonden donker en doods en Knight ving een glimp op van wat die Bosnische jongens gezien moesten hebben toen de zussen Brazlic bij hen langs waren gekomen. Wreed en doelbewust liep Marta op Luke af, die nog steeds naast zijn zus stond, en ze zei tegen Knight: 'Die jongen gaat als eerste. Ik wil dat je ziet hoe je zoiets doet.'

'Lancer gaat je vermoorden!' riep Knight naar haar. 'Net als je zussen!'

Dat hield haar even tegen. Ze draaide zich om en zei: 'Mijn zussen zijn springlevend. Zij zijn Londen al ontvlucht.'

'Nee hoor,' zei Knight. 'Lancer heeft ze allebei vermoord. Hij heeft Andjela's nek gebroken, waarna hij haar handen heeft afgehakt en ze naar mij heeft gestuurd. Nada heeft hij van oor tot oor de keel doorgesneden.'

'Dat lieg je!' snauwde ze en ze kwam naar hem toe met het geweer op hem gericht.

'Ze zijn in dezelfde verlaten fabriek in de buurt van de gasfabriek gevonden waar Selena Farrell gevangengehouden werd.'

Door die informatie hield Marta even in. 'Waarom is dat niet op het nieuws geweest?'

'Ze hebben waarschijnlijk de pers niet ingelicht,' zei Knight, die snel een antwoord probeerde te verzinnen. 'Dat doen ze weleens, dingen achterhouden.'

'Je liegt,' zei ze en haalde toen haar schouders op. 'En al is het waar, dan is dat des te beter voor mij. Ik word niet goed van ze. Af en toe wil ik ze zelf vermoorden.'

Ze haalde de veiligheidspal om.

HOOFDSTUK 105

Plotseling loeiden er in de buurt sirenes. Ze kwamen dichterbij en er welde nieuwe hoop in Knight op.

'Ze komen je halen,' zei hij, dwaas grijnzend naar Marta en de bodem van de colafles. 'Je dagen zijn geteld, wat je mijn kinderen of mij ook aandoet.'

'Nee hoor,' zei ze met een sarcastisch lachje. 'Als ze ergens heen gaan, dan is het naar hiernaast. Intussen vermoord ik jou en ontsnap ik door de tunnel.'

Ze wilde de colafles tegen Knights hoofd drukken, maar hij sloeg hem weg met zijn hand en rolde om terwijl de sirenes naderbij kwamen en steeds luider klonken, en hij dacht: ik moet tijd winnen. Dan wordt in elk geval de tweeling gered.

Maar toen zette Marta haar laars op de zijkant van zijn nek en verstikte hem terwijl ze het geweer liet zakken.

Hij keek haar glazig aan en pakte haar enkel, in een poging haar uit haar evenwicht te brengen. Maar ze duwde alleen maar harder met haar laars in zijn nek totdat hij geen kracht meer had.

Ze keek hem dromerig aan. 'Dag, meneer Knight. Jammer dat ik geen pikhouweel heb.'

HOOFDSTUK 106

Knight dacht aan Kate net voordat Marta opeens haar ogen opensperde. Ze schreeuwde van de pijn, rukte de colafles van zijn hoofd en haar laars van zijn nek en vuurde het geweer af. Met een vreemd vochtige plop ging het gedempte geweer af en er verscheen een gat in de muur pal boven zijn hoofd. Cola en stukken plastic kwamen op hem neer terwijl Marta nog een kreet van pijn slaakte. Razend draaide ze zich af van Knight en greep wild naar iets achter zich.

Luke had Marta in haar hamstring gebeten en hij hield vast als een bijtschildpad terwijl zijn kindermeisje hem woest sloeg en keer op keer schreeuwde. Knight schopte haar hard tegen haar scheen en ze liet het geweer vallen, waarna ze Luke een elleboog-stoot in zijn zij gaf.

De jongen sloeg tegen de muur en bleef bewegingloos liggen.

Knight kroop naar het geweer terwijl Marta naar Luke keek en op haar been de gapende wond voelde die hij had achtergelaten. Daardoor zag ze Knight pas toen hij een paar centimeter van het geweer verwijderd was.

Ze vloekte en stortte zich op Knight terwijl zijn vinger zich om de trekker sloot en hij het geweer op haar probeerde te richten. Ze haalde uit met haar vrije arm en raakte de zijkant van de loop, waardoor de baan van de kogel afboog terwijl het geweer voor de tweede keer afging en er een oorverdovende knal klonk die Knight even desoriënteerde. Hij keek duizelig rond, hopend dat hij Marta op de een of andere manier had neergeschoten.

Maar toen gaf de oudste Furie hem een schop in zijn ribben en rukte het geweer uit zijn handen. Naar adem snakkend en triomfantelijk grijnzend richtte ze de loop op Knights bewusteloze zoon.

'Kijk toe hoe hij sterft,' snauwde ze.

Het schot klonk Knight ver verwijderd en buitenaards in de oren, maar het was perfect op zijn brekende hart gericht; hij verwachtte dat hij Lukes lichaam door de inslag van de kogel zou zien schokken.

In plaats daarvan explodeerde Marta's keel in een bloederige smurrie, waarna ze ineenzakte en met haar ledematen alle kanten op gedraaid dood tussen Knight en zijn zoon neerviel.

Verstomd en met open mond draaide Knight zijn hoofd om en zag Kates oudere zus opstaan uit haar gehurkte schiethouding.

BOEK VIJF

De finish

HOOFDSTUK 107

Vijfentwintig minuten nadat Pottersfield de gezochte oorlogsmisdadigster Senka Brazlic had doodgeschoten, zaten zij en
Knight in haar auto, met de sirene en het zwaailicht aan, en
scheurden door de straten van Chelsea op weg naar The Mall,
waar de beste marathonlopers de vierde en laatste ronde van de
route bijna hadden afgerond.

Normaal gesproken eindigt de mannenmarathon in het Olympisch stadion van het organiserende land. Maar de organisatie van
Londen had besloten – voornamelijk op aandringen van Lancer,
naar bleek – dat de mooie kanten van de stad niet goed zouden
uitkomen als de lopers door het sjofele East End zouden gaan.

Dus had de organisatie ervoor gekozen de deelnemers aan
de marathon vier rondes te laten lopen, met de opmerkelijk-
ste bouwwerken van Londen als telegenieke achtergrond voor
de wedstrijd: van de Tower Hill naar het parlement langs de
Theems, het London Eye en de Naald van Cleopatra. Start en
finish waren op The Mall, in het zicht van Buckingham Palace.

'Stuur zijn foto naar ieders telefoon!' schreeuwde Pottersfield
in haar portofoon. 'Ga hem zoeken! Het was zijn idee om de marathon hier te houden!'

Knight bedacht hoe ontzettend goed ze in haar werk was. Ze
had de website van Trace Angels opgezocht en gezien dat de kinderen op de trein waren gezet, maar had toen bekeken waar ze
eerder waren geweest en het adres aan Porchester Terrace gezien.

Nadat ze contact had opgenomen met de spoorwegen en van de conducteurs van beide treinen had gehoord dat er niemand aan boord was die voldeed aan de omschrijving van Knights kinderen, was ze met het team van Scotland Yard naar het gebouw bij Lancaster Gate gegaan. Ze waren net in de flat van de Furiën toen het geweer met de colafles als geluiddemper afging in de flat ernaast. Ze hadden de ingang naar Lancers flat achter het wandtapijt ontdekt en net nadat Knight het wapen had afgevuurd een schokgranaat naar binnen gegooid.

Terwijl ze haar portofoon neerlegde zei Pottersfield beverig: 'We krijgen hem wel. Iedereen is nu naar hem op zoek.'

Knight gromde terwijl hij uit het raam keek, het verblindende licht in. Hij was nog steeds duizelig en had pijn door de klappen die hij had opgevangen. 'Hoe gaat het, Elaine? Nu je haar hebt moeten neerschieten?'

'Met mij? Jij zou hier niet eens moeten zijn, Peter,' verweet Pottersfield hem. 'Je zou in die ambulance moeten zitten om samen met je kinderen naar het ziekenhuis te gaan. Er moet ook iemand naar jou kijken.'

'Amanda en Boss zijn onderweg om Luke en Bella op te vangen. Ik laat me wel onderzoeken als we Lancer hebben gegrepen.'

Pottersfield schakelde een versnelling terug en schoot Buckingham Palace Road op. 'Weet je zeker dat Lancer zei dat hij een aanslag op de marathon zou uitvoeren?'

Knight deed zijn best het zich te herinneren en antwoordde: 'Voordat hij wegging, zei ik tegen hem dat wat hij ook deed, de Olympische spirit verder zou leven. Ik zei dat Mundaho dat had bewezen. Hierdoor werd hij woedend en ik dacht dat hij me zou vermoorden. Maar toen ging het startpistool voor de marathon af. En hij zei zoiets als: "De mannenmarathon. De laatste wedstrijd is begonnen. En omdat ik de betere man ben, laat ik je leven tot het einde. Voordat Marta je vermoordt, zal ze jou er getuige van laten zijn hoe ik de Olympische spirit voor eens en voor altijd doof."'

Pottersfield kwam slippend tot stilstand voor een politieafzetting tegenover St. James's Park en stapte uit. Ze hield haar badge omhoog zodat de agenten hem konden bekijken. 'Hij is van Private en hoort bij mij. Waar is inspecteur Casper?'

De bobby, die zichtbaar leed in de gruwelijke hitte, wees naar het noorden richting de rotonde voor Buckingham Palace en zei: 'Ik kan hem wel bellen als u wilt.'

Knights schoonzus schudde haar hoofd, waarna ze over het hek sprong en zich ruw een weg door de menigte baande naar Birdcage Walk met Knight, enigszins licht in het hoofd, pal achter haar. Lopers die ver achterlagen op de voorsten waren op de rotonde op weg naar het Victoria Memorial.

De gezette Billy Casper drong zich al naar Knight en Pottersfield toe. 'Godverdorie, inspecteur,' zei hij. 'Die klootzak stond nog geen uur geleden pal voor m'n neus. Hij is St. James's Park in gegaan.'

'Heb je Lancers foto al gekregen?'

'Het hele korps heeft hem tien seconden geleden ontvangen,' antwoordde Casper en trok toen een grimmig gezicht. 'De route is meer dan twaalf kilometer lang. Er staan een half miljoen mensen, misschien nog wel meer, langs de kant. Hoe moeten we hem in vredesnaam vinden?'

'Bij de finish, of daar ergens in de buurt,' zei Knight. 'Dat past bij zijn gevoel voor drama. Heb je Jack Morgan gezien?'

'Die ligt ver voor, Peter,' antwoordde de inspecteur. 'Zodra hij hoorde dat Cronus Lancer was en nog steeds vrij rondliep, ging hij rechtstreeks naar de finish. Slimme vent voor een yank.'

Zesentwintig minuten later, terwijl er gejuich klonk een eind terug op de marathonroute, ten zuiden van St. James's Park had niemand Lancer nog gezien en was elk onderdeel van het timingsysteem nogmaals nagekeken op boobytraps.

Hoog op de tribunes die langs The Mall waren opgesteld, richtten Knight en Jack hun verrekijker op de bomen, om te zien of Lancer zich daar als sluipschutter had genesteld. Casper en

Pottersfield deden zo'n beetje hetzelfde aan de andere kant van de straat. Maar hun zicht werd belemmerd door tientallen grote Union Jacks en Olympische vlaggen die aan palen wapperden die langs de weg naar Buckingham Palace stonden.

'Ik heb hem zelf nagetrokken,' zei Jack somber terwijl hij zijn verrekijker liet zakken. 'Lancer, bedoel ik. Toen hij een paar jaar geleden wat voor ons in Hong Kong moest doen. Hij was brandschoon, niets dan lovende woorden van iedereen die hem had gekend. En ik wist niet dat hij op de Balkan heeft gediend. Dat zou ik me wel herinnerd hebben.'

'Hij was er nog geen vijf weken,' zei Knight.

'Lang genoeg om die bloeddorstige krengen te rekruteren, gestoord als hij is,' zei Jack.

'Daarom heeft hij die periode waarschijnlijk niet in zijn cv gezet,' zei Knight.

Voordat Jack kon antwoorden, kwam het gejuich dichterbij en de mensen op de tribunes rond het Victoria Memorial sprongen op terwijl twee motoragenten zo'n honderd meter voor dezelfde vier lopers uit reden die in de twaalfde mijl uit het peloton waren ontsnapt.

'Die motoragenten,' zei Knight en hij hief zijn verrekijker om hun gezichten te bekijken. Maar al snel wist hij dat geen van hen Lancer was.

Achter de motoragenten verschenen de vier beste lopers – de Keniaan, de Ethiopiër, de blootsvoetse Mexicaan en die kerel uit Brighton; ze hadden allemaal een Olympisch en Kameroens vlaggetje in de hand.

Na 26 mijl en 185 yard, na 42,012 kilometer gingen de Keniaan en de Brit aan kop, zij aan zij rennend. Maar 200 meter voor de finish gingen de Ethiopiër en de Mexicaan, die de twee voorsten op de hielen zaten, ervandoor en trokken een sprintje tot ze naast de Keniaan en de Brit liepen.

De menigte brulde het uit toen de magere lopers over het rechte stuk denderden, op weg naar goud en glorie. Ze liepen alle vier naast elkaar en niemand gaf terrein prijs.

Twintig meter voor de finish versnelde de loper uit Brighton en het leek erop dat Groot-Brittannië niet alleen feest kon vieren vanwege de historische overwinning van Mary Duckworth bij de vrouwen de vorige zondag, maar ook vanwege de eerste gouden plak bij de mannenmarathon.

Verbazingwekkend genoeg vertraagde hij echter, op een paar passen afstand van de finish. De vier lopers hieven hun vlag en liepen samen door het over de weg gespannen lint.

Een seconde lang keken de toeschouwers stomverbaasd toe en Knight hoorde verslaggevers tetteren over deze nooit eerder vertoonde actie en wat die moest betekenen. En toen begreep iedereen op The Mall het en juichte uit volle borst om het gebaar, inclusief Peter Knight.

Hij dacht: zie je dat, Lancer? Cronus? Je kunt de Olympische spirit niet doven omdat hij niet op één plek is; hij wordt meegedragen in het hart van elke sporter die ooit naar grootsheid heeft gestreefd en dat zal altijd zo blijven.

'Geen aanslag,' zei Jack toen het gejuich verstomde. 'Misschien heeft het machtsvertoon langs de route Lancer afgeschrikt.'

'Misschien,' gaf Knight toe. 'En misschien had hij het helemaal niet over het einde van de marathon.'

HOOFDSTUK 108

Het misselijkmakende slot van de mannenmarathon wordt steeds herhaald op de schermen rond de beveiligingsstations terwijl ik geduldig sta te wachten in de brandende hitte in de rij bij de noordelijke ingang van het Olympisch park aan Ruckholt Road.

Mijn hoofd is geschoren en net als elk ander ontbloot stukje huid diep roodbruin gekleurd met henna, een tint tien keer donkerder dan mijn normale teint. Die witte tulband is perfect. Net als de zwarte baard, de metalen armband om mijn rechterpols en het Indiase paspoort, de sepia contactlenzen, de zonnebril en de loshangende witte *kurta* die samen met de patchoeli-olie mijn vermomming als Jat Singh Rajpal compleet maken, een lange Sikh, textielhandelaar uit Punjab die de mazzel had een kaartje te hebben bemachtigd voor de slotceremonie.

Ik sta een halve meter van de scanners als mijn gezicht, mijn normale gezicht, op een van de televisieschermen verschijnt waarop net de finish van de marathon te zien was.

In eerste instantie raak ik bijna in paniek, maar dan roep ik mezelf snel tot de orde en werp een paar onopvallende blikken op het scherm in de hoop dat het gewoon een overzicht is van de gebeurtenissen tijdens de Olympische Spelen, waaronder mijn ontslag uit het organisatiecomité. Maar dan zie ik de nieuwsstream die onder mijn afbeelding voorbijrolt met de woorden dat ik word gezocht in verband met de Cronusmoorden.

Hoe is het mogelijk?! In mijn hoofd dreunen stemmen, die

weer een van die krankzinnig verblindende hoofdpijnen veroorzaken. Ik doe mijn best om kalm te blijven als ik een stap naar voren zet, naar een potige F7-beveiligster en een jonge Scotland Yard-agent, die de toegangskaartjes en identiteitsbewijzen controleren.

'U bent ver van huis, meneer Rajpal,' zegt de agent terwijl hij me uitdrukkingsloos aankijkt.

'Men wil die reis graag maken voor zo'n geweldig evenement,' zeg ik met een geoefend accent dat er vlekkeloos uitkomt ondanks het gebons in mijn hoofd. Ik moet me beheersen om niet mijn hand onder de tulband te steken en het litteken aan te raken dat op mijn achterhoofd steekt.

De beveiligster kijkt op het scherm van een laptop. 'Bent u deze Spelen nog naar andere onderdelen geweest, meneer Rajpal?' vraagt ze.

'Naar twee,' zeg ik. 'Afgelopen donderdagavond naar atletiek en eerder deze week naar hockey. Maandagmiddag. India-Australië. Wij hebben verloren.'

Ze controleert het scherm en knikt. 'We moeten uw tas en alle metalen voorwerpen door de scanner halen.'

'Zonder aarzeling,' zeg ik en ik zet de tas op de lopende band en leg kleingeld, mijn armband en mobiele telefoon in een plastic krat dat erachteraan gaat.

'Hebt u geen *kirpan*?' vraagt de agent.

Ik glimlach. Slimme vent. 'Nee, ik heb de ceremoniële dolk thuisgelaten.'

De agent knikt. 'Fijn. Een paar van uw landgenoten hebben wel geprobeerd die mee naar binnen te nemen. Loopt u maar door.'

Een paar tellen later verdwijnt mijn hoofdpijn. Ik heb mijn tas weer gepakt, waarin alleen een camera zit en een grote tube van iets wat zonnebrandcrème lijkt. Ik loop snel langs Eton Manor, over een voetgangersbrug die me naar het noordoostelijke plein brengt. Daarna loop ik naar het zuiden, langs het Velodrome, de basketbalarena, het sportersdorp en de vipruimtes van de sponsors. Ik blijf even staan en besef dat ik talloze mogelijke schenders van de Olympische idealen over het hoofd heb gezien.

Ach, dat maakt ook niet uit. Mijn laatste daad zal die vergissing meer dan goedmaken. Bij die gedachte gaat mijn ademhaling sneller. Net als mijn hart, dat bonkt als ik naar de beveiligers glimlach die onder aan de wenteltrap staan die tussen de poten van de Orbit omhooggaat. 'Is het restaurant nog open?' vraag ik.

'Tot halfvier, meneer,' antwoordt een van hen. 'U hebt nog twee uur.'

'En als ik daarna nog iets wil eten?' vraag ik.

'De stalletjes hierbeneden blijven open,' zegt hij. 'Alleen het restaurant gaat dicht.'

Ik knik en begin aan de lange klim, waarbij ik amper aandacht schenk aan de naamloze monsters die de trap af komen, zich geen van allen bewust van de dreiging die ik vertegenwoordig. Twaalf minuten later bereik ik het platform met het langzaam ronddraaiende restaurant en ik ga naar de gastvrouw.

'Rajpal,' zeg ik. 'Een tafel voor één persoon.'

Ze fronst haar voorhoofd. 'Zou u bij iemand anders aan tafel willen zitten?'

'Met alle plezier,' antwoord ik.

Ze knikt. 'Dan duurt het tien tot vijftien minuten.'

'Kan ik intussen van het toilet gebruikmaken?' vraag ik.

'Natuurlijk,' zegt ze en ze doet een stap opzij.

Andere gasten komen achter me binnen en de vrouw krijgt het zo druk dat ik er zeker van ben dat ze me al begint te vergeten. Als ze me roept, zal ze denken dat ik het wachten zat ben geworden en ben vertrokken. Ook al laat ze iemand de wc's controleren, daar zal ik niet te vinden zijn. Rajpal is dan al verdwenen.

Ik loop naar het herentoilet en ga het hokje binnen dat ik moet hebben, dat gelukkig leeg is. Na vijf minuten zijn alle andere hokjes ook leeg. Ik trek mezelf zo snel als ik kan op totdat ik op het scheidingsmuurtje zit en duw een plafondtegel omhoog naar een versterkte kruipruimte, bedoeld om onderhoudslieden gemakkelijk toegang tot de elektra en de koelsystemen te geven.

Na wat geworstel ben ik in de kruipruimte en ligt de plafond-tegel weer op zijn plek. Nu hoef ik alleen maar mezelf te kalme-ren, me voor te bereiden en te vertrouwen op het lot.

HOOFDSTUK 109

Knight en Jack waren om vier uur die middag in het Olympisch park. Het zonlicht was nog steeds verblindend en de hitte hing trillend boven de paden. Volgens Scotland Yard en MI5, die op bevel van de premier samen de leiding over de beveiliging op zich hadden genomen, had Mike Lancer geen poging gedaan met zijn beveiligingspas het park binnen te komen. Die pas had iemand direct nadat de waarschuwing over hem was afgegeven laten blokkeren.

Rond halfvijf liep Knight, die nog steeds hoofdpijn had, achter Jack aan het lege stadion in waar hondenteams naar bommen zochten. Op het moment was hij met zijn gedachten meer bij zijn kinderen dan bij de zoektocht naar Lancer. Hoe ging het met ze? Was Amanda bij hen in het ziekenhuis?

Knight wilde net zijn moeder bellen toen Jack zei: 'Misschien is hij afgeschrikt bij de marathon. Misschien was dat zijn laatste kans, zag hij in dat het hem niet ging lukken en is hij ervandoor gegaan.'

'Nee hoor,' zei Knight. 'Hij gaat hier iets proberen. Iets groots.'

'Dan moet hij wel Houdini zijn,' merkte Jack op. 'Je hebt ze gehoord, de beveiliging hier is als in een oorlogsgebied. Ze zetten dubbele sluipschutterteams van de SAS in en in de gangen en op de trappen bevinden zich alle beschikbare mensen van Scotland Yard.'

'Dat weet ik, Jack. Maar als je kijkt naar wat die gestoorde klootzak tot nu toe heeft gedaan, weten we niet of enig beveili-

gingsniveau wel zou werken. Bedenk wel: Lancer heeft erop toe-
gezien hoe 1,5 miljard werd besteed aan veiligheidsmaatregelen
voor de Spelen. Hij weet precies op welke calamiteiten Scotland
Yard en MI5 zijn voorbereid. En het grootste deel van de afgelopen zeven jaar heeft die gek toegang gehad tot elke centimeter
van alles wat gebouwd is. Elke centimeter, verdomme.'

HOOFDSTUK 110

Om halfvier die middag hoor ik door de 35 centimeter brede spleet tussen het plafond van het mannentoilet en het dak van de Orbit dat de hydraulische transmissie langzamer gaat en tot stilstand komt en ik voel dat het observatiedek niet meer draait. Ik sluit mijn ogen en vertraag mijn ademhaling, ik concentreer me op wat voor me ligt. Mijn lot. Mijn bestemming. Mijn juiste en laatste taak.

Om tien voor vier knijp ik uit de tube wat speciale crème op de stof van de tulband en maak daarmee mijn huid bijna zwart. Er komt een ploeg binnen die de ruimte onder me schoonmaakt. Ik hoor hun moppen een paar minuten tegen de muren echoën, gevolgd door een halfuur stilte die alleen wordt onderbroken door de zachte geluiden van de bewegingen die ik maak om mijn hoofd, hals en handen te kleuren.

Om twaalf over vier komt het eerste hondenteam het herentoilet binnen en plotseling komt de vreselijke gedachte in me op dat de monsters zo slim zijn geweest een kledingstuk van mij mee te nemen om hun dieren aan te laten ruiken. Maar de patrouille staat binnen een minuut weer buiten, ongetwijfeld misleid door de patchoeli-olie.

Ze komen om vijf uur terug en daarna om zes uur. Wanneer ze voor de derde keer vertrekken, weet ik dat het tijd is. Behoedzaam tast ik rond onder een strook isolatiemateriaal en vind een geladen magazijn dat ik daar zeven maanden geleden heb neergelegd. Ik stop het magazijn in mijn zak, laat me in het hokje zakken en trek dan de rest van mijn kleren uit. Mijn lichaam is tweekleurig, zwart en wit, en biedt een vreselijke aanblik in de spiegel.

Helemaal naakt afgezien van mijn horloge scheur ik een stuk stof van de tulband af, sla de twee uiteinden om mijn handen en laat de halve meter ertussen slap bungelen. Ik druk me tegen de muur naast de deur van de toiletten en zoek een goede houding om te wachten.

Om kwart voor zeven hoor ik voetstappen en mannenstemmen. De deur gaat open en slaat tegen mijn gezicht aan waarna hij weer de andere kant op zwaait. Ik zie de rug van een lang, sportief zwart monster in trainingspak, die een grote sporttas bij zich heeft.

Hij is lang. Ik neem aan dat hij goed getraind is. Maar hij is niet opgewassen tegen een superieur wezen.

Het slappe stuk tulbandstof zwaait over zijn hoofd en haakt onder zijn kin. Voordat hij kan reageren, zet ik mijn knie tegen zijn rug en smoor het leven uit zijn lijf. Een paar tellen later, terwijl ik het huiveren en het zachte nasale gejammer van zijn doodsstrijd nog voel en hoor, draag ik het lijk van het monster naar het verste hokje en loop dan met een blik op mijn horloge terug naar zijn tas. Nog een halfuur tot ik op moet.

In nog niet de helft van die tijd trek ik het parade-uniform van de Queen's Guard aan en zet de zwarte muts van berenvel op mijn hoofd. Ik voel het bekende gewicht rusten boven mijn wenkbrauwen en strak over mijn oren klemmen. Na een kleine aanpassing zit de leren kinband keurig langs mijn kaak. Als laatste pak ik het automatische geweer op. Ik weet heel goed dat het leeg is, maar dat maakt me niet uit. Het magazijn is vol.

Dan ga ik terug naar het middelste hokje en blijf daar wachten. Om kwart over zeven hoor ik de deur opengaan en een stem grommen: 'Supple, we moeten.'

'Ik kom eraan,' antwoord ik hoestend. 'Ga maar vast naar het luik.'

'Ik zie je boven,' zegt hij.

Ik denk: ik hoop van niet, waarna ik de deur achter hem hoor sluiten.

Ik ben nu het hokje uit en loop naar de deur terwijl ik de secondewijzer van mijn horloge in de gaten houd. Na precies negentig seconden haal ik diep adem en stap met de sporttas de deur uit, de gang in.

Met mijn blik recht vooruit en een uitdrukkingsloos gezicht loop ik snel door het restaurant naar de glazen deuren aan de rechterkant van de eetzaal. Twee SAS-mannen halen de deuren al van het slot. Terwijl ze ze openzwaaien en ik de hitte voel, zet ik mijn tas naast een andere die er precies op lijkt en been langs hen heen het observatiedek op door een smalle deur die openstaat en wordt bewaakt door nog een SAS'er.

Ik heb het perfect getimed. De bewaker sist: 'Dat scheelde verdomme niet veel.'

'Maar wij van de Queen's Guards missen nooit,' zeg ik en ik duik langs hem heen een smal trappenhuis in waar een smalle stalen trap en een schuin geplaatst valluik naar het dak van het observatiedek en de openlucht leiden.

Ik zie de vroege avondlucht en wolken die voorbijschieten. In de verte hoor ik de trompetten roepen en ik klim naar mijn lotsbestemming, die nu zo dichtbij is dat ik haar kan voelen als brandende spieren, en proeven als zweet op mijn lippen.

HOOFDSTUK 111

De trompetblazers stonden aan weerszijden van het podium in het Olympisch stadion en bliezen een klaaglijke melodie die Knight niet herkende.

Hij stond hoog op een tribune aan de noordkant van het stadion en bekeek de menigte door een verrekijker. Hij was moe, had hoofdpijn en was vreselijk geïrriteerd door de aanhoudende hitte en de trompetten die de slotceremonie inluidden. Toen het trompetgeschal ophield, verscheen op de schermen een middellang shot van de Olympische schaal hoog boven op de Orbit, vanaf de openingsceremonie al geflankeerd door twee Queen's Guards die stram in de houding stonden.

De gardesoldaten op het verhoogde platform op het dak van het observatiedek van de Orbit schouderden hun geweer, draaiden een kwartslag en marcheerden met stijve benen en zwaaiende armen in tegengestelde richting naar twee nieuwe gardesoldaten. Die kwamen het dak op door een luik aan weerskanten van het observatiedek en liepen naar het platform en de schaal. De aankomende en vertrekkende soldaten passeerden elkaar precies halverwege de schaal en het trappenhuis. De soldaten wier dienst erop zat verdwenen en de twee nieuwe klommen vanaf de zijkant het platform op en gingen stijf in de houding staan bij de Olympische vlam.

De anderhalf uur daarna zwierf Knight door de menigte. Terwijl het steeds donkerder werd aan de zomerhemel en de wind opstak, voelde hij zich gesterkt door het feit dat ondanks de dreiging die Lancer nog steeds vormde een ongelooflijk aantal sporters, coaches, juryleden, scheidsrechters en fans had besloten naar de slotceremonie te komen terwijl ze net zo goed naar huis hadden kunnen gaan, waar het waarschijnlijk veiliger was.

De slotceremonie had net zo vrolijk moeten zijn als de openingsceremonie, vóórdat de Amerikaanse kogelstoter was vermoord. Maar in het licht van de aanslagen hadden de organisatoren de ceremonie aangepast en soberder en betekenisvoller gemaakt. Het London Symphony was ingehuurd om Eric Clapton te begeleiden die een hartverscheurende vertolking van zijn nummer 'Tears in Heaven' gaf.

In diezelfde stemming hield Marcus Morris een toespraak die deels een elegie voor de gestorvenen was en deels een viering van alle geweldige dingen die ondanks Cronus en zijn Furiën op de Londense Spelen waren voorgevallen, terwijl Knight in het stadion naar het zuiden liep.

Knight bekeek het programma en dacht: er komen nog een paar toespraken, nog twee spectaculaire acts, dan wordt de Olympische vlag overgedragen aan Brazilië, een paar woorden van de burgemeester van Rio en...

'Zie je al iets, Peter?' vroeg Jack in zijn oortje. Ze waren van frequentie veranderd voor het geval Lancer probeerde mee te luisteren.

'Helemaal niets,' antwoordde hij. 'Maar ik heb er nog steeds geen goed gevoel over.'

Dat ging voortdurend door Knights gedachten totdat de organisatoren het programma onderbraken en een paar 'speciale gasten' aankondigden.

Dokter Hunter Pierce verscheen op het podium, samen met Zeke Shaw en de vier marathonlopers die goud hadden gewonnen. Ze duwden Filatri Mundaho in een rolstoel voor zich uit. Hij had een laken over zijn benen en er kwam medisch personeel achter hem aan.

Mundaho had derdegraadsbrandwonden op een groot deel van zijn onderlichaam en had de afgelopen week een paar zeer pijnlijke ingrepen ondergaan. De medewereldrecordhouder op de 100 meter sprint moest vergaan van de pijn en had met de grootste moeite uit zijn ziekenhuisbed kunnen komen. Maar dat zag je niet aan hem.

Het hoofd van de voormalig kindsoldaat was fier geheven. Hij zwaaide naar de menigte, die opsprong en voor hem juichte. Er welden tranen op in Knights ogen. Mundaho toonde ongelooflijke moed, een ijzeren wil en een menselijkheid die Lancer van zijn leven niet zou kunnen begrijpen.

De sprinter kreeg zijn gouden medaille uitgereikt en toen het Kameroense volkslied werd gespeeld, zag Knight niemand in het stadion die geen betraande ogen had.

Daarna sprak Hunter Pierce over de erfenis van de Londense Spelen. Ze zei dat deze uiteindelijk Pierre de Coubertins oorspronkelijke Olympische dromen en idealen opnieuw zou aanwakkeren en eer zou aandoen.

Eerst werd Knight gegrepen door de toespraak van de Amerikaanse schoonspringster, maar al snel dwong hij zichzelf niet meer naar haar te luisteren. Hij probeerde te denken als Lancer en zijn alter ego Cronus. Hij dacht aan de laatste dingen die de waanzinnige tegen hem had gezegd. Hij probeerde Lancers woorden voor zich te zien alsof ze op blokken waren gedrukt die hij kon oppakken en minutieus kon onderzoeken: 'Omdat ik de betere man ben, laat ik je leven tot het einde. Voordat Marta je vermoordt, zal ze jou er getuige van laten zijn hoe ik de Olympische spirit voor eens en voor altijd doof.'

Knight dacht na over elk woord, onderzocht alle betekenissen. En toen drong het tot hem door, het laatste woord.

Hij drukte het knopje op zijn portofoon in en zei: 'Een spirit doof je niet, Jack.'

'Wil je dat even herhalen, Peter?'

Knight rende al naar de uitgang en zei: 'Lancer zei tegen me dat hij de Olympische spirit voor altijd zou doven.'

'Ja?'

'Je dooft een spirit niet, Jack. Je dooft een vlam.'

HOOFDSTUK 112

Zie mij nu, ik verberg me vol in het zicht van honderdduizend mensen en via camera's van nog eens miljarden kijkers.

Voorbestemd. Uitverkoren. Begiftigd door de goden. Het is duidelijk dat ik in elk opzicht een superieur wezen ben, zeker vergeleken met die trieste Mundaho en Shaw, en die samenspanster Hunter Pierce, en de andere sporters daar op het podium, die me allemaal veroordelen als een...

De wind trekt aan. Ik richt mijn aandacht naar het noordwesten, waar de wind vandaan komt, ver voorbij het stadion, ver voorbij Londen. Ver aan de horizon pakken donkere wolken zich samen tot donderkoppen. Wat zou passender zijn als achtergrond?

Het is het lot, denk ik, waarna ik gejuich hoor in het stadion.

Wat is dat? Sir Elton John en sir Paul McCartney komen het podium op en nemen tegenover elkaar plaats aan identieke witte piano's. Wie is dat daar bij hen? Marianne Faithfull? God allemachtig, ze zingen 'Let It Be' voor Mundaho.

Je hebt geen idee hoe graag ik bij dit monsterlijke gekras mijn stramme houding wil laten varen, aan mijn litteken wil krabben en nu direct een einde wil maken aan dit hypocriete gedoe. Maar met mijn ogen star op de naderende storm gericht houd ik mezelf voor dat ik kalm moet blijven en het plan moet volgen zodat het zijn natuurlijk en voorbestemde beloop zal hebben.

Om het helse gezang niet te hoeven horen, concentreer ik me op het feit dat ik over een paar minuten zal onthullen wie ik ben. En dan zal ik kunnen delen in hun afschuw, in die van McCartney, John en ook Faithfull. Ik zal toekijken hoe ze Mundaho vertrappen als ze naar de uitgang rennen en ik verheugd één laatste offer breng uit naam van elke ware Olympiër die ooit heeft geleefd.

HOOFDSTUK 113

Terwijl Knight de menigte in het stadion 'Let It Be' hoorde zingen, rende hij naar de voet van de Orbit. Hij zag dat Jack er al was en de Gurkha's ondervroeg die de trap bewaakten die tussen de op DNA-strengen gelijkende structuur van de toren omhoog liep naar het ronde observatiedek.

Toen Knight met kramp in zijn benen en een bonkend hoofd aankwam, vroeg hij hijgend: 'Is Lancer daarboven?'

'Ze zeggen dat de enigen die na halfvier omhoog zijn gegaan SAS-sluipschutters waren, een hondenteam, en de twee Queen's Guards die de schaal—'

'Kunnen we de mannen op het dak waarschuwen?' onderbrak Knight Jack.

'Dat weet ik niet,' zei Jack. 'Ik bedoel, volgens mij niet.'

'Ik denk dat Lancer van plan is de schaal op te blazen, misschien wel dit hele bouwwerk. Waar zijn de propaantank en de slang die naar de vlam loopt?'

'Hierheen,' riep een man gespannen die haastig dichterbij kwam.

Stuart Meeks was hoofd van de facilitaire dienst van het Olympisch park. Hij was een kleine man van in de vijftig met een heel dun snorretje en geolied zwart haar. Hij had een iPad bij zich en zweette overvloedig terwijl hij met een code een luik in het beton opende dat toegang bood tot een enorme machinekelder die onder de westpoten van de Orbit doorliep, tot onder de rivier en het plein.

'Hoe groot is die tank daarbeneden?' vroeg Knight terwijl Meeks het luik opende.

'Enorm, 500 000 liter,' zei Meeks, die de iPad omhooghield om een schema van het gassysteem te laten zien. 'Maar zoals u hier ziet wordt vanaf hier het propaan aan alle apparaten in het park geleverd, niet alleen aan de schaal. Het gas wordt uit het hoofdreservoir naar kleinere tanks bij elk gebouw gepompt, en natuurlijk naar het Olympisch dorp.'

Knight staarde hem aan. 'Wilt u zeggen dat als het ontploft, alles de lucht in gaat?'

'Nee, ik...' Meeks zweeg en werd lijkbleek. 'Ik weet het eerlijk gezegd niet.'

Jack zei: 'Peter en ik waren zo'n twee weken geleden met Lancer op het observatiedek, kort nadat hij de beveiliging van de schaal had geïnspecteerd. Is Lancer tijdens die inspectie de kelder nog in gegaan, Stu?'

Meeks knikte. 'Mike wilde alles nog één keer bekijken. De gasleiding vanaf de tank helemaal tot aan de koppeling tussen de leiding en de schaal. Dat duurde meer dan een uur.'

'Zoveel tijd hebben we niet,' zei Knight.

Jack stond al op de ladder om de reusachtige propaantank te gaan controleren. 'Laat de honden weer komen, Stu. Stuur ze direct naar beneden als ze er zijn. Peter, kijk de leiding na die naar het dak loopt.'

Knight knikte en vroeg Meeks of hij gereedschap bij zich had. Hij pakte een Leatherman-multitool uit een leren gereedschapsriem op zijn heup en zei tegen Knight dat hij het schema van het gasleidingsysteem naar zijn telefoon zou sturen. Knight was nog geen twintig meter de wenteltrap langs de Orbit op toen hij zijn telefoon voelde trillen. Daar was het schema.

Hij wilde de link net openen toen hem iets te binnen schoot waardoor het schema op dat moment irrelevant leek. Hij zette zijn microfoontje aan en vroeg: 'Stuart, hoe wordt de gasleiding naar de schaal bediend? Is er daarboven een klep om de vlam in de schaal te doven of gebeurt dat elektronisch?'

'Elektronisch,' antwoordde Meeks. 'Voordat de leiding bij de schaal is, loopt hij door een kruipruimte tussen het plafond van het restaurant en onder het dak.'

Ondanks het gebons in zijn hoofd en zijn algehele irritatie klom Knight steeds sneller omhoog. Het waaide nu heel hard. Hij dacht dat hij in de verte de donder hoorde.

'Hoe kom je op het dak?' vroeg hij.

'Aan beide kanten is een luik waar een trap naartoe loopt,' zei Meeks. 'Zo komen ook de gardesoldaten op het dak. Er zit ook een ventilatierooster, ongeveer een meter van die klep waarnaar je vroeg.'

Voordat Knight verder kon nadenken, hoorde hij Jack zeggen: 'De hoofdtank lijkt in orde. Stuart, weten we hoeveel er maximaal in kan en hoe vol hij nu zit?'

Er viel een lange stilte, waarna Meeks schor zei: 'Hij is eergisteren bij zonsopgang gevuld, Jack.'

Zestig meter boven het Olympisch park begreep Knight dat zich onder de grond tussen de Orbit en het stadion een enorm explosief bevond. Dit kon in elk geval de toren doen bezwijken, maar ook enorme schade toebrengen aan het zuidelijk deel van het stadion en iedereen die daar zat, om maar te zwijgen van wat er kon gebeuren als een centrale uitbarsting hier voor ontploffingen op andere punten zou zorgen.

'Je moet evacueren, Jack,' zei Knight. 'Zeg de beveiliging dat ze de ceremonie stopzetten en iedereen het stadion en het park uit werken.'

'Maar stel dat hij toekijkt?' vroeg Jack. 'Stel dat hij een afstandsbediening heeft?'

'Ik weet het niet,' zei Knight, die zich verscheurd voelde. Hij wilde zich omdraaien en zich uit de voeten maken. Hij had kinderen. Hij was vandaag al bijna omgekomen. Zou hij het wagen het lot een tweede keer te tarten?

Nog steeds omhoogklimmend bestudeerde Knight het schema

op zijn telefoon. Hij zocht de digitaal bediende klep onder de schaal, tussen het dak en het plafond van het restaurant. Na een blik wist hij bijna zeker dat die klep de meest waarschijnlijke plek was waar Lancer een explosief zou bevestigen.

Als hij erbij kon, kon hij hem onschadelijk maken. Als dat niet lukte...

HOOFDSTUK 114

In de verte bliksemde het, en de wind werd vlagerig toen Knight de toegang tot het observatiedek van de Orbit bereikte. Sambamuziek schalde uit het Olympisch stadion. Brazilië vierde de Spelen van 2016.

Hoewel ze waren gewaarschuwd dat hij eraan kwam, wilden de Gurkha's bij de ingang Knights identificatie controleren voordat ze hem binnenlieten. Daar trof hij de SAS-supervisor aan, een man die Creston heette, en die zei dat hij en zijn team en een kleine televisieploeg sinds ongeveer vijf uur al op het dek waren. Op dat moment was het restaurant gesloten voor iedereen behalve de Queen's Guards, die de toiletten gebruikten om zich te verkleden.

De Queen's Guards, dacht Knight. Lancers regiment diende toch ooit bij de Guards? Had hij dat niet gezegd?

'Ik moet het restaurant in,' zei Knight. 'Er zit misschien een ontstekingsmechanisme aan de gasleiding boven de keuken.'

Een paar seconden later rende Knight door het restaurant naar de keuken met de SAS-supervisor achter zich aan. Knight keek achterom. 'Zijn de luiken naar het dak open?'

'Nee,' zei de sluipschutter. 'Dat gebeurt pas aan het eind van de ceremonie. Ze werken op een timer.'

'Dan kunnen we dus niet communiceren met de gardesoldaten daar?'

Hij schudde zijn hoofd. 'Ze zijn niet eens bewapend. Niet voor een ceremonie.'

Knight drukte de knop van zijn microfoontje in. 'Stuart, waar kan ik door het plafond omhoog?'

'In de keuken, links van de afzuigkap. De keuken ligt voorbij de toiletten, de dubbele deuren door.'

Terwijl Knight de gang in liep naar de keuken zag hij de toiletten. Hij wist dat de gardesoldaten zich daar verkleedden en kreeg plotseling een ingeving. 'Wanneer zijn de soldaten die zijn afgelost vertrokken?' vroeg hij de sluipschutter.

Die haalde zijn schouders op. 'Direct na hun dienst. Ze hadden een zitplaats in het stadion.'

'Dus ze hebben zich omgekleed en zijn weggegaan?'

Creston knikte.

Maar toch stormde Knight niet de keuken in, hij bleef staan en duwde de deur naar het damestoilet open.

'Wat doet u?' vroeg de sluipschutter.

'Ik weet het niet precies,' zei Knight, die zag dat ze leeg waren en hurkte om onder de deuren van de hokjes te kijken. Allemaal leeg.

Snel liep hij naar de heren en deed daar hetzelfde, en daar trof hij het lijk van een zwarte man aan in het verste hokje.

'We hebben een dode gardesoldaat hier in de mannenwc,' blafte Knight in zijn portofoon terwijl hij naar de keuken liep. 'Ik denk dat Lancer zijn uniform heeft aangetrokken en nu op het dak is.'

Hij keek naar de sluipschutter. 'Zoek een manier om die luiken te openen.'

De sluipschutter knikte en liep weg. Knight ging de andere kant op, stormde de keuken binnen en zag al snel het luik in het plafond links van de afzuigkap. Hij sleepte een roestvrij stalen tafel tot onder het luik en vroeg in de portofoon: 'Kunnen we beeld krijgen van de gardesoldaten om te zien of een van hen Lancer is?'

Hij luisterde hoe Jack het verzoek doorgaf aan de sluipschutters hoog op het stadion en zag toen voor het eerst het hangslot aan het luik. 'Ik moet de combinatie van het slot hebben, Stu,' zei hij in zijn portofoon.

Meeks gaf die door en met trillende handen draaide Knight aan de knop en voelde het slot meegeven. Met een bezem duwde hij het luik open, keek een laatste keer rond in de keuken op zoek naar iets wat hij kon gebruiken of nodig zou hebben om een gasleiding af te sluiten. Zijn oog viel op een gasbrander, zo een die koks gebruiken om suiker te karamelliseren. Hij griste hem mee en gooide hem de kruipruimte in. Daarna zwaaide hij twee keer met zijn armen om ze los te maken, waarna hij omhoogsprong en zich vastgreep aan beide zijden van het luik. Hij bleef even bungelen, haalde diep adem en tilde zijn benen voor zich op, waarna hij ze zo hard naar achteren zwaaide dat hij zich de holte tussen het restaurantplafond en het dak van de Orbit in kon werken.

Knight pakte een smal zaklampje, knipte hem aan, duwde de gasbrander voor zich uit en wurmde zich naar een stuk koperen pijp dat ongeveer twee meter verder het leidingwerk in tweeën splitste. Knight hoefde niet veel dichterbij te komen om de zwarte elektriciteitstape te zien, waarmee een mobiele telefoon en nog iets anders aan de gasleiding waren vastgemaakt.

'Ik heb de ontsteking gevonden en een kleine magnesiumbom die aan de gasleiding is geplakt,' zei hij. 'Er zit geen timer op. Hij gebruikt een afstandsbediening. Sluit het gassysteem af. Doof de Olympische vlam. Nu.'

HOOFDSTUK 115

Waai, winden, waai.

De bliksem flitst en de donder rommelt in noordwestelijke richting naar Crouch End en Stroud Green, niet ver van waar mijn door drugs benevelde ouders me het leven schonken. Het past. Het is voorbestemd.

Zodra die eikel die de baas is van het Internationaal Olympisch Comité de vlaggen wil laten strijken, verklaart dat de Spelen voorbij zijn en beveelt om de vlam te doven, zal ik mijn lot ten volle omhelzen. Ik laat mijn stijve houding varen en staar naar de zwarte muur van de naderende storm. Ik bedenk hoe opmerkelijk het is dat mijn leven net een ovaal hardloopparcours is geweest, met start en finish op ongeveer dezelfde plaats.

Ik haal een telefoon uit mijn zak, toets een snelkiesknop in en hoor dat er verbinding gemaakt wordt. Nadat ik de telefoon heb teruggestopt, pak ik mijn geweer, doe twee stappen naar voren en draai me rechtsom naar de schaal.

HOOFDSTUK 116

Een paar minuten eerder had Karen Pope zich de tribune aan de westkant van het Olympisch stadion op gesleept, net toen de voorzitter van het IOC, Jacques Rogge, die er afgetobd en ernstig uitzag, naar het spreekgestoelte op het podium liep. De journaliste had de website van *The Sun* bijgewerkt met een stuk over de ontsnapping van Knight en zijn kinderen, de dood van Marta en haar zussen en de wereldwijde zoektocht naar Mike Lancer.

Terwijl Rogge boven de aantrekkende wind en het steeds luider wordende gerommel van de donder probeerde uit te komen, bedacht Pope dat deze vervloekte Spelen eindelijk bijna voorbij waren. Tot nooit weerziens, wat haar betreft. Ze wilde nooit meer over de Olympische Spelen schrijven, hoewel ze wist dat dat een onmogelijke wens was. Ze voelde zich gedeprimeerd en lusteloos en vroeg zich af of ze moegestreden was of dat ze gewoon een keer fatsoenlijk moest bijslapen. En Knight nam zijn telefoon niet op. Evenmin als Jack Morgan of inspecteur Pottersfield. Wat was er aan de hand waarvan zij niet op de hoogte was?

Terwijl Rogge verder dreunde en bijna toekwam aan de sluiting van de Spelen, keek Pope toevallig naar de schaal boven op de Orbit en zag de vlam flakkeren in de wind. Ze gaf toe dat ze ernaar uitkeek dat hij gedoofd werd, hoewel ze zich ook schuldig voelde over de...

De Queen's Guard links van de schaal hief plotseling zijn geweer, wierp zijn muts van berenvel af, liep naar voren tot hij voor de Olympische vlam stond, draaide zich om en opende het vuur. De andere gardesoldaat schokte, wankelde en viel zijwaarts van het platform. Zijn lichaam raakte het dak, gleed van de Orbit af en viel in de diepte.

Pope snakte naar adem, maar dat was niet te horen in het geschreeuw van de mensen in het stadion die als één man een huiverende kreet slaakten, waarna een stem via de luidsprekers bulderde: 'Jullie zielige inferieure wezens. Jullie dachten toch niet dat een instrument van de goden jullie er zo eenvoudig van af liet komen?'

HOOFDSTUK 117

Ik klem de mobiele telefoon in mijn linkerhand en spreek erin. Ik hoor de kracht van mijn stem in mij resoneren. 'Al die SAS-sluipschutters in het park, doe eens iets doms. Ik heb een afstandsbediening in mijn hand. Als jullie me neerschieten, worden deze toren, het grootste deel van het stadion en tienduizenden mensen opgeblazen.'

Onder me breekt paniek uit in de menigte. Mensen rennen koortsachtig heen en weer als ratten die een zinkend schip verlaten. Nu ik ze zo heen en weer zie schieten en naar elkaar klauwen, glimlach ik uiterst bevredigd.

'Deze avond markeert het einde van de moderne Olympische Spelen,' dreun ik op. 'Vanavond doven we de vlam die zo corrupt heeft gebrand sinds de verrader De Coubertin ruim een eeuw geleden zijn aanfluiting van de ware Spelen bedacht.'

HOOFDSTUK 118

Knight hoorde de geweerschoten en Lancers galmende dreigende woorden via het ventilatierooster in het dak boven het leidingwerk. Een meter daaronder bevonden zich de gasleiding en het explosief.

Hij had de tijd niet om het onschadelijk te maken en Lancer had er mogelijk een boobytrap aan bevestigd, zodat hij afging zodra iemand het aanraakte.

'En als we de tanks nou eens afsluiten?' vroeg hij via zijn portofoon.

'Het is een ramp, Peter,' riep Jack terug. 'Hij heeft de kleppen vastgelast zodat ze niet meer dicht kunnen.'

Boven hem hield Lancer een lange tirade, te beginnen met de artsen in Barcelona die hem hadden gedrogeerd om te voorkomen dat hij goud won op de tienkamp en de grootste allround atleet ter wereld zou worden. Op de achtergrond hoorde Knight dat de doodsbange bezoekers het stadion probeerden te ontvluchten en hij wist dat hij slechts één kans zou hebben.

Hij duwde de gasbrander naar voren en tijgerde erachteraan langs de gasleiding en het ontstekingsmechanisme tot hij onder het ventilatierooster lag.

Door de openingen zag hij de naderbij komende bliksem flitsen en de flakkerende Olympische vlam, die nog steeds brandde.

Vier bouten hielden het rooster op zijn plaats. Het leek alsof ze met een soort kunsthars waren verzegeld. Misschien kon hij die smelten.

Knight pakte de gasbrander, zette hem aan en richtte de vlam op de bouten, een voor een. Zo snel als hij kon smolt hij de hars tot die kleverig werd en klemde vervolgens de dichtstbijzijnde bout in het tangetje van de Leatherman die Meeks hem had gegeven. Hij wrikte en was blij dat de bout meegaf.

HOOFDSTUK 119

De bliksem graveert de lucht en donderklappen dreunen als kanonschoten terwijl ik de hysterische menigte die uit het stadion probeert weg te komen toeroep: 'Om deze redenen en nog duizenden andere moet er een einde komen aan de moderne Spelen. U moet dat toch begrijpen!'

Maar in plaats van angstkreten, of zelfs instemmend gejuich, hoor ik iets wat ik niet had verwacht. Die monsters jouwen me uit. Ze geven me een fluitconcert en roepen vuige beledigingen over mijn genialiteit, mijn superioriteit.

Dit zijn de laatste vernederingen voor een martelaar met een goede zaak, ze steken en doen pijn, maar zijn niets vergeleken bij een bermbom, of zelfs een steen; niets kan mij ervan weerhouden mijn lotsbestemming te vervullen.

Toch wekt deze afwijzing een golf van haat in me op als nooit tevoren, een tsunami van afkeer voor alle monsters in het stadion beneden me.

Ik kijk omhoog naar de donderende donkere lucht, die bliksem rondslingert en regen spuwt en ik roep: 'Dit is voor u, goden van de Olympus. Ik doe dit allemaal voor u!'

HOOFDSTUK 120

Knight was al een flink eind voorbij het ventilatierooster, hij bevond zich op het platform met de schaal en ging nu ondanks de stortregen vol in de aanval.

Voordat de gek met zijn duim het knopje kon indrukken, raakte Knight Lancer laag, hard en van de zijkant. Het was een verbluffende stoot waardoor de gestoorde moordenaar op zijn benen stond te zwaaien en op de vloer van het platform viel. Zijn automatische wapen vloog weg.

Knight landde boven op Lancer, die nog steeds de mobiel in zijn hand geklemd hield. De voormalige tienkamper was ongeveer tien jaar ouder dan Knight, maar bewees al snel groter, sterker en een veel betere vechter te zijn.

Lancer haalde zo hard uit naar Knight dat hij opzij werd gesmeten en bijna tegen de kokend hete zijkant van de schaal kwam. De gruwelijke hitte en neerplenzende regen brachten hem meteen weer bij zijn positieven.

Hij draaide zich om en zag dat Lancer probeerde op te krabbelen. Maar Knight schopte hem hard tegen zijn enkel. Lancer jankte, zakte neer op een knie en kwam net weer overeind toen Knight zijn rechteronderarm van achteren om zijn stierennek sloeg, in een poging hem half te smoren en de mobiel te pakken te krijgen voordat het explosief zou afgaan.

Hij kneep Lancers keel af, pakte zijn duim en probeerde zijn greep op de telefoon losser te maken. Maar toen beukte Lancer met zijn kin op Knights onderarm, draaide zijn romp en gaf hem

377

een paar keiharde elleboogstoten tegen zijn ribben, die nog gekneusd waren van de aanrijding door de Furie.

Knight gromde van de pijn, maar hield vol. Hij riep het beeld van Luke en Isabel op en deed toen zijn zoon na. Hij beet keihard in Lancers achterhoofd en voelde een stuk littekenweefsel losscheuren. Lancer brulde van pijn en woede.

Knight liet los en beet opnieuw, lager deze keer; hij zette zijn tanden in de nekspieren als een leeuw die een buffel probeert te verschalken.

Lancer werd razend.

Hij zwaaide zijn lijf heen en weer en bokte, brullend van blinde oerwoede. Hij stompte met een flinke vuist over zijn schouder en sloeg Knight tegen het hoofd, waarna hij diens romp weer met zijn ellebogen bewerkte, links en rechts, zo hard dat een aantal ribben brak.

Het was te veel.

Alle lucht werd uit Knights longen geslagen en de pijn in zijn zij was zo heftig dat hij gromde, zijn kaken van elkaar deed en de greep op Lancers nek verslapte. Hij viel in de regen op het platform, kreunde en hapte naar lucht in een poging de pijn die hem verteerde te verlichten.

Lancer, bij wie het bloed uit de bijtwonden droop, draaide zich om en keek triomfantelijk en vol afkeer op Knight neer.

'Je had geen enkele kans, Knight,' zei hij met een kwaadaardig genoegen. Hij deed een stap achteruit en hief de mobiel op naar de hemel. 'Je moest het opnemen tegen een oneindig superieur wezen. Je had geen...'

Knight wierp de Leatherman naar Lancer.

Die vloog tollend naar hem toe, waarna de smalle punten van de tang in zijn rechteroog drongen, diep het zachte weefsel in.

Lancer wankelde achteruit, nog steeds met de telefoon in zijn hand, en stak vergeefs zijn andere hand uit naar het instrument dat zijn lot bezegelde. Hij slaakte een aantal bloedstollende kreten, een mythisch wezen van verdoemenis waardig, zoals Cronus nadat Zeus hem in de meest duistere en bodemloze diepte van de Tartarus had geworpen.

Even was Knight bang dat Lancer zijn evenwicht zou hervinden en de bom zou laten ontploffen.

Maar toen explodeerde de donder pal boven de Orbit en was er één withete puntige bliksemflits die de bliksemafleiders hoog boven het observatiedek links liet liggen en insloeg in het handvat van de tang die in Lancers oog stak. Het zelfbenoemde instrument der goden werd geëlektrocuteerd en ruggelings in de schaal geworpen, waar hij werd omspoeld en verteerd door de bulderende Olympische vlam.

EPILOOG

HOOFDSTUK 121

Maandag 13 augustus 2012

Op de tweede verdieping van het London Bridge-ziekenhuis zat Knight in een rolstoel stijfjes te glimlachen naar de mensen die om de bedden van Luke en Bella heen stonden. De gevolgen van wat een hersenschudding bleek waren afgenomen tot een dof gebonk in zijn hoofd, maar hij verging van de pijn door zijn gebroken en gekneusde ribben. Elke ademtocht voelde alsof er een zaag in zijn borst werd gezet.

Maar hij leefde. Zijn kinderen leefden. De Olympische Spelen waren gered en gewroken door krachten die Knight bij lange na niet begreep. En hoofdinspecteur van Scotland Yard Elaine Pottersfield was net de kamer binnengekomen met twee chocoladetaartjes, op elk drie brandende kaarsjes.

Hooligan liet nooit een gelegenheid voorbijgaan om te zingen en barstte uit in 'Happy Birthday'. De verpleegkundigen en artsen, Jack Morgan, Karen Pope, Knights moeder en zelfs Gary Boss, die vroeg was gekomen om de ziekenhuiskamer te versieren met felgekleurde ballonnen en vlaggetjes, zongen mee.

'Ogen dicht en doe een wens,' zei de tante van de tweeling.

'Droom groots!' riep hun grootmoeder.

Isabel en Luke sloten heel even hun ogen en deden ze toen weer open, haalden diep adem en bliezen alle kaarsjes uit. Iedereen juichte en applaudisseerde. Pottersfield sneed de taarten aan.

Pope, journaliste in hart en nieren, vroeg: 'Wat was jullie wens?'

Knights zoon werd nijdig. 'Dat zegt Lukey niet. Dat is geheim.'

Maar Isabel keek Pope nuchter aan en zei: 'Mijn wens was dat we een nieuwe mama krijgen.'

Haar broers gezicht betrok. 'Niet eerlijk. Dat wenste Lukey al.'

Er klonk een sussend gekreun van medelijden en Knight voelde zijn hart weer breken.

Zijn dochter staarde hem aan. 'Geen kindermeisjes meer, papa.'

'Geen kindermeisjes meer,' beloofde hij met een blik op zijn moeder. 'Toch, mam?'

'Alleen als ze onder mijn directe en voortdurende supervisie staan,' zei ze.

'Of die van mij,' zei Boss.

Er werd taart en ijs geserveerd. Na een paar hapjes zei Pope: 'Weet je waardoor ik Lancer nooit als verdachte heb beschouwd?'

'Nou?' vroeg Hooligan.

'Een van zijn Furiën probeerde hem op dag één aan te rijden,' zei ze. 'Toch?'

'Absoluut,' zei Knight. 'Ik wil wedden dat hij dat zo had gepland. Ik was er toevallig bij.'

'Er was toch wel een aanwijzing, als je erover nadenkt,' zei Hooligan. 'Cronus heeft je nooit een brief gestuurd met redenen waarom Lancer moest sterven.'

'Daar heb ik nooit aan gedacht,' zei Knight.

'Ik ook niet,' zei Jack, die opstond en zijn papieren bordje in de prullenbak gooide.

Nadat ze alles hadden opgegeten en de cadeautjes hadden uitgepakt die iedereen had meegebracht, werden Knights kinderen al snel moe. Toen Isabels ogen dichtvielen en Luke begon te wiegen en op zijn duim ging zuigen, vertrokken Amanda en Boss met de gefluisterde belofte Knight en de tweeling de volgende ochtend naar huis te brengen.

Zijn schoonzus vertrok daarna, met de woorden: 'Dat je een oorlogsmisdadigster hebt ingehuurd als kindermeisje was niet je beste zet, Peter, maar uiteindelijk was je geweldig. Echt geweldig. Kate zou er trots op zijn geweest hoe hard je voor de kinderen hebt gevochten, voor de Olympische Spelen, Londen, voor iedereen.'

Knights hart brak nog een keer. 'Ik zou je een knuffel willen geven, Elaine, maar...'

Ze blies hem een kus toe, zei dat ze ging kijken hoe het met Selena Farrell en James Daring ging en liep de deur uit.

'Ik heb nog een cadeautje voor je voordat ik vertrek, Peter,' zei Jack. 'Ik ga jou een gigantische salarisverhoging geven en ik wil dat je met je kinderen een paar weken naar een tropische bestemming gaat. Op kosten van Private. We werken de details wel uit als ik weer in LA ben. Nu we het daar toch over hebben, ik moet een vliegtuig halen.'

Nadat de eigenaar van Private vertrokken was, stonden Pope en Hooligan ook op om te gaan. 'We gaan naar de pub,' zei Hooligan. 'De hoogtepunten van het Olympische voetbaltoernooi kijken.'

'We?' vroeg Knight, die met opgetrokken wenkbrauw Pope aankeek.

De journaliste stak haar arm door die van Hooligan en glimlachte. 'Het blijkt dat we veel gemeen hebben, Knight. Mijn broers zijn ook allemaal voetbalgek.'

Knight glimlachte. 'Ik zie een bepaalde symmetrie.'

Hooligan grinnikte en legde zijn arm om Popes schouder. 'Daar heb je fokking gelijk in, Peter.'

'Fokking gelijk,' zei Pope en lachend liepen ze de deur uit.

De verpleegsters volgden en toen was Knight alleen met zijn kinderen in de kamer. Hij keek even naar de televisie en zag een shot van de Olympische vlam, die nog steeds brandde boven Londen. Na Lancers dood had Jacques Rogge gevraagd of de vlam aan kon blijven en de regering had daar onmiddellijk in toegestemd.

Dat vond Knight een goede beslissing.

Toen verlegde hij zijn aandacht naar Luke en Isabel en bedacht hoe prachtig ze waren, en hij dankte de goden dat ze behoed waren voor een wreed einde.

Hij zuchtte en voelde weer hoe zijn hart in stukken brak toen Isabel en Luke allebei een nieuwe moeder wensten, en daarna nogmaals toen Elaine hem vertelde hoe trots Kate op hem zou zijn geweest.

Kate. Hij miste haar nog steeds en dacht somber dat zij misschien wel zijn soulmate was geweest, de enige liefde die het lot voor hem in petto had. Misschien was het zijn bestemming om alleen verder te gaan. Om zijn kinderen op te voeden en...

Er werd op de deurlijst geklopt en een vrolijke Amerikaanse vrouwenstem riep zachtjes vanuit de hal: 'Meneer Knight? Bent u daar?'

Knight keek naar de deur. 'Ja?'

Een beeldschone, sportieve vrouw kwam binnen. Hij herkende haar onmiddellijk en probeerde op te staan terwijl hij fluisterde: 'U bent Hunter Pierce.'

'Dat klopt,' zei de schoonspringster met een brede glimlach terwijl ze hem aandachtig bekeek. 'Blijf maar zitten. Ik hoorde dat u gewond was.'

'Een beetje maar. Ik heb geluk gehad. We hebben allemaal geluk gehad.'

Pierce knikte en Knight bedacht hoe oogverblindend ze was in levenden lijve, en zo dichtbij.

Hij zei: 'Ik was erbij in het zwembad. Toen u goud won.'

'Echt?' vroeg ze terwijl ze haar vingers tegen haar hals legde.

De tranen sprongen in Knights ogen zonder dat hij wist waarom. 'Ik moet zeggen dat het de meest gracieuze prestatie onder druk was die ik ooit heb mogen aanschouwen. En zoals u zich steeds tegen Cronus uitsprak, zo krachtig. Het was... zeer opmerkelijk en ik hoop dat veel mensen u dat hebben gezegd.'

De schoonspringkampioene glimlachte. 'Dank u wel. Maar wij

allemaal – Shaw, Mundaho, alle sporters hebben me hiernaartoe gestuurd om u te zeggen dat wat u gisteravond hebt gedaan ons allen overtreft.'

'Nee, ik–'

'Nee, echt waar,' zei ze meelevend. 'Ik was in het stadion. En mijn kinderen ook. We zagen u met hem vechten. U hebt uw leven gewaagd om dat van ons te redden, en de Olympische Spelen, en wij, ik... Ik wilde u persoonlijk vanuit de grond van mijn hart bedanken.'

Knight kreeg door de emotie een brok in zijn keel. 'Ik... weet niet wat ik moet zeggen.'

De Amerikaanse schoonspringster keek naar zijn kinderen. 'En dat is de dappere tweeling over wie we vanochtend in *The Sun* konden lezen?'

'Luke en Isabel,' zei Knight. 'De zonnetjes in mijn leven.'

'Ze zijn prachtig. U bent een gezegend man, meneer Knight.'

'Peter,' zei hij. 'En eerlijk, je kunt niet weten hoe dankbaar ik ben dat ik hier ben, met hen. Wat een zegen dit allemaal is. En... eh, ook dat jij hier bent.'

Een lang ogenblik keken ze elkaar aan alsof ze net iets bekends in elkaar zagen wat ze al lang vergeten waren.

Pierce hield haar hoofd scheef en zei: 'Ik wilde alleen even binnenwippen, Peter, maar ik krijg nu een beter idee.'

'Wat dan?' vroeg hij.

De Amerikaanse schoonspringster glimlachte weer en zei met een overdreven Engels accent: 'Zou je het op prijs stellen als ik je naar het café rol? Dan kunnen we een drupje thee doen terwijl je kleine schatjes wegdromen in het land van Klaas Vaak.'

Knight werd overspoeld door geluk.

'Ja,' zei hij. 'Ja, dat zou ik heel erg leuk vinden.'

DANKWOORD

We willen graag Jackie Brock-Doyle, Neil Walker en Jason Keen van het Londense organisatiecomité van de Olympische Spelen bedanken voor hun behulpzaamheid, openheid en begrijpelijke behoedzaamheid bij een project als dit. De rondleiding op het bouwterrein van het Olympisch stadion was ongelooflijk leerzaam. We zouden nergens zijn zonder Alan Abrahamson, Olympisch expert en beheerder van 3WireSports.com, de beste informatiebron ter wereld over de Spelen en alles eromheen. We willen ook speciaal Vikki Orvice bedanken, Olympisch verslaggeefster bij *The Sun* en een bron van kennis, humor en roddels. Het personeel van het British Museum, het One Aldwych en 41 zijn we dankbaar voor hun onschatbare hulp bij het beschrijven van de decors van scènes die zich afspelen buiten de Olympische locaties. Ten slotte: dit is een fictief verhaal over hoop en een bekrachtiging van de Olympische idealen, dus gun ons alstublieft een zekere mate van vrijheid met betrekking tot evenementen, bouwwerken en personages die hoogstwaarschijnlijk het podium domineren tijdens de Zomerspelen van 2012.